더 뉴 게이트

10. 온기에 얼어붙다

THE NEW GATE
더 뉴 게이트
GATE

10. 온기에 얼어붙다

카자나미 시노기 지음
Illustration KeG
김진환 옮김

🌙 라루나

목차

「THE NEW GATE」 세계의 용어에 관해

● 능력치

LV: 레벨

HP: 히트 포인트

MP: 매직 포인트

STR: 힘

VIT: 체력

DEX: 기술

AGI: 민첩성

INT: 지력

LUC: 운

● 거리·무게

1세메르 = 1cm

1메르 = 1m

1케메르 = 1km

1구므 = 1g

1케구므 = 1kg

● 화폐

쥬르(J): 500년 뒤의 게임 세계에서 널리 통용되는 화폐.

제일(G): 게임 시대의 화폐. 쥬르보다 10억 배 이상의 가치가 있다.

쥬르 동화(銅貨) = 100J

쥬르 은화(銀貨) = 쥬르 동화 100닢 = 10,000J

쥬르 금화(金貨) = 쥬르 은화 100닢 = 1,000,000J

쥬르 백금화(白金貨) = 쥬르 금화 100닢 = 100,000,000J

● 게임 시대의 주요 길드

육천: 상한 능력치의 하이 휴먼 여섯 명으로 구성된 소수 정예 길드.

억센 사자: 비스트 중심의 전투 길드. 집단전이 특기.

삼족오: 장수 종족 중심의 전투 길드. 마법과 활에 의한 엄호가 강점.

묘인족 어미 연구회: 묘인족에 어울리는 언어를 연구하는 지고(至高)의 탐구자들.

무명: PK에 대한 복수를 목적으로 만들어진 길드. 복수를 위해서라면 목숨까지 내던진다.

우로보로스: 플레이어 살해를 즐기는 정신이상자 집단. 다양한 파벌이 존재한다.

리베라시온: 저레벨 플레이어를 노리는 PK 길드. 조직 자체는 취약하다.

사원의 허무: 심부름센터에 가까운 PK 길드. 보수만 주면 의뢰 내용은 상관하지 않는다.

하멜른

하이 픽시. 몬스터를 이용한 PK의 상습범. 철저히 자기중심적이다.

마타타비

휴먼. 비스트 변장 세트가 표준 장비다. 아이돌급 인기를 자랑한다.

신

본작의 주인공. 하이 휴먼. 온라인 게임에서 이름을 떨친 최강 플레이어.

플래트

하이 로드. PK 길드에 소속. 이상할 만큼 신을 신봉한다.

마리노

휴먼. 게임 내의 신의 연인. 강아지형 몬스터가 파트너다.

홀리

하이 엘프. 섀도우의 아내로 대범한 성격.

루카

비스트. 고양이의 특징을 가진 캣 타입. 고아원에서 살고 있다.

섀도우

하이 로드. 근접 전투가 특기다. 평상시에는 찻집을 운영한다.

주요 등장인물

THE NEW GATE

엘트니아 대륙

바다

지그루스

용황국 킬몬트

파르닛드 수연합

렌츠

성지 카르키아

라르아 대삼림

베이룬

바르멜

흑무녀 신사

망령평원

쿠죠 성

베일리히트 왕국

영봉 후지

히노모토

사로잡힌 사람들 | Chapter 1

신 일행은 섬나라 히노모토에서 천하오검 탐색을 마친 뒤
『흑무녀 신사』의 길드하우스로 귀환했다.

천하오검 중 하나인 『도지기리 야스츠나』를 정화하던 도중
티에라와 기억의 일부를 공유하게 된 신은 그녀에게 자신의
과거를 밝힐 결심을 한다.

티에라는 신의 눈을 똑바로 응시하며 말했다.

"……가르쳐줘. 난 너에 대해 알고 싶어."

"알았어. 조금 긴 이야기지만 들어줘— 당시의 나는 사람이
가진 악의를 진정으로 이해하지 못했어. 소중한 것을 갑자기
잃을 수 있다는 것도 모르고 있었지."

신은 티에라와 마주 보며 이야기를 이어나갔다.

"지금부터 이야기하는 건 『영광의 낙일』보다도 전에 있었던
일이야. 우리가 이 세계를 『게임』이라 부르던 시절이었지."

†

MMORPG【THE NEW GATE】가 VR(버추얼 리얼리티)로 전
환된 지 1년 정도가 지난 어느 날이었다.

게임(비현실)이던 그것은 현실로 탈바꿈되었다. 게임 내의 가장 큰 변화는 두 가지였다.

로그아웃이 불가능해지고 게임상의 죽음이 진짜 죽음으로 이어졌다.

이해하기 힘든 이번 사태에 냉정하게 대처하는 사람은 많지 않았다.

혼란으로 인한 사망자가 500명이 넘는다는 이야기까지 나왔지만 그것이 많은 숫자인지 적은 숫자인지도 감이 오지 않았다.

갑작스러운 상황 속에서 그나마 다행이었던 것은 플레이어들의 능력치가 초기화되지 않은 점이었다.

오랜 시간에 걸쳐 단련해온 레벨과 능력치, 강력한 장비와 귀중한 아이템, 길드하우스, 그리고 가까운 사이에서 쓸 수 있는 연락 수단 같은 것은 그대로 남아 있었다.

그리고 절망적인 데스 게임을 끝내기 위해 오늘도 한 남자가 던전에 도전하고 있었다.

"이랴아아아앗!!"

남자의 기합 소리와 함께 어둑어둑한 던전 안에서 붉은 궤적이 그려졌다. 칼날이 움직인 뒤에 나타나는 빛의 잔상이었다.

허공을 가른 검은 궤도상에 있던 거인형 몬스터 기간테스 모스의 오른쪽 다리를 절단해냈다.

오른쪽 정강이 밑이 잘려나간 거대한 몸체가 쓰러졌다. 키는 5메르를 족히 넘었고 몸에 울퉁불퉁한 바위가 달려 있는 탓인지, 쓰러지는 것만으로도 땅이 울릴 정도였다.

지면이 크게 진동하면서 플레이어의 행동이 제한된 탓에 빠른 추가 공격은 힘들었다.

"남은 HP는 30퍼센트. 이제 슬슬 공격 모션이 바뀔 때가 됐군."

남자는 쓰러진 기간테스 모스를 바라보며 중얼거렸다.

그의 이름은 신.

그리고 지금 싸우는 상대는 던전 최심부에서 플레이어를 기다리는 보스 몬스터였다.

신이 말한 것처럼 HP 게이지가 30퍼센트 이하로 떨어져 붉게 표시되자 기간테스 모스의 몸에 변화가 나타났다.

전투 도끼를 쥔 양팔의 어깻죽지에서 두 개의 팔이 더 돋아난 것이다. 그에 호응하듯 보스 공간의 천장이 무너지면서 거대한 창과 검이 떨어져 내렸다.

"그렇게 나오시겠다."

신은 상대의 신체 변화를 냉정히 분석하며 마법 스킬을 발동했다.

"혹시 모르니까 약점이 바뀌지 않는지 확인해보겠어."

신의 말과 함께 일곱 속성의 마법이 기간테스 모스를 향해 쏟아졌다.

화염과 물의 탄환, 빛과 번개의 창, 바람과 흙과 어둠의 마수까지. 일곱 개의 독자적인 마법이 한 번에 발사된 것이다. 팔이 네 개로 늘어난 기간테스 모스라도 대처하기 힘든 숫자였다.

신이 사용한 것은 마법 스킬의 위력을 향상하는 【매직 부스트(마법 위력 강화)】와 7종 복합 마법 스킬인 【엘레멘탈 블래스트】를 조합한 기술이었다. 몬스터의 약점 속성을 확인하는 동시에 어느 정도의 대미지도 줄 수 있는 콤보 공격이었다.

몬스터의 특성에 따라서는 상대를 회복시킬 수도 있지만 기간테스 모스는 분명한 대미지를 입었다. 마법이 명중될 때의 대미지 차이를 통해 화염과 바람에 강한 대신 번개와 어둠에 약하다는 것을 알 수 있었다.

문제는 대미지 자체가 미미하다는 점이었다.

"약점은 변하지 않았군. 하지만 마법에 대한 방어력이 더욱 올라갔어."

기간테스 모스는 원래부터 높은 마법 방어력을 갖추고 있었다.

신이라면 원거리에서 일방적인 공격을 퍼부을 수도 있었다. 하지만 HP 감소에 따른 방어력 증가 효과로 인해 신의 마법으로도 제대로 된 대미지를 주기 어렵게 된 것 같았다.

이제 남은 방법은 근접전을 통한 직접 공격뿐이었다.

"뭐, 좋아. 자잘한 원거리 공격으로 끝날 거라고는 처음부터 생각 안 했으니까 말이지!"

신은 마법으로 상대를 견제하면서 애검인 『진월』을 쥔 손에 힘을 주었다. 스킬 발동과 함께 검에서 밝게 빛나는 붉은 파문을 어두운 아우라가 뒤덮었고 그 위로 진홍색 번개가 튀었다.

3종 복합 무예 스킬인【흑화섬(黑華閃)】이었다.

신은 마법 탄막 뒤에 숨어 순식간에 거리를 좁히며 상대의 등 뒤를 잡았다.

이동 무예 스킬【축지】와【환무(幻舞)】를 조합한 고속 이동에 기간테스 모스는 신의 모습을 놓치고 말았다.

기간테스 모스는 한쪽 다리를 잘린 탓에 움직임이 눈에 띄게 제한되어 있었다. 몸에 명중되는 마법 스킬을 무시한 채 열심히 신을 찾고 있었다.

"……!!"

신은 조용한 기합만을 담아서 기간테스 모스의 등을 향해 『진월』을 내리쳤다.

붉게 달아오르며 어둠을 두른 칼날이 강인한 피부를 찢어발겼다. 벌어진 상처 위로 번개까지 추격타를 가했다.

참격의 위력 앞에서 기간테스 모스의 몸이 균형을 잃고 앞으로 고꾸라졌다.

비명을 지르며 어떻게든 반격을 시도하지만 번개가 가진

단시간의 마비 효과로 인해 움직임이 불안정했다. 그런 상태로 무리하게 공격하려던 것이 화근이 되어 다시금 바닥에 쓰러지고 말았다.

신이 그런 틈을 놓칠 리 없었다. 처음부터 그렇게 될 것을 예상했다는 듯이 등 뒤에서 공격을 가했다.

기간테스 모스는 금세 다시 몸을 일으키려 했다. 하지만 신이 먼저 등 위에 내려서며 스킬을 발동했다.

"끝났어!"

이번에는 주황색 아우라가 『진월』의 검신을 감쌌다. 검술 무예 스킬【타일런트 비트】였다.

검술 스킬은 검의 종류에 상관없이 사용할 수 있는 경우가 많았다. 일본도로 서양 검술 스킬을 사용하면 위력이 다소 떨어지는 단점이 있었지만 스킬의 효과를 가장 중요시하는 신에게는 일본도로 동양 검술 스킬만 사용해야 한다는 고정관념이 없었다.

등 뒤에서 약점인 후두부를 공격하자 크리티컬 판정에 따라 대미지가 증가했다. 게다가 스킬의 효과 덕분에 일방적으로 공격을 퍼부을 수 있었다. 기간테스 모스의 HP가 0까지 떨어지는 것은 이제 시간문제였다.

"음~! 몸이 피로할 리는 없는데 어깨가 뻐근한 것 같아!"

신은 크게 기지개를 켜며 긴장을 풀었다.

보스를 격파하고 던전을 클리어한 신은 입구로 나와 있었다. 던전 공략에 나선 건 아침이었는데 돌아와 보니 어느새 해가 서쪽 하늘로 기울고 있었다.

육체적인 피로는 시스템상으로 존재하지만 지금은 완전히 회복되어 있었다. 이건 굳이 따지자면 정신적인 피로에 가까웠다. 육체(아바타)가 회복된다고 해서 그것을 조종하는 인간의 정신까지 회복되는 것은 아니기 때문이다.

이 세계의 죽음은 진짜 죽음이었다. 데스 게임으로 변한 【THE NEW GATE】에서 한번 죽은 사람은 다시는 부활할 수 없었다.

보스 몬스터를 상대하든, 아니면 초심자용 졸개 몬스터를 상대하든 간에 싸울 때는 항상 목숨을 걸어야 한다. 오랜 시간 그런 싸움을 하다 보면 정신적으로 피폐해지는 것이 당연했다.

"휴우. 이제 남은 던전은 대충 절반 정도겠군."

데스 게임이 된 【THE NEW GATE】의 클리어 조건은 최종 던전인 『이계의 문』의 보스 몬스터를 쓰러뜨리는 것이라고 한다. 정말로 게임에서 해방될 수 있는지는 알 수 없지만 플레이어들은 일단 그것을 목표로 싸우고 있었다.

최종 던전에 도전하기 위해서는 전 단계의 던전을 먼저 클리어해야만 했다. 던전을 클리어할 때마다 봉쇄된 지역이 개방되면서 최종 던전에 점점 가까워지는 셈이다.

데스 게임이 시작되었을 당시는 모든 플레이어들이 홈타운 중 한 곳인 『카르키아』에 소환되어 그 주변까지만 이동할 수 있었다.

신의 지도에는 거의 모든 지역의 지형 데이터가 기록되어 있었다. 그것을 들여다보자 약 절반 정도에 이동 불가 표시가 붙어 있다.

개방된 지역— 그것은 신을 비롯한 던전 공략자들이 바친 용기와 희생의 결과물이었다. 여기까지 오는 데에 이미 4개월이나 흘렀다.

"아직은 혼자서도 할 수 있어. 하지만 후반부는 힘들지도 모르겠군."

신은 깊은 한숨을 쉬며 보스가 떨어뜨린 아이템을 확인했다. 다음 던전 공략에 도움이 되는 아이템이 섞여 있는 경우도 있기 때문이다.

희귀 장비도 있긴 했지만 신이 장비한 아이템의 성능이 훨씬 좋기 때문에 대부분 쓸모가 없었다.

"……이번엔 쓸 만한 게 없네."

신은 화면을 스크롤하던 손을 멈추고 메뉴 화면을 닫았다. 장비 외의 레어 아이템들도 다음 던전에서 특별히 유용할 것 같지는 않았다.

가까운 전송 포인트까지 이동하면서 덤벼드는 몬스터를 헤치우던 신은 문득 하늘을 올려다보았다. 구름 한 점 없는 맑은 하늘이 신의 마음을 조금이나마 가볍게 해주었다.

"오! 돌아왔네! 이봐, 공략은 어떻게 됐어?"

전송 포인트를 통해 홈타운 중 한 곳인『케르궁스크』로 이동하자 기다렸다는 듯이 신에게 말을 거는 사람이 있었다. 던전 보스를 공략하러 간다는 것을 굳이 숨기지는 않았기에 어디선가 정보를 듣고 기다린 모양이었다.

"무사히 끝났어. 다음 지역에도 갈 수 있게 됐고. 알고 있을 테지만 나보다 먼저 가려면 충분히 조심해야 해. 이번 던전 보스도 내가 알던 것하고 조금 달랐으니까 말이지."

신은 오래 알고 지냈던 하이 비스트 청년 라오의 손등에 새겨진 문장을 보며 대답했다.

그것은 장검을 물어 으깨는 사자 문장으로 현재 가장 세력이 큰『억센 사자』길드의 상징이었다. 신의 기억이 맞는다면 그곳의 길드 마스터는 사자 타입의 하이 비스트였다.

"그래. 내가 이래 봬도『억센 사자』의 호각대라고. 위험하다 싶으면 바로 튈 거야."

라오는 사자 귀를 쫑긋 세우고 붙임성 있게 웃은 뒤 거리의 혼잡함 속으로 사라졌다.

『억센 사자』길드는 정찰이나 정보 수집 등을 담당하는 호각대(豪脚隊)와 전투를 담당하는 호권대(豪拳隊)로 나뉘었다. 신이 알기로 라오는 호각대 내에서 충분히 대장급이 될 만한 강자였다.

신은 어째서 그런 인물이 직접 자신의 귀환을 확인하러 오는지 알 수 없었다. 부하들에게 시켜도 충분한 일이었기 때문이다. 하지만 굳이 다른 길드 일에 끼어들고 싶지는 않았기에 그냥 넘어가고 있었다.

"잠깐 거리나 돌아다녀 볼까."

전송 포인트 앞에 계속 서 있는다고 달라지는 것은 없었다. 신은 짧게 중얼거리며 앞으로 걸어가기 시작했다. 던전 공략이라는 위험한 모험을 하고 와서인지 거리의 풍경을 바라보는 것만으로도 왠지 모르게 마음이 놓였다.

"어이, 신. 오늘도 던전에 다녀온 거냐?"

정처 없이 걷던 신에게 말을 건넨 사람은 꼬치구이 노점을 운영하는 남자였다. 일부러 아저씨 같은 아바타를 만들어 노점상 역할을 맡고 있는 플레이어였다.

캐릭터에 맞춰서인지 말투에도 거침이 없었고 신은 얼마 전까지만 해도 이곳의 단골이었기에 더욱 편하게 대하는 것 같았다.

"안녕하세요. 오늘은 새로운 지역을 개방하고 왔어요. 또 새로운 식재료가 유통될지도 모르겠네요."

데스 게임이 시작된 뒤로 새로운 필드가 개방될 때마다 게임에서 아직 구현되지 않았던 제작 재료와 아이템이 발견되곤 했다. 그중에는 꽤나 좋은 물건들이 있어서 신도 몇 개씩

챙겨두곤 했다.

"호오, 좋은 소식이군. 자, 당신으로 던전을 박살 내는 영웅
께 서비스로 하나 줄게."

"영웅이라고 부르지 마시라니까요."

신은 곤란한 듯 웃으며 그가 내민 꼬치구이를 받아 들었다.
하지만 남자가 그 항의를 받아줄 것 같지는 않았다.

영웅이란 일부 플레이어들이 신을 부르는 호칭 중 하나였
다. 데스 게임이 처음 시작되었을 때 레벨과 능력치, 장비가
그대로 남아 있다는 것을 안 플레이어들은 바로 상급 플레이
어를 찾았다. 던전을 클리어하기 위해서는 상급 플레이어들
이 먼저 단결해야 한다고 생각했기 때문이다.

그리고 게임에 로그인 중이던 상급 플레이어 중에서도 독
보적으로 강한 한 명이 있다는 사실은 금세 밝혀졌다.

최강으로 불리는 『육천』 길드의 멤버이자 최고의 장비를 제
작하는 하이 휴먼 대장장이.

신이라는 희망을 발견한 수많은 플레이어들이 열광했다.

그 누구도 범접할 수 없을 만큼 강했기에 다른 플레이어들
이 오히려 방해만 된다는 단점도 있었지만 그런 사소한 문제
는 아무도 신경 쓰지 않았다.

상급 플레이어와 협력하여 초급 던전을 순식간에 클리어했
고 이어서 중급 던전까지 제패했다. 사람들이 기대를 품기에
충분하고도 남는 속도였다.

그리고 상급 플레이어들이 고전하는 상급 던전마저도 신은 단신으로 공략해냈다.

오늘 신이 공략한 던전도 다른 플레이어들에게는 버거운 곳이었다. 모든 플레이어들이 로그인한 상태였다면 이야기가 달라졌을 테지만 적어도 현재로서는 신이 공략의 중심이었다.

따라서 사람들은 신을『영웅』이라 부르며 칭송했다.

"자기들 멋대로 기대하다가 또 멋대로 실망하고. 지금은 선망과 질투가 뒤섞여서 뭐가 뭔지 모르겠어. 웃기는 일이지."

그렇다. 모든 사람들이 신을 영웅이라 칭송하던 것은 이미 {과거의 이야기}였다.

상급 던전에 도전한 뒤로 신의 공략 속도는 눈에 띄게 줄어들었다. 던전의 난이도가 올라갈수록 몬스터도 강해지고 함정과 구조도 더욱 복잡해서 더욱 위험할 수밖에 없었다.

제아무리 신이라도 데스 게임화되면서 어떻게 변화했을지 모르는 상급 던전을 초급 던전처럼 쉽게 클리어할 수는 없었다.

하지만 그것을 알지 못하는, 혹은 {알려고 하지 않는} 플레이어들이 있었다.

공략 속도가 떨어지는 건 신이 열심히 하지 않기 때문이며 사실은 클리어하려는 마음이 없다.

그런 근거 없는 소문이 퍼지기 시작한 것은 상급 던전에 도전한 지 2주가 채 지나지 않았을 때였다.

많은 플레이어들이 걸었던 『기대』는 점점 변질되어갔다.

신이라면 반드시 해낼 거라는 순수한 『신뢰』와 『기대』를 품은 사람은 신을 실제로 아는 일부 플레이어들뿐이었다.

그렇지 않은 대다수 사람들의 『기대』는 자신들이 노력하지 않고 가만있어도 알아서 클리어해줄 거라는 일방적인 강요나 다름없었다.

"흥, 자기 혼자 좋은 장비로 꿀이나 빠는 주제에."

꼬치구이를 먹으며 걷던 신의 귀에 질투와 증오가 담긴 목소리가 들려왔다.

시선을 돌리지 않은 채 한쪽 구석을 확인하자 저랭크 장비를 걸친 사내가 옆길 벽에 몸을 기댄 채 앉아 있었다. 레벨은 40으로 상당히 낮았다.

신은 그가 초심자 플레이어임을 금방 간파했다.

"아무한테나 장비를 나눠줄 수 있을 것 같으냐고. 제작 재료가 공짜로 나오는 것도 아니고."

신은 그 남자를 무시한 채 잠시 걸어가다가 좋아하는 제과점의 간판이 보이고 나서야 마음속 말을 뱉어냈다. 조용히 중얼거리는 소리였기에 그의 말은 누구에게도 들리지 않고 거리의 소음에 묻혀버렸다.

대장장이인 신에게 무기를 나눠달라고 요구하는 사람들이 잔뜩 있었다. 하지만 신은 무기를 건네주는 상대를 최대한 엄선했다.

신이 중얼거린 것처럼 제작 재료가 공짜로 나오지 않는다는 것도 이유 중 하나였다. 하지만 그보다도 더욱 중요한 이유가 있었다.

그것은 데스 게임으로 변한 지금도 계속 플레이어를 사냥하고 다니는 PK, 플레이어 킬러들 때문이었다. 무분별하게 나눠주다가 그들에게 강력한 무기가 넘어간다면 불행한 희생자가 늘어날 뿐이다.

그래서 던전 공략에 힘쓰는 길드 마스터나 파티의 리더처럼 한정된 플레이어에게만 무기와 방어구를 제공하고 있었다. 그것도 어디까지나 대여였고 양도는 아니었다. 만약 그들 중에 PK가 섞여 있었을 때 즉시 회수하기 위해서였다.

하지만 일반 플레이어들의 눈에는 그것이 나눠주기 싫어하는 것처럼 보이는 모양이었다.

애초에 모든 사람이 사용할 무기를 신 혼자서 만드는 건 불가능했다. 그럼에도 자신과 유력 인사들만 강력한 무기를 독점하고 있다는 소문마저 돌았고 신은 진절머리가 났다.

"왜 그러냥? 신냥, 왠지 기운이 없다냥."

피곤할 때는 달콤한 게 최고다. 불쾌한 소문을 잊으려 노력하며 기운 없이 케이크를 바라보던 신에게 제과점『손짓 고양이』의 주인장 마타타비가 말을 건넸다.

고양이 같은 말투는『묘인족 어미 연구회』길드의 비공식

규칙이라고 한다. 하지만 신은 가까운 지인이 자신을 '신냐'라고 부르는 것을 정중하게 거절한 적이 있었다.

마타타비의 종족은 휴먼이었지만 『비스트 변신 세트』라는 장비 덕분에 주황색 머리카락에 맞춘 고양이 귀와 주황색 꼬리가 생겨나 있었다. 아키하바라의 메이드 카페에 가면 만날 법한 고양이 귀 미소녀 메이드의 모습이었다.

가게에서 일하는 점원들은 다들 비슷한 복장을 하고 있었다. 마타타비의 키는 160세메르 정도였다. 가슴 쪽이 파인 메이드복이었기에 신처럼 키가 큰 사람은 시선을 어디에 둘지 곤란했다.

"아아, 아니에요. 던전 보스를 쓰러뜨리고 오는 참이거든요. 아마 그 때문이겠죠."

"또 무리하고 온 거냥? 신냥은 너무 열심히 한다냥."

장난스럽게 들리는 말투와 달리 마타타비의 표정은 무척이나 진지했다.

"저도 알아요. 하지만 이렇게라도 하지 않으면 조기 클리어가 어려울 것 같아서요."

"다른 사람이 하는 말 따위냥 신경 안 써도 되는데냥. 신냥은 쓸데없이 성실하다냥. 어쩔 수 없다냥…… 그런 신냥에게 내가 주는 선물이다냥."

마타타비는 메이드복의 앞섶 안에서 카드 한 장을 꺼냈다. 아이템 박스는 아무 부위에서나 마음먹은 대로 사용할 수 있지만 그런 위치에서 사용하는 사람은 처음이었다. 마치 풍만한 가슴골에서 카드가 나온 것처럼 보였다.

"냐냥~! 내가 특별히 만든 마타타비 쿠키냥! 이거 먹고 기운 내라냥."

"고맙습니다. 하지만 되도록 좀 더 조용히 주시면 좋겠는데요. 그리고 꺼내는 장소를 조금 조심하는 게 좋을 것 같아요."

"내가 뭐 잘못한 거냥?"

한숨을 쉬는 신을 보며 마타타비는 고개를 갸웃거렸다. 진심으로 뭐가 문제인지 모르겠다는 표정이었다.

"주위 시선이 신경 쓰이잖아요. 혹시 일부러 그러는 거 아닙니까?"

가짜 육체인 아바타라도 얼굴이 예쁘면 주목받을 수밖에 없다.

대부분의 아바타는 미리 준비된 샘플 내에서 마음에 드는 조합을 골라 만들어진다. 게임에서는 매우 흔한 방식이었고 당연히 그런 얼굴이 현실의 얼굴과 닮았을 거란 보장은 없다.

그런 양산형(샘플이 많아서 동일하게 조합되는 경우는 거의 없지만) 플레이어와 달리 현실의 체격과 얼굴 생김새를 그대로 반영한 아바타도 있었다.

바로 마타타비가 그런 예였다.

풀 스캔 아바다로 불리는 방법인데 가짜이면서도 실물이기 때문에 개인의 신상이 드러날 위험성도 있었다. 하지만 그런 아바타를 사용하는 사람들은 처음부터 게임을 통해 얼굴을 알리려는 경우가 대부분이다.

신도 그런 유명 플레이어가 기획사에 스카우트되어 아이돌로 데뷔했다는 이야기를 들은 적이 있었다. 마타타비 역시 그게 목적이었다.

플레이어의 남녀 성비가 7:3 혹은 8:2라고 알려진 【THE NEW GATE】에서 현실 미소녀인 마타타비의 인기는 상위권이었다.

남성 플레이어 사이에서 마타타비는 아이돌이나 다름없는 유명인이었다. 비공식이지만 팬클럽도 만들어졌고 친위대를 자처하는 사람들도 존재했다.

사실 지금도 플레이어 다수가 신을 적대시하고 있었다. 미니맵에 나타난 표시가 적을 가리키는 붉은색으로 바뀌어 있다.

일부러 신경 써주는 마타타비에게는 미안하지만 쓸데없는 말썽이 일어나는 것만은 사양하고 싶었다.

"신냥은 내 첫 번째 사람 아니냥. 특별하다냥."

마타타비는 자신의 뺨에 손을 얹으며 부끄러워했다.

그 말이 나온 순간 주위의 시선에서 강한 살기가 느껴졌다. 게임에서 또렷한 기척이 느껴진다는 게 신기할 정도였다.

"또 누가 들으면 오해할 소리를……. 제가 밤에 길 가다가 맞아 죽으면 전부 마타타비 씨 때문입니다."

"신냥을 쓰러뜨릴 사람이 있기는 하냥?"

"게임이니까요. 시스템의 허점을 노리면 강한 상대를 쓰러뜨릴 방법도—."

신의 말은 거기서 중단되었다. 마타타비가 가느다란 손가락으로 신의 입을 막은 것이다.

"그런 이야기는 하면 안 돼. 마리노를 슬프게 하면 아무리 신이라도 용서 안 할 거야."

『쓰러뜨린다』라는 말은 『죽인다』라는 의미로 들릴 수도 있었다. 예전 같았으면 별문제 없었을 테지만 지금은 아니었다.

신이 죽음을 연상시키는 말을 꺼내자 마타타비는 말투까지 바꿔가면서 주의를 주었다. 그녀는 아무리 농담이라도 그런 이야기를 싫어했다.

"아…… 죄송합니다."

"알았으면 이제 그만 가봐라냥. 냐흐흐, 오늘은 분명히 좋은 일이 있을 거다냥."

"표정을 보니 왠지 수상한데요."

진지한 말투는 금방 자취를 감추고 마타타비의 표정도 익살스럽게 바뀌었다. 무언가를 꾸미고 있다는 것이 노골적으로 드러났지만 굳이 캐물어도 대답해줄 것 같지는 않았다.

신은 불길한 예감을 느끼면서도 마타타비 쿠키 외의 과자를 몇 개 더 구입한 뒤 가게에서 나왔다.

신은 일단 전송 포인트로 돌아와서 그곳을 통해 다른 장소로 이동했다. 목적지는 자신의 홈인 달의 사당이었다.

"다녀오셨어요. 손님이 와 계세요."

항상 변함없던 슈니의 인사말에 약간의 변화가 있었다. 슈니가 말한 『손님』이란 신이 없을 때도 달의 사당 거주구에 출입하는 사람을 의미했다.

현재 그런 사람은 단 한 명뿐이다.

"아, 신…… 저기, 어서 와.……."

신이 돌아온 것을 본 『손님』의 목소리가 부엌 쪽에서 들려왔다. 목소리의 주인공은 신의 연인인 여성 플레이어 마리노였다.

그녀가 신을 돌아보자 등 뒤까지 내려오는 긴 양 갈래 머리가 공중에서 갈색 원을 그렸다. 창공을 연상시키는 푸른 눈동자가 신을 수줍게 바라보았다.

신은 그런 모습에서 약간의 위화감을 느끼면서도 마리노의 복장에서 눈을 떼지 못했다.

"……좋은데."

"신? 왜 그래?"

신의 중얼거림이 들리지는 않았을 테지만 마리노는 뺨을 살짝 붉히며 물었다.

하얀 블라우스와 군청색 천에 노란 체크무늬가 들어간 치마. 그리고 어깨부터 등까지 뒤덮은 짧은 망토가 마리노의 기본 장비였다. 하지만 요리를 하던 그녀는 평소 걸치던 망토를

푼 대신 빨간 앞치마를 두르고 있었다.

"아, 아아, 미안. 다녀왔어. 요리하고 있었나 보네?"

마리노의 앞치마 모습에 넋을 놓았던 신은 황급히 대답했다. 그러자 마리노는 살짝 고개를 갸웃거렸다.

'앞치마 한 장 걸쳤을 뿐인데 왜 이렇게 귀여워 보이는 거지?'

앞치마를 두른 여성의 모습이 익숙하지 않아서일까? 아니면 마리노이기 때문일까? 신은 아마 후자일 거라 생각하며 다시 말을 꺼내려 했지만 마리노가 먼저 입을 열었다.

"어, 으으…… 어, 어서 와요."

"응? 어…… 다녀왔어."

방금 전에 똑같은 대화를 했다고 신이 생각했을 때 마리노의 입에서 생각지도 못한 말이 흘러나왔다.

"모, 모모모, 목욕부터 할래?! 아, 아니, 아니면! 나?!"

"……."

신이 그 말의 의미를 이해하기까지는 몇 초가 더 걸렸다. 말한 장본인도 어지간히 부끄러웠는지 새빨개진 얼굴 그대로 굳어 있었다.

평소의 쾌활함과 대비되는 그런 모습이 무척이나 귀여웠다. 그때 문득 분명 좋은 일이 있을 거라던 마타타비의 말이 떠올랐다.

"……저기, 방금 말한 것처럼 마리노를 고를 수 있는 거야?"

신은 자신도 모르게 그런 말을 꺼냈다.

"……응."

그러자 속삭이는 듯한 긍정의 대답이 돌아왔다.

그 말을 들은 순간 신은 마리노의 턱을 위로 끌어당기며 입술을 겹쳤다.

【THE NEW GATE】에서 18금에 해당하는 행위는 엄격히 금지되어 있다. 하지만 데스 게임이 된 지금이라면 그것을 단속할 운영자나 GM(게임 마스터)이 없었다.

시스템상 실제로 관계를 가질 수는 없는 만큼 연인이나 부부 플레이어들에게 키스는 애정을 확인하는 무척 중요한 행위였다.

"……휴우."

마리노는 쭉 숨을 멈추고 있었는지, 신이 입술을 떼자마자 크게 숨을 들이쉬었다. 그녀의 얼굴은 변명의 여지가 없을 만큼 빨갛게 달아올라 있다.

"그런데 왜 이런 일을 한 거야? 실컷 즐겨놓고 이런 말 하기도 뭣하지만, 마리노가 이 정도로 적극적이었던가?"

"나도 부끄러웠어! 그건 그렇고 그만 쳐다봐! 그만 보~라~니~까~!"

마리노는 아직도 새빨간 얼굴로 신의 팔을 힘껏 밀어내서 뒤로 돌아서게 했다. 그리고 신이 자신의 얼굴을 보지 못하도록 등에 얼굴을 푹 묻었다.

제삼자가 봤다면 애정 표현의 연장선상으로만 느껴질 광경
이었다.

"……좀 진정됐어?"

"응. 하지만 신이 너무 여유로워서 약간 분해."

5분 정도 지나고 나서야 마리노의 목소리가 평소대로 돌아
왔다. 신의 등에 얼굴을 묻고 있느라 조금 웅얼거리는 소리가
되긴 했지만 말이다.

"그러면 다시 물을게. 왜 이런 일을 한 거야? 오늘이 무슨
특별한 날이던가?"

"그런 게 아냐. 신이 돌아오기 조금 전에 마타타비 씨한테
서 신이 지쳐 보인다는 연락이 왔어. 나도 신이 요즘 통 기운
이 없는 것 같아서 어떻게든 기운을 북돋아 주고 싶었거든.
그랬더니 마타타비 씨가…… 나, 남자들은 이렇게 하면 확실
하다고……."

말하는 중간부터 마리노의 얼굴이 다시 화악 달아올랐다.
게임상의 연출로 머리 위에서 김이 피어오르고 있었다.

신의 뇌리에서 '냐흐흐' 하는 웃음소리가 자동으로 재생되
었다.

"역시…… 마타타비 씨의 음흉한 미소가 이런 뜻이었군."

물론 마음속으로 그녀에게 감사의 뜻을 전하는 것은 잊지
않았다.

"그래서…… 이걸로 정말 힘이 났어?"

"솔직히 말하면 말도 안 되게 힘이 났어. 이제 마리노를 안을 수만 있다면 완벽할 텐데."

"뭐?! 으, 으으…… 알았어! 여, 여기까지 왔는데 어디 한번 해보지 뭐!!"

농담처럼 한 말이었지만 마리노는 예상외의 반응을 보였다. 진정됐다고 생각한 건 신의 착각이었던 모양이다.

마리노는 언제든 오라는 듯이 양팔을 벌렸다.

'……이대로 안는 것도 좋겠지만, 지금은 일부러…….'

장난기가 발동한 신은 소리를 내지 않고 마리노의 등 뒤로 돌아갔다. 두 눈을 감은 마리노는 신이 움직였다는 것을 전혀 인지하지 못했다.

"……?"

아무리 기다려도 변화가 없자 이상하게 생각한 마리노가 눈을 떴을 때 신이 등 뒤에서 그녀를 끌어안았다.

"꺄앗?!"

마리노는 어지간히 놀랐는지 펄쩍 뛰며 움찔거렸다.

"놀랐어?"

"으으, 너무해……."

신은 끌어안은 자세 그대로 마침 등 뒤에 놓여 있던 의자에 앉았다. 마리노는 신의 무릎 위였다.

"이거 굉장히 부끄러운데……."

"오늘은 마리노가 내 어리광을 받아주는 날이잖아. 이참에 마음껏 누려보겠사옵니다."

"갑자기 웬 존댓말, 흐윽?! 잠깐, 귀에 숨결이!"

"당연히 일부러 한 거야."

"또 짓궂, 흐으?! 안 돼, 거긴 민감…… 두, 두고 봐~!"

그 뒤로 30분 동안 두 사람 사이의 거리는 조금도 떨어지지 않았다.

"어, 저기, 그래서 오늘의 메뉴는 뭔가요?"

"옥스 카우 햄버그하고 수프와 샐러드. 일단 빵하고 밥도 준비했는데, 뭘 먹을래?"

"그, 그러면 밥으로 줘."

신의 행동이 지나쳤는지 요리 중인 마리노의 눈빛은 냉담했다. 신은 음식 준비를 돕겠다고 했지만 일언지하에 거절당했다.

그러면서도 끝까지 음식을 대접해주는 것을 보면 진심으로 화가 난 것은 아닌 듯했다.

굽기만 하면 되는 햄버그스테이크를 보며 신은 얌전히 기다리기로 했다.

마리노의 요리 스킬 레벨은 아직 낮았지만 달의 사당의 부엌에는 요리 스킬 보정과 조리 시간 단축 같은 보조 기능이 부여되어 있다. 따라서 마리노도 충분히 맛있는 음식을 만들

수 있었다.

"자, 기다렸지?"

마리노는 아직도 치이익 하고 구워지는 소리가 들리는 철판 접시를 쟁반 위에 올려놓고 부엌에서 나왔다. 밥과 수프에서도 김이 모락모락 나고 있었다.

식탁 위에 음식을 놓고 앞치마를 벗은 마리노가 자리에 앉기를 기다렸다가 신이 양손을 맞댔다.

"잘 먹겠습니다."

햄버그스테이크에 나이프를 대자 육즙이 흘러나오며 고기향이 한층 강하게 풍겼다. 게임치고는 상당히 생생하게 재현되어 있었다. 데스 게임으로 바뀐 이후로는 사물에 대한 재현율이 더욱 높아진 것 같았다.

"미각이 구현되어 있어서 다행이야. 만약 식사로 공복 수치만 회복되었다면 못 버텼을 거야."

맛있는 식사야말로 내일을 살아갈 수 있는 원동력이었다. 맛도 느껴지지 않는 음식 아이템을 입에 꾸역꾸역 넣다 보면 맥이 빠질 수밖에 없다.

"응? 마리노, 왜 그래? 내 얼굴에 양념이라도 묻었어?"

마리노는 행복하게 식사하는 신을 어느샌가 온화한 표정으로 바라보고 있었다. 그런 그녀를 보자 신의 긴장감도 조금은 누그러졌다.

"으응, 아니야. 신은 정말 음식을 맛있게 먹는다는 생각이

들어서."

직접 만든 요리를 먹음직스럽게 음미해준다면 기쁘지 않을 수 없다. 마리노의 표정에서는 그런 감정도 이따금씩 드러났다.

"맛있는 걸 먹다 보면 자연스럽게 그렇게 되지 않나?"

"다른 사람이었다면 이렇게 행복한 기분은 들지 않았을 거야."

마리노는 그런 심정을 신에게 숨김없이 전했다.

신은 빤히 들여다보는 시선을 느끼며 식사를 하는 것이 약간 민망했지만 그것을 굳이 이야기해서 마리노의 기분을 망치고 싶지는 않았다.

마리노의 시선이라면 그렇게까지 거북하지 않은 것도 사실이었다.

중간부터는 마리노도 자기 몫의 음식을 먹기 시작했다. 신이 밥과 수프를 한 그릇씩 더 먹고서 식사가 끝나자 두 사람은 소파에 앉아 편히 쉬었다.

"이제야 평소의 신으로 돌아왔네."

소파 위에서 한숨 돌렸을 때 마리노가 신의 어깨에 기대며 말했다.

"……내 얼굴이 그렇게나 심각했어?"

평소와 다르지 않다고 생각했던 신은 살짝 놀라며 물었다.

"신은 있지, 깊이 고민하거나 생각이 너무 많아질수록 얼굴이 딱딱하게 굳어지거든. 눈빛도 날카로워지고. 최근에는 계속 그랬다니까."

사실대로 지적했다가 괜한 고민을 안겨줄까 봐 마리노도 계속 망설였던 모양이다.

"혼자서만 너무 무리하면 안 돼. 보는 사람까지 힘들어지니까."

"앞으로는 생각한 대로 그냥 이야기해줘. 말해주지 않으면 나도 모르잖아."

"말할 타이밍을 잘 못 잡겠어. 예전에 그것 때문에 실패한 적이 있거든."

마리노는 신의 왼팔에 자신의 오른팔을 두르며 말했다. 평소 같았으면 여체의 부드러운 감촉에 의식이 쏠렸을 테지만 오늘은 침울해하는 그녀가 더욱 신경 쓰였다.

"현실에서 있었던 일이야?"

"응. '네가 대체 뭘 안다고 그래!'라면서 엄청 화냈어."

"……그랬구나."

마리노는 현실에서 있었던 일을 거의 이야기하지 않았지만 오늘은 입이 살짝 가벼워진 것 같았다.

"알았어. 던전 공략은 좀 더 여유를 갖고 할게. 그래야 더욱 효율도 좋아질 테고 마리노도 걱정하지 않을 테니까."

신은 더 센스 있게 대답하지 못하는 것을 아쉬워하며 최대한 밝게 말했다.

육체적인 피로가 없더라도 정신적으로 지쳐 있다 보면 중요한 순간에 실수하게 될지도 모른다. 그리고 그것 때문에 마리노에게 쓸데없는 걱정을 끼치고 싶지는 않았다.

"현실 세계로 돌아갈 날이 늦어질 테지만 조금만 견뎌줘."

"신이 무사히 있어주는 게 더 중요해."

마리노는 그렇게 말하며 살짝 웃었다.

"저기, 마리노. 보스 공략도 일단락되었으니까 내일은 같이 가도 될까?"

능력치가 높지 않은 마리노는 초기 홈타운인 『카르키아』의 교회에서 일하고 있었다. 그곳에 병설된 고아원에서 어린 플레이어들을 보호 중이었다. 물론 마리노가 일하는 고아원인 만큼 신이 직접 솜씨를 발휘해서 엄청난 시설이 갖춰져 있었다.

"나야 상관없지만 신에게는 지루할지도 모르는데?"

"괜찮아. 마리노가 열심히 일하는 모습을 보고 싶은 거니까."

신은 히죽 웃으며 마리노를 바라보았다. 장난스러운 말투와 달리 신의 표정은 무척이나 따스했다.

"으~ 그런 얼굴을 하면 화를 내고 싶어도 못 내잖아!"

신의 표정을 본 마리노는 화를 내야 할지 안심해야 할지 모르는 것 같았다. 요즘의 신이리면 절대 짓지 못할 미소였기 때문이다.

"응? 내 얼굴이 그렇게 이상했어?"

"휴우, 모르면 됐어. 그건 그렇고 이왕 따라올 거면 아이들하고도 놀아줘. 다들 게임을 좋아하는 애들이니까 이야기도 잘 통할 거 아냐?"

"남자아이들은 내게 맡겨. 아마 잘할 수 있을 거야. 여자아이들은 네게 맡길게. 나하고는 취향이 꽤나 다를 테니까 말이야."

신의 경험상 마리노를 비롯한 여성 플레이어는 요리나 애완 몬스터와의 의사소통, 재봉처럼 신이 별로 익히지 않은 스킬을 중시하는 경향이 있었다.

그러다 보니 대화 내용을 따라가지 못할 때가 많았다. 제아무리 신이라도 모든 스킬과 아이템에 정통한 것은 아니었다.

"그런 건 직접 이야기해보면 알겠지. 그러면 내일을 위해 빨리 자자. 그릇은 내가 정리할 테니까 신은 그동안 씻고 올래?"

"그럴게. 아, 마타타비 씨네 가게에서 쿠키하고 마들렌을 사 왔는데, 내일 고아원에 가져갈까?"

"오, 그거 좋다. 다들 기뻐할 거야."

신은 뒷정리를 마리노에게 맡기고 욕실로 향했다.

뜨거운 물을 채운 욕조에 몸을 담그자 형용할 수 없는 해방감이 온몸을 휘감았다.

"쓸데없이 현실적이라 곤란할 때도 많지만, 이런 느낌이 재현되는 건 정말 다행이야."

까놓고 말해서 몸이 더러워진다고 해서 특별한 불이익을 받거나 아바타의 능력이 떨어지는 것은 아니었다. 그런데도 플레이어, 특히 여성 플레이어들은 목욕을 하고 싶어 했다.

현실에서는 온천이 아닌 이상 큰 효과를 느끼기 힘들지만 이쪽 세계에서는 목숨 걸고 싸운 뒤의 목욕이 엄청난 효과를 발휘하는 것 같았다.

생명을 씻어낸다는 말이 가장 적절했다.

신은 욕실에서 나와 냉장고에서 시원한 우유를 꺼내 단숨에 마신 뒤 마리노에게 인사하고 잠자리에 들었다.

생각보다 피로가 심했는지 이불을 덮자마자 곯아떨어지고 말았다.

"으음?"

시간이 얼마나 지났을까? 신은 문득 오른팔의 위화감을 느끼며 눈을 떴다.

시선을 돌리자 잠옷 차림의 마리노가 보였다. 어리광을 부리듯 신의 오른팔에 달라붙어 행복하게 잠들어 있었다.

"아…… 음~ 뭐, 괜찮겠지."

신의 졸린 머리는 그녀를 방으로 옮겨서 재운다는 생각을 떠올리지 못했다.

데스 게임 전부터 연인 사이였고 현재는 시스템상의 부부였다. 함께 자서 안 될 게 뭐 있느냐는 생각도 들었다.

신은 좋은 기회라는 듯이 마리노가 끌어안은 오른팔을 빼서 그녀를 양팔로 끌어안았다.

그리고 가슴 가득 퍼지는 행복을 느끼며 다시금 잠에 빠졌다.

†

다음 날 신은 흔들림을 느끼며 눈을 떴다. 뭔가가 자신의 품 안에서 꿈틀거리고 있었다.

"……응?"

어젯밤처럼 시선을 돌리자 얼굴이 빨갛게 달아오른 마리노와 눈이 마주쳤다. 아무래도 신이 깨기 전에 빠져나오려 했던 모양이다.

"아, 아으아으……."

"……좋은 아침."

너무나 부끄러운 나머지 말도 못 꺼내는 마리노에게 신이 일단 아침 인사를 건넸다.

"조, 좋은 아침. 그런데 워……어째서 내가 신에게 안겨 있는 거야?"

신은 살짝 미소를 지으며 귀엽게 혀를 깨문 마리노에게 대답했다.

"어제 내 이불 속으로 들어왔길래 안고 잤어."

"내, 내가 잠결에 무슨 짓을……."

"시스템상이지만 일단 부부잖아. 뭐 어때?"

"부끄럽다고! 으으, 분명 추한 얼굴로 잤을 거야……."

마리노는 어지간히 부끄러웠는지 신의 허그에서 해방되자마자 얼굴을 양손으로 감싸며 침대 위에서 괴로워했다. 잠옷이 말려 올라가며 배꼽이 그대로 드러났다.

"자는 얼굴이야 지금까지 수없이 봤잖아? 서로서로."

"어제는 안 돼! 그런 꿈을 꿨는걸. 분명히 추했을 게 틀림없어……."

신의 기억에 남은 것은 행복해하는 얼굴뿐이었다. 하지만 사실을 말해도 마리노가 믿을 것 같지는 않았다.

"그래, 그래. 그런 꿈이라…… 대체 어떤 꿈이었길래?"

신이 추궁했다.

"그……."

"그?"

"그걸 어떻게 말해, 이 바보야!!"

"으헉?!"

마리노는 히죽거리는 신에게 깔끔한 어퍼컷을 날리고 방에서 뛰쳐나가 버렸다.

홀로 남겨진 신은 자신이 너무 심했나 생각하며 아프지도 않은 턱을 문질렀다.

"죄송합니다. 장난이 심했습니다."

"정중하게 사과하면 용서해줄 줄 알고?"

아침 식사 자리에서 깍듯이 머리를 숙이는 신을 보며 마리노가 어이없다는 듯이 말했다. 어설프게 변명하는 것보다 깔끔하게 사과해야 용서받을 가능성이 높다는 것을 신은 경험을 통해 알고 있었다.

물론 마리노도 신의 그런 의도를 모를 리 없었다.

"휴우, 알았어. 그 대신 오늘 하루는 열심히 일해야 해."

"넷, 최선을 다하겠습니다."

"됐으니까! 빨리 밥부터 먹어!"

신은 마리노의 재촉에 평소보다 빨리 식사를 마쳤다.

고아원에서 무슨 일을 도울지는 이동하면서 듣기로 했다. 특별한 준비물은 없다고 한다.

"잘 다녀오세요."

"집 잘 보고 있어."

슈니에게 인사를 건넨 신은 마리노와 함께 카르키아로 순간 이동했다.

신은 인파 속을 걸어가면서 여러 명의 시선을 느꼈다. 평소와 다른 장비를 착용하고 있었지만 신의 얼굴을 알아본 사람이 있는 것이리라. 거리에 나올 때마다 겪는 일이기에 이제는 크게 신경 쓰이지도 않았다.

"아! 누나다!"

두 사람이 고아원에 도착하자 남자아이의 목소리가 들렸다. 고아원 옆 공터에서 놀던 두 소년이 그들을 향해 달려왔다. 손에는 대미지를 주지 않는 장식용 무기인 스펀지 블레이드를 들고 있었다.

두 아이 모두 키는 150세메르 정도였고 초등학교 고학년쯤으로 보였다.

앳돼 보이는 얼굴은 아바타 설정을 수정하지 않은 탓이다. 아바타를 자동 설정 모드로 하면 나이에 따른 외모가 만들어지기 때문이다.

"이 사람은 누구야?"

"설마 누나 남자 친구?!"

"이 사람은 신이라고 해. 오늘 우리를 도와주러 왔단다."

마리노는 남자 친구냐는 질문을 회피하며 소년들에게 신을 소개했다.

신도 고아원에 몇 번 온 적이 있지만 이 둘은 처음 보는 아이였다.

"【애널라이즈】로 보일 테지만 일단 신에게도 소개해줄게. 여기 까만 머리가 료헤이, 빨간 머리가 텟페이야."

"잘 부탁해."

"잘 부탁해!"

료헤이는 얌전하게, 그리고 텟페이는 기운차게 인사했다.

마리노의 말에 따르면 이 두 아이는 고레벨 플레이어와 동행해서 저레벨 몬스터 등장 구역에서 사냥을 할 때도 있다. 고아원에서는 워낙 말썽꾸러기들이라 문제아 2인조로 불리는 모양이었다.

"에밀 씨는?"

"안에 있어. 루카가 또 울었거든."

마리노는 고아원 원장에게 인사하고 오겠다고 말하고 안으로 들어갔다.

"저기, 형아. 형아는 던전 공략하러 가본 적 있어? 에밀 누나는 위험하다고 안 보내주던데."

"가보고 싶으면 넌 좀 더 레벨을 올려야 할 것 같은데. 지금은 주먹이 스치기만 해도 죽을걸?"

"텟페이는 안 가는 게 나아. 혼자 앞서가다가 바로 죽을 테니까."

료헤이가 신의 대답에 맞장구를 치며 한심하다는 표정을 지었다.

"뭐가 어째~!"

"나한테 한 번이라도 이기기 전까진 아직 애송이라니까."

고아원 내의 순위는 료헤이 쪽이 위인 것 같았다.

신은 자기들끼리 칼싸움을 시작하는 두 소년을 앞에 두고 주변을 둘러보았다.

"응?"

신의 시야 끝에서 작은 그림자가 스쳐 지나갔다. 신이 그쪽으로 시선을 돌리자 나무줄기 뒤에서 얼굴을 빼꼼히 내민 어린 소녀가 보였다.

신과 눈이 마주친 순간, 어린 소녀는 재빨리 나무 뒤로 숨어버렸다. 하지만 안타깝게도 동물 귀와 긴 꼬리까지 숨기지는 못했다. 쭈뼛거리는 귀와 꼬리가 신의 동태를 살피는 듯했다.

신은 턱을 만지작거리며 천천히 다가가보았다. 어린 소녀가 얼굴을 내밀었을 때는 잠시 멈추었다가 숨으면 다시 나아갔다.

'날 무서워하진 않는 건가?'

신이 다가가는 것을 알 텐데도 소녀는 도망치려 하지 않았다. 처음에는 낯선 사람이라 경계하나 싶었지만 그렇지도 않은 듯했다. 살짝 멍한 표정으로 슬며시 얼굴을 내밀었다가 도로 숨기를 반복하고 있을 뿐이다.

그러는 사이 신은 소녀가 숨은 나무 옆까지 도착했다.

"안녕?"

"……안녕."

인사를 해보자 속삭이듯 작은 소리로 대답이 돌아왔다. 숨으려는 생각이 있기는 한 건지, 나무 뒤에서 얼굴만 내민 채로 신을 올려다보고 있었다. 몸을 옆으로 기울인 탓에 갈색 머리카락이 어깨까지 늘어뜨려져 있다.

"꼬마야, 우리 오늘 처음 보는 거지? 난 마리노를 도와주러

온 신이라고 해. 넌?"

"……루카."

"이름이 루카구나. 오늘 잘 부탁해."

"응."

루카는 고개를 살짝 끄덕이더니 나무 옆으로 나왔다. 키는 110세메르가량 되어 보였다. 머리카락과 같은 색의 동물 귀가 이따금씩 쫑긋거렸다.

게임에서의 키는 현실 세계와 거의 똑같이 설정되어 있다. 이런 게임을 하기에는 몸집도 작고 너무 어리다고 신은 생각했다.

"야! 루카! 선생님이 너 찾으셔!"

목소리가 들린 쪽을 돌아보자 텟페이와 료헤이 뒤로 마리노와 수녀복을 입은 여성이 서 있었다.

텟페이의 목소리를 들은 루카는 움찔거리며 몸을 움츠리더니 신의 뒤로 숨어버렸다. 웃옷 소매를 붙잡은 손이 미세하게 떨리고 있었다.

"텟페이, 목소리가 너무 커. 루카가 무서워하잖아."

"윽, 미, 미안."

텟페이도 놀라게 하려는 건 아니었는지 바로 사과했다.

"루카, 이런 곳에 있었구나. 걱정했잖아."

"……미안해요."

달려온 마리노가 루카와 눈을 마주치며 말했다.

"자, 일단 고아원에 돌아가자. 특히 료헤이하고 텟페이! 너희들은 가룻조 씨한테 갈 준비 아직 안 했지?! 멍하니 있지 말고 빨리 가서 준비해!"

"넷! 알겠습니다!"

우렁차게 대답한 소년 2인조는 전력으로 뛰어서 고아원으로 돌아갔다.

지시를 내린 사람은 고아원 원장인 에밀이었다. 등 뒤까지 내려오는 옅은 청색 머리카락과 에메랄드를 연상시키는 눈동자를 가진 미녀였다.

수녀복을 입은 모습은 얼핏 경건한 성직자처럼 보였다. 하지만 말투와 성격은 흔히 생각하는 수녀의 이미지에서 크게 벗어나 있었다.

입도 험했고 말보다 손이 먼저였다. 하지만 한편으로는 아이들을 잘 챙겨주는 듬직한 면도 있었다.

고아원에서 아이들을 돌보는 모습은 수녀라기보다 억척스러운 주부 같았다.

물론 신은 본인에게 그런 이야기를 한 적은 없었다. 에밀 앞에서 말실수를 했다간 그녀의 기본 무기인 못 박힌 방망이의 희생양이 될 것이다. 못 박힌 방망이는 대미지보다도 특유의 비주얼이 무시무시했다.

"마리노는 루카하고 부업 일을 도와줘."

"맡겨줘."

"루카도 마리노 말 잘 듣고."

"응, 알았어."

부업이란 NPC가 의뢰하는 작업 퀘스트를 말한다. 필드 사냥으로 돈을 벌기 힘든 고아원에서는 귀중한 수입원이었다.

마리노는 그런 퀘스트를 이미 많이 해봤기 때문에 걱정할 것은 없었다.

루카도 에밀의 말에 힘 있게 고개를 끄덕였다.

"난 저쪽이야?"

신은 텟페이와 료헤이가 칼싸움을 하던 공터를 보며 말했다. 그곳에서는 이미 남자아이 몇 명이 스펀지 블레이드를 든 채 대기 중이었다.

"그래, 넌 우리 개구쟁이들을 상대해줘. 워낙 기운이 넘치는 아이들이거든. 밖으로 나갈 생각도 안 들 만큼 실컷 뛰어놀게 해줘. 내가 감독할게."

신은 정기적으로 오는 사람이 아니었기에 에밀이 즉석에서 역할을 정해주곤 했다. 장소가 장소이니만큼 아이들을 상대하는 경우가 태반이었다.

다만 신이 사냥을 가거나 스킬을 사용해서 아이템과 금화를 벌어오는 것만은 금지되었다.

—고아원을 위해 사냥하러 갈 거면 그 시간에 쉬어.

—그리고 아이들을 빨리 원래 세계로 돌려보내 줘.

그것이 에밀과 다른 고아원 협력자들의 공통된 의견이었

다.

그나마 기분 전환 삼아 고아원 일을 돕는 것만은 간신히 허락해주고 있었다.

"좋아, 오늘은 내가 상대해주지. 최선을 다해서 덤벼봐!"

오늘 같은 모의전이 처음은 아니었고 아이들은 거침없이 신에게 덤벼들었다.

외출 준비를 하던 료헤이와 텟페이도 몰래 끼어 있었지만 신이 싸우면서 재빨리 에밀 쪽으로 밀쳐내자 목덜미를 붙잡혀 연행되었다.

"뭐, 간단하군."

신이 개구쟁이들을 상대한 지 두 시간 정도가 지났다. 과감하게 덤벼들던 아이들도 역시 지쳤는지 대부분 바닥에 누워 있었다.

이런 피로는 HP와 MP처럼 눈에 보이는 수치로 존재하는 것은 아니었다. 다만 HP나 VIT가 높을수록 덜 지치는 것으로 봐서 비공개 능력치인 듯했다.

피로가 쌓이면 공격력과 이동 속도 저하, 적의 공격에 따른 대미지 상승 등 다양한 디버프가 발생한다. 회복 마법으로 회복이 가능했기에 그렇게까지 큰 문제는 아니지만 지금은 에밀이 치료해주지 않았기에 다들 파김치가 되어 있었다.

"제길, 형아 되게 세……."

"어른 주제에 안 봐주고……."

아이들은 여유작작한 신에게 칭찬인지 불평인지 모를 말을 해댔지만 지친 탓에 말을 끝까지 잇지 못했다.

"꼬맹이들, 이제 알겠지? 밖에는 이 녀석 같은 폐인도 이기기 힘든 몬스터들이 우글대고 있어. 무슨 일이 있어도 밖으로 나가면 안 돼!"

"알았어~."

"절대 안 나가……."

하지만 너무 지쳐서 에밀의 말을 금방 까먹지 않을지 걱정이었다.

"자, 그러면 신이 다음에 할 일은…… 응?"

"왜 그러세요?"

중간에 말을 멈춘 에밀의 시선은 마당에 접한 문에서 얼굴만 내민 루카를 향하고 있었다. 그 옆에는 곤란한 듯이 웃는 마리노도 보였다.

"아까도 그랬는데, 루카는 항상 저러나요?"

"아니. 낯선 사람, 특히 너처럼 덩치 큰 녀석은 무서워해서 가까이 가지 않으려고 해. 뭐, 루카는 여기에 온 지 얼마 안 됐으니까 우리도 모르는 게 많지만 말이지."

신의 질문에 대답한 에밀은 마지막으로 "저러는 건 처음 봤어"라고 덧붙이며 마리노와 루카에게 손짓을 했다.

"자, 루카. 가자~."

루카는 에밀이 손짓하고 마리노가 등을 밀어준 뒤에야 문

옆으로 나왔다. 하지만 걸어오는 동안에도 마리노 뒤에 용케 숨어서 신을 훔쳐보았다.

"으음, 우리 아까도 봤었지?"

"응."

신이 어쩔 줄 모르며 말을 건네자 루카는 마리노 뒤에서 나와 신의 바지 자락을 붙잡았다.

"어…… 저기, 무슨 일이니?"

"흐음, 네가 좋은가 봐. 얘가 별일이네."

루카의 행동에 더욱 어쩔 줄 모르는 신을 보며 에밀이 흥미롭게 말했다.

"신이 왜?"

"……오빠랑 닮았어."

"그랬구나."

루카의 말에 대한 마리노의 대답이 왠지 모르게 어색했다.

의아하게 생각하는 신에게 에밀이 음성 채팅을 보냈다.

『루카의 오빠는 이미 죽었거든.』

루카는 원래 그녀의 오빠가 길드를 만들 때 인원수를 맞추기 위해 로그인했다고 한다.

루카의 나이가 다섯 살이라는 말을 듣고서야 신은 그럴 만하다고 생각했다. 요즘에는 초등학생도 VR 게임을 즐기지만 이렇게 어린 유치원생이 PK 시스템까지 있는 게임을 하겠다고 나설 리가 없었다.

하지만 로그아웃할 때까지의 짧은 시간 동안 세계가 바뀌고 말았다.

오빠와 그 동료들은 초심자용 지역에 루카를 남겨둔 채 도시 밖으로 나갔고 그대로 돌아오지 않았다고 한다.

『그런데 루카의 오빠는 몇 살이었대요?』

『이제 막 중학교에 들어갔다고 들었어.』

『……그렇다면 좋아할 일은 아닌 것 같네요.』

중학생 오빠와 키나 얼굴이 닮았다면 몰라도 정신연령이 닮은 거라면 큰 충격이었다.

"그러면 오늘은 신이 루카를 봐줄래?"

"좋은 생각이네요. 자!"

에밀이 좋은 생각이 떠올랐다는 듯이 말하자 마리노가 바로 맞장구를 치며 신과 루카의 손을 이어주었다.

루카의 손은 부드럽고 작았다. 신의 손과 비교해보면 더욱 작아 보였다.

손을 잡았다기보다 신의 손이 루카의 손을 감쌌다는 표현이 정확하리라. 신은 루카의 나이를 새삼스럽게 실감했다.

"좋아! 오늘은 내가 잘 돌봐줄게!"

"……응."

작은 손이 신의 손가락을 힘껏 맞잡았다.

그런 반응을 보며 신과 마리노, 에밀이 동시에 미소 지었다.

†

그곳은 휘황찬란한 방이었다. 요란한 장식품으로 꾸며진 실내에 젊은 남자가 둘 있었다.

한 사람은 호화로운 의자에 앉아 와인 잔을 기울이고 있다. 왕후귀족처럼 복잡한 자수가 들어간 옷을 입었고 손에서는 굵은 루비 장식의 반지가 반짝였다.

남자가 앉은 의자 옆에는 칼집에 수많은 보석이 박힌 장검이 세워져 있었다. 눈썰미 좋은 사람이라면 그것이 고대급 무기 중 하나인 『엑스칼리버』의 초기 상태임을 알아볼 것이다.

남자의 게임 내 이름은 알드였다.

"그래서 지금 {그 녀석}은 어디를 공략하고 있지?"

"호우전트 대륙의 일부를 어제 개방한 것 같습니다. 현재 개방된 대륙은 40% 정도입니다."

앞에서 무릎 꿇고 있던 다른 남자가 대답했다.

짙은 녹색의 후드 망토 밑으로 드러난 민첩성 중시의 부츠를 보면 남자가 마도사가 아닌 사냥꾼이라는 것을 알 수 있었다.

남자의 게임 내 이름은 로빈 후드였다.

"칫, 요 한 달 동안 공략 속도가 꽤나 떨어졌군. 뭘 하느라 그렇게 꾸물거리는 거지? 게임밖에 할 줄 모르는 폐인 주제에!"

알드가 화를 내며 의자를 내리쳤다. 갈색 섞인 금발이 분노로 살짝 곤두서 있었다.

"난이도가 높아지다 보니 속도가 떨어지는 건 어쩔 수 없는 것 같습니다."

"그걸 극복하라고 플레이어 스킬이 있는 거 아냐?! 흥, 시간과 돈을 물 쓰듯 써도 결국 그 정도였군."

알드는 플레이어들을 완전히 깔보고 있었다. 그가 순수한 플레이어가 아니기 때문이었다.

알드가 사용 중인 아바타는 운영사가 접대용으로 제공해준 것이다. 이벤트용 몬스터인 아더 펜드래곤의 데이터를 유용해서 만들어진 아바타였다.

능력치는 평균 800에 달했고 장비도 하등품이긴 해도 전부 고대급이었다. 【THE NEW GATE】를 처음 시작한 플레이어에게 주기는 과분한 사양이었다.

'이번 던전도 원래는 파티를 짜야 클리어할 수 있었다고. 그게 얼마나 대단한 일인지 전혀 모르는군.'

로빈은 마음속으로 중얼거렸다. 게임을 정상적으로 플레이해온 로빈의 눈에는 혼자서 상급자용 던전을 클리어하는 신이 경악스러울 따름이었다.

로빈의 아바타는 알드와 달리 평범했다. 능력치는 DEX와 AGI만 높아서 척후 역할에 특화되어 있었다. 활과 독을 활용한 원거리 공격이 특기였다.

하지만 던전에 들어가는 것뿐이라면 모를까, 보스에게 도전할 엄두는 나지 않았다. 이길 가능성이 없기 때문이다.

"이봐, 하기와라. 내 말 듣고 있는 거냐?"

"아, 네. 죄송합니다, 괜찮습니다. 하지만 재촉한다 해도 무리하게 싸우다 그가 죽어버리면 전부 허사가 됩니다."

로빈은 본명으로 부르지 말라는 생각을 겉으로 드러내지 않고 성실하게 답변했다. 알드는 억지로 시키면 된다고 말하지만 그런 방식으로 공략이 성공할 수 없다는 건 누구나 알고 있었다.

알드와 로빈의 관계를 한마디로 정의하자면 어떤 회사의 상사와 부하였다.

상사인 알드는 【THE NEW GATE】의 운영 자금을 대는 투자자의 아들이었고, 로빈은 운영자가 아바타를 제공해주었다는 그의 자랑을 지겹도록 들어야만 했다.

로빈은 회사에서 다른 플레이어와 이야기하던 것을 알드에게 들켜서 이렇게 몸종처럼 따라다니게 되었다.

로빈은 그때만큼 자신의 부주의함을 저주해본 적이 없다. 단순히 데스 게임에 갇히기만 한 거라면 얼마나 마음이 편했을까? 그런 생각이 들 만큼 로빈은 스트레스가 심했다.

"흥, 그렇다면 그 녀석을 여기로 불러. 게임을 클리어하는 대가로 보수를 준다고 하면 의욕이 생길 테지."

"그냥 멋대로 하게 놔두는 편이 우리도 편하지 않을까요?"

"나는 이제 그만 현실 세계로 돌아가고 싶은 거다. 이런 상태로 벌써 몇 달이 지났는지 알아?! 이런 몸으로는 여자도 안을 수 없어. 술을 마셔도 어중간하게 취하고 담배도 맛이 없다고. 짜증 나서 못 해먹겠다니까!"

알드는 이야기하면서 신경이 곤두섰는지 다시 한번 의자를 내리쳤다.

정 그러면 너도 던전을 공략하러 가든가. 로빈은 그렇게 말하고 싶은 것을 꾹 억누르며 알드가 모르게 작게 한숨을 쉬었다.

"일단 이야기는 해보겠지만 거절당하면 제가 할 수 있는 것이 없습니다."

"어떻게든 해결하라고! 못하면 강등, 아니 잘릴 줄 알아!"

"아, 알겠습니다. 설득하러 다녀오겠습니다!"

고함치는 알드를 마음속으로 욕하면서 로빈은 방에서 나왔다.

네가 직접 하라고 말해주고 싶었지만 여기서 알드의 비위를 거스를 수는 없었다. 현실 세계의 알드는 인사에도 입김이 닿는 상사였고 로빈은 일개 말단 사원일 뿐이었다.

이쪽 세계에서 살아남는 것도 중요하지만 원래 세계의 직장도 중요했다.

그에게는 부양할 가족이 있기 때문이다. 로빈은 그들을 위해서라면 얼마든지 고개를 숙일 수 있었다.

"하지만 이것만큼은 마음대로 안 되는 거잖아……."

던전 공략의 최전선에서 활약하는 신에 대한 정보는 로빈도 많이 알고 있었다.

처음 데스 게임이 시작되었을 때는 달의 사당을 방문할 수도 있었다고 하는데, 지금은 위치를 옮겨서 어디 있는지도 알수 없었다. 도시에 있을 때 접촉하거나 정보상을 이용하는 방법뿐이었다.

"휴우, 리에, 에미, 보고 싶다……."

로빈은 아내와 딸의 이름을 중얼거리며 거리의 인파 속으로 사라졌다.

한편 알드는 혼자 남은 방 안에서 아직도 분노를 삭이지 못했다.

와인 잔을 든 손에 힘을 주자 유리가 순식간에 산산조각 났다. 떨어진 와인은 방에 부여된 청소 기능으로 인해 유리 파편과 함께 잠시 빛나다 사라졌다.

"제길, 모처럼 인맥을 써서 편하게 놀고먹을 수 있게 됐는데, 데스 게임이라니!"

알드는 아직까지도 게임 속 상황을 현실로 받아들이지 못했다. 게다가 높은 레벨과 능력치를 갖고도 던전 공략이나 보스 토벌을 남들에게만 맡겨온 탓에, 최전선에서 싸우려면 목숨을 걸어야 한다는 사실을 몰랐다.

알드가 싸워본 것은 고블린과 슬라임 같은 초심자용 몬스터뿐이었다. 엄청난 능력치 덕분에 공격을 받아도 피해를 입지 않는 반면 상대에게 주는 대미지는 전체 HP의 수십 배였다.

전투라기보다 일방적인 유린에 가까웠기에 죽음의 위기를 느껴볼 여지는 없었다.

"흠, 저 녀석이 돌아올 때까지 뭘 하면서 시간을 때워야 하나……. 응?"

그때 손님이 왔음을 알리는 종소리가 들렸다. 서포트 캐릭터로 생성해둔 메이드가 이미 마중 나가 있었다.

알드의 메뉴 화면에 나타난 사람은 둘이었다.

한 명은 짙은 갈색 갑옷을 입은 험악한 인상의 사내였다. 갑옷은 장식이 벗겨져나간 듯한 흠집으로 가득해서 험악한 느낌을 한층 더해주고 있었다. 손질되지 않은 부스스한 머리와 덥수룩한 수염은 도둑이나 용병 무리의 두목 같아 보였다.

다른 한 명은 은색 갑옷을 입은 우아한 남자였다. 목 뒤로 묶은 금발과 TV나 잡지에서나 볼 법한 단정한 용모는 마치 백마를 탄 기사 같았다. 옆에 있는 사내와는 정반대였다.

두 사람의 얼굴에서 묘한 현실감을 느낀 알드는 플레이어 본인의 얼굴로 아바타를 생성하는 풀 스캔 아바타 기능을 사용했을지도 모른다고 생각했다.

하지만 현실에서 어떤 얼굴이든 간에 게임 내에서는 그렇게 시선을 끄는 외모가 아니었다. 잘생긴 캐릭터는 얼마든지 있었고 일부러 이상한 얼굴을 만드는 플레이어도 적지 않기 때문이다.

메뉴 화면에는 남자들의 이름과 레벨, 직업이 표시되었다.

"가르가라와 플래트? 모르는 이름이군. 레벨은 양쪽 모두 255. 직업은 마검사와 용기사인가? 공을 들인 장비를 가진 걸 보면 이 녀석들도 폐인 같은데?"

과금으로 장비를 갖춘다 해도 기본적인 레벨과 능력치가 맞지 않으면 디버프를 받게 된다. 운영자가 부여해준 알드의 【애널라이즈】로는 플래트와 가르가라가 그런 디버프를 받지 않는다는 것도 알 수 있었다.

『손님을 들여보낼까요?』

"뭐, 잠시 따분함 정도는 달랠 수 있겠지. 좋아, 들여보내."

알드는 메뉴 화면에 새롭게 나타난 『출입을 허가합니까? YES/NO』라는 선택지에서 『YES』를 골랐다. 그리고 잠시 뒤에 메이드의 안내를 받은 두 사람이 방에 들어왔다.

"만나주셔서 감사합니다. 저는 플래트라고 합니다. 잘 부탁드립니다."

"가르가라다."

"쓸데없는 인사는 됐어. 무슨 일로 온 거지?"

웃으며 말을 꺼내는 플래트와 무뚝뚝한 가르가라를 보며 알드는 의자에 앉은 채로 거만하게 대답했다. 손님을 맞는 적절한 태도는 아니었지만 플래트는 특별히 기분 나빠하지 않으며 말을 이어나갔다.

"방금 여기서 나간 로빈 씨가 뭔가 심각한 표정을 짓는 걸 봐서 말이죠. 저희들도 어떻게든 힘을 보태드리고 싶어서 왔습니다."

"그 문제라면 로빈에게 물어보면 될 텐데."

"지시하신 분께 이야기하는 편이 빠를 것 같았거든요. 그리고 비밀스러운 용무라면 제가 더 큰 도움이 될 텐데요."

플래트는 친근해 보이는 미소를 지었다.

비밀 용무. 그 말을 들은 알드가 눈을 가늘게 떴다.

"아, 부디 그렇게 경계하진 마시길. 멋대로 조사한 점은 사과드립니다. 하지만 저와 제 동료는 당신과 한뜻입니다."

"한뜻이라고?"

"네. 당신도 빨리 현실 세계로 돌아가고 싶으시겠죠? 그러기 위해서는 계속 꾸물거리는 그 남자가 마음먹고 던전 공략을 해줘야 하고요. 아닌가요?"

알드는 자신과 같은 생각을 가진 사람이 있다는 것을 특별히 신기하게 여기지 않았다. 오히려 게을러터진 신에게 아무 말도 하지 않는 다른 플레이어들이 이상할 따름이었다.

현실 세계로 돌아가고 싶다는 말을 들은 알드는 플래트가 찾아온 이유를 쉽게 납득하고 말았다.

"너라면 그렇게 할 수 있다는 거냐?"

"네. 이래 봬도 나름대로 아바타를 강화한 덕분에 던전 공략에 참가하고 싶다고 하면 무시하진 않을 겁니다. 그리고 저희 말을 듣게 할 방법이 또 한 가지 있습니다. 그건 여기 있는 가르가라의 전문 분야죠."

플래트는 넌지시 비합법적인 수단이 있다고 말한 것이다. 알드가 가르가라를 돌아보자 가르가라는 입꼬리를 올리며 히죽 웃어 보였다.

"난 그쪽이 전문이나 다름없지. 경험도 풍부하다고."

가르가라는 그렇게 말하며 자신만만한 표정을 지었다.

담력이 크지 않은 알드는 평소 같았으면 그런 위험한 일에 관여하지 않았을 것이다. 하지만 로그아웃 불가라는 기묘한 상황에 오래 놓이다 보니 가뜩이나 약하던 인내력이 한계를 드러내고 있었다.

그래서 알드는 주저 없이 고개를 끄덕였다. 다른 사람에게 피해가 갈 수도 있다는 사실은 신경조차 쓰지 않았다.

"로빈 혼자 보내기는 불안하던 참이야. 잘 부탁한다. 그래서 원하는 건 뭐지?"

설령 목적이 같더라도 두 사람이 아무 보수도 요구하지 않을 리는 없었다.

그 말을 들은 두 사람은 더욱 선명한 미소를 지었다.

"공략에 대한 건 맡겨주십시오. 보수 쪽은 무기를 융통해주시면 됩니다. 물론 저희가 성공한 뒤라도 상관없습니다."

"으음? 너희들이 갖고 있는 무기는 어쩌고?"

"귀중한 무기를 만들 수 있는 대장장이는 손에 꼽습니다. 그리고 가장 실력이 뛰어난 게 그자니까 말이죠. 저도 죽고 싶지는 않으니 송구하지만 부탁드리겠습니다."

플래트는 깊이 머리를 숙였다. 그런 태도에 알드의 기분이 좋아졌다.

"좋다. 단, 성공한 뒤에 주겠어."

"감사합니다. 그러면 저희는 바로 움직일 테니 이만 실례하겠습니다."

플래트는 다시 한번 머리를 숙인 뒤 알드의 홈을 떠나려고 했다.

"잠깐. 네가 원하는 보수는 아직 듣지 못했다. 나중에 불법적인 요구를 받으면 들어줄 수 없어. 원하는 게 뭐지?"

"응? 아아, 나 말인가?"

질문을 받은 가르가라가 얼굴만 돌리며 호전적인 미소를 지었다.

"난 그냥 그 신이라는 녀석과 목숨 걸고 싸워보고 싶은 것뿐이야. 얼간이가 아닌 진짜 그 녀석하고 말이지."

그 말만을 남긴 채 가르가라는 플래트를 뒤따라 나갔다.

"……흥, 기분 나쁜 놈이군."

알드는 가르가라의 미소를 보며 약간의 한기를 느꼈다.

플래트는 알드의 홈에서 나오자마자 헬멧을 장비해서 얼굴을 숨겼다. 때마침 가르가라가 뒤따라 나오는 참이었다.

"이거야 원, 설마 저런 조건을 정말 받아들일 줄이야. 저런 인간을 상사로 모시려면 부하도 힘들겠군."

"하핫, 동감이야."

플래트는 알드와 로빈의 관계를 알고 있었다. 애초에 그런 정보를 미리 조사한 뒤에 로빈이 없는 틈을 노려 방문했던 것이다.

남자는 동정이 간다는 투로 이야기했지만 말투에서는 심하게 깔보는 태도가 묻어났다. 그것은 가르가라 역시 마찬가지였다.

"알드도 자기가 직접 움직이면 공략이 조금은 빨라졌을 텐데 말이야. 저렇게 좋은 아바타를 갖고 있어봐야 돼지 목에 진주 목걸이지. 아바타를 교환할 수만 있다면 유효하게 써줄 텐데."

"확실히 저 녀석은 정신이 글러먹었어. 별로 재미도 없고."

장비도 상급이었고 아바타도 강력한데도 던전 공략에는 일절 협력하지 않았다.

성실하게 공략에 힘쓰는 플레이어들이 알드를 본다면 틀림없이 화를 낼 것이다. 적어도 현재 공략 중인 던전에서는 충분하고도 남는 도움이 될 능력자였다.

매일 아무 일도 하지 않고 게으르게 지내며 사소한 심부름까지 전부 로빈에게 맡기고 있다.

본인 앞에서는 드러내지 않았지만 플래트는 알드에게 혐오감을 품고 있었다. 가르가라의 경우는 너무 하찮아서 관심도 없었다.

"뭐, 이용해먹는 입장에선 상대가 멍청할수록 편해서 좋지."

"네 본업을 생각하면 그렇겠지."

현실 세계에서 플래트의 직업은 사기꾼이었다. 그런 경험 덕분에 자신과 가르가라를 이용하려는 알드의 속셈쯤은 이미 꿰뚫어 보고 있었다.

내가 속을 리 없고 이용당할 리도 없다. 플래트는 알드가 그런 근거 없는 자신감이 넘치는 인간이라는 것을 이미 간파하고 있었다.

"자, 그러면 나도 움직여볼까. 이제 그만 그자를 해방시켜 줘야겠지."

"넌 여전히 기분 나쁘군."

"이해해줄 거란 기대는 처음부터 안 했어."

플래트는 그 말만 남기고 거리의 혼잡함 속으로 사라졌다.

"크으, 하이 휴먼이라. 재밌어야 할 텐데."

플래트를 배웅한 가르가라도 다른 장소로 이동하기 시작했다.

신 일행이 모르는 곳에서 불길한 그림자가 천천히 다가오고 있었다.

†

　고아원에서 루카와 함께 바느질을 하거나 낮잠을 자던 신은 주위에서 놀랄 정도로 그녀를 잘 돌봐주고 있었다. 마리노와 에밀이 조용히 보러 올 때에도 루카는 한 번도 칭얼대지 않았다.

　그뿐만 아니라 처음에는 조금 어색해하던 루카가 오후부터는 신에게 완전히 마음을 연 것 같았다.

　"뭐랄까, 조금 의외구나."

　그런 신을 보며 감탄한 듯이 말한 건 홀리라는 이름의 여성 플레이어였다. 고아원에 협력해주는 상급 플레이어 중 한 명이었고 신과는 예전부터 아는 사이였다. 온화한 성격 덕분에 주로 어린아이들에게 인기가 있었다.

　"어, 뭐가요?"

　"뭐는 무슨. 루카 같은 아이를 돌보는 건 익숙한 사람이 아니면 힘들 거라 생각했거든. 게다가 신 군은 남자아이잖아."

　신은 아이들과 함께 누워 방금 잠든 루카를 지켜보고 있었다.

　"아아, 그건 아마 저한테도 여동생이 있어서 그런 걸 거예요."

"그랬니? 아, 미안. 현실 세계의 일을 물어보려는 건 아니었는데."

"괜찮아요. 저는 형하고 남동생, 그리고 막내 여동생이 있었어요. 먼저 태어난 사람의 숙명이죠. 저하고 형하고 남동생이 교대로 여동생이랑 놀아주곤 했어요. 뭐, 루카하고는 다르게 제 여동생은 꽤나 움직이기 좋아해서 힘들었지만요."

나이 차가 적기 때문인지 신의 여동생은 셋째 오빠를 가장 잘 따랐다. 하지만 신도 조금은 어린아이 상대하는 법을 알고 있었다.

"전에 나도 들었던 것 같아. 동생들은 【THE NEW GATE】안 했어?"

다른 아이들을 돌보던 마리노가 문득 생각났다는 듯이 물었다.

"여동생이 하고 있었어. 다행히 이번 소동에는 휩쓸리지 않았지만."

"휩쓸렸다면 제일 먼저 찾으러 갔겠네."

"그 녀석이라면 아무렇지 않게 살아남을 테니까 그렇게 걱정되진 않았을 것 같은데."

"오빠처럼 강한 편이었나 보네?"

"솔직히 말해서 꽤나 강했어. 레벨이나 능력치를 따지기 전에 움직임 자체가 엄청났거든."

신의 여동생도 【THE NEW GATE】의 플레이어였고 플레이어 스킬, 즉 플레이어 개인의 기량이 뛰어나기로 유명했다. 게임 내에서는 서로 거리를 두며 플레이했기에 두 사람이 오누이임을 아는 사람은 거의 없었다.

"신 군이 엄청나다고 할 정도야? 우리 그이 같은 실력인가 보구나?"

"글쎄요. 팔이 안으로 굽는다고 하실지도 모르지만, 아마 제 여동생의 플레이어 스킬이 더 뛰어날 거예요. 뭐, 섀도우 씨의 플레이어 스킬도 엄청나지만요."

섀도우는 홀리의 남편이고 플레이어 스킬이 높기로 유명했다.

신의 말에 마리노가 놀랐다.

"섀도우 씨보다 더? 신하고는 다른 의미로 굉장하네. 다른 형제들도 굉장하려나?"

"아니야. 애초에 형이랑 남동생은 【THE NEW GATE】를 안 했으니까."

형제들이 모두 애니메이션과 게임, 만화를 좋아했지만 형은 회사 일이 바빠서 취미와 멀어지고 있었다. 남동생은 게임보다 만화를 더 좋아했기 때문에 신과 같은 게임을 하던 건 여동생뿐이었다.

그런 그녀도 애니메이션이나 만화에는 별로 흥미가 없었다. 한 핏줄이라도 취미와 취향은 제각각인 법이다.

"음……."

신이 살짝 몸을 뒤척이는 루카를 다시 돌아보자 어느샌가 작은 오른손이 신의 왼손을 잡고 있었다. 잠을 깬 것 같지는 않았다.

"자고 있을 때도 신이 옆에 있어주길 바라나 봐."

"어머, 어머. 이거 오늘은 못 도망가겠네? 오빠니까?"

마리노는 미소 지었고 홀리는 놀리듯 말했다.

신은 곤란하게 웃으며 루카와 맞닿은 손을 바라보았다. 치우려고만 하면 바로 치울 수 있었다. 하지만 도저히 그럴 마음이 들지 않았다. 덕분에 한동안은 이대로 움직이지 못할 것 같았다.

"다른 아이들은 나하고 홀리 씨가 볼 테니까 신은 루카랑 같이 있어줘. 그래도 되죠?"

"물론이지. 그리고 신 군. 루카가 일어났을 때 꼭 곁에 있어야 해. 오늘 아침에는 그것 때문에 엄청 울었다고 하니까."

신과 마리노가 고아원에 도착했을 때 텟페이와 료헤이가 그런 이야기를 했던 기억이 났다.

루카는 오빠가 사라진 뒤로 두 달 정도 혼자서 지냈다고 한다. 오랫동안 아는 사람 하나 없이 돌아다니다 보니 외톨이가 되는 것에 강한 공포심을 갖게 된 모양이었다.

이것은 에밀이 신에게 몰래 가르쳐준 사실이었다.

오늘 아침에는 옆에서 함께 잤던 에밀이 식사 준비를 위해 먼저 일어났다. 그 바람에 루카가 혼자 남게 된 것이다. 눈을 떴을 때 주변에 아무도 없자 루카는 큰 소리로 울음을 터뜨렸다고 한다.

"그렇군요. 알겠습니다. 자리를 비워야 할 때는 누군가를 부를게요."

고아원에는 마리노와 에밀, 홀리 외에 다른 플레이어들도 있었다. 신도 아는 사람들이었기에 급할 때 부를 사람은 많았다.

게임 세계에서는 화장실에 갈 필요도 없었기에 긴급 연락이 아닌 이상 루카가 일어날 때까지 옆에 있어줄 수 있었다.

"그러면 잘 부탁해."

"신에게 맡길게."

신은 다른 작업을 하러 가는 두 사람을 배웅한 뒤 루카의 얼굴과 맞잡은 손을 번갈아 바라보았다. 그리고 손에 아주 살짝 힘을 주었다.

루카는 자면서도 그것을 느낀 것처럼 표정이 조금이나마 편안해진 것처럼 보였다.

약 30분 뒤에 루카가 눈을 떴다. 낮잠 시간은 언제나 30분이었기에 몸이 기억하고 있는 것 같았다.

처음엔 멍하니 있었지만 신이 옆에 있다는 것을 알자 부끄러웠는지 살짝 뺨을 붉혔다. 어린아이 나름대로 쑥스러움을 느낄 때가 있는 모양이다.

"오후는 자유 시간이라던데, 뭐 하고 싶은 거 있어?"

아이에게 일만 시킬 수는 없었기에 고아원에서는 오전과 오후 중 한쪽이 자유 시간으로 정해져 있었다. 오늘은 대부분이 오전에 작업을 했기에 이미 눈을 뜬 아이들이 각자 자유롭게 시간을 보내고 있었다.

참고로 신이 오전에 상대했던 개구쟁이들은 오후부터 간단한 작업을 돕는다고 한다.

"산책하고 싶어."

"밖에? 뭐, 계속 고아원 안에만 있으려면 답답하겠지."

고아원은 어느 정도 넓었지만 천천히 걸어도 10분 정도면 한 바퀴를 돌 수 있었다.

거리에서는 기본적으로 플레이어를 공격해서 죽일 수 없었다. 하지만 무슨 일에든 예외가 존재한다. 그것을 감안하고 밖으로 나갈 때는 전투를 할 줄 아는 누군가가 반드시 옆에 있어야 했다.

"안 돼?"

"아니, 가끔씩은 기분 전환도 필요할 테니까 에밀 씨에게 말해볼게. 잠깐만 기다려줘."

신은 에밀에게 채팅을 연결했고 나가는 김에 장을 봐달라는 부탁을 받았다.

신은 알았다고 대답한 뒤 루카에게 엄지를 세워 보였다.

"굿!"

그걸 본 루카도 기쁘게 엄지를 세웠다.

아이템 박스가 있었기에 짐을 양손에 들고 다닐 필요는 없었다. 유사시에도 즉시 움직일 수 있기에 위험하진 않을 것이다.

다른 아이들은 고아원 안에 있을 거라고 들었기에 신과 루카는 바로 외출하기로 했다.

"어라, 둘이서 나가려고?"

고아원 문을 열자 때마침 마리노가 주변에 있었다. 신은 루카를 데리고 산책을 겸해서 장을 봐 오겠다고 말했다.

"그러고 보니 최근에는 계속 고아원 안에만 있었지. 응, 잘 생각했어."

마리노가 웃으며 칭찬하자 루카가 갑자기 그녀의 손을 잡았다.

"루카?"

"같이 안 갈래?"

마리노는 신을 바라보았다. 무슨 일이라도 있었냐고 묻는 듯한 눈빛이었다.

신은 시선을 마주치며 고개를 가로저었다.

"음~ 그러면 에밀 씨에게 물어보고 올게. 허락해주면 같이 가자."

"응."

마리노는 신과 달리 자주 일하러 오는 만큼 고아원의 주요 멤버라고 할 수 있었다. 쉽게 빠져나올 수는 없는 것이리라.

채팅을 위해 잠시 조용히 있던 마리노는 방금 전에 신이 했던 것처럼 엄지를 세워 보였다.

"굿!"

루카도 똑같은 포즈를 취했다.

"그러면 가자. 루카는 마리노 손 놓치지 말고."

신은 인파 속에서 미아가 되지 않도록 루카에게 마리노의 왼손을 잡게 했다.

"그러면 반대쪽 손은 신이 잡아줘."

이번에는 마리노가 그렇게 말하며 신의 오른손을 잡게 했다.

"자, 가자."

"응!!"

양손을 잡은 루카는 만면에 미소를 띠고 있었다. 신과 마리노도 얼굴을 마주 보며 미소 지었다.

고아원을 나온 세 사람은 먼저 장을 보기 위해 채소와 고기 같은 식료품을 취급하는 시장에 갔다.

농부 직업의 플레이어들이 만든 농축산물이 진열된 시장 거리에는 저녁 재료를 사러 온 플레이어로 시끌벅적했다.

"―네, 항상 사던 대로 주세요. 아, 그 고기는 1인분 더요."

장보기를 부탁받은 사람은 신이었지만 실제로 상품을 살펴보고 고르는 건 마리노의 몫이었다. 항상 이 거리에서 장을

보는지 구면인 주인들과 친하게 대화하며 가격을 흥정했다.

"마리 언니, 굉장해."

"저게 진짜 교섭 스킬이군. 아, 그런데 구입하는 시점에 할인 스킬이 발동되지 않던가?"

신과 루카는 그녀의 수완을 보며 감탄할 따름이었다.

"—크~ 알았어! 항상 단골로 와주는 보답으로 금화 70닢에 줄 테니까 빨리 가져가!"

"감사합니다!"

"그런데 저기 두 사람은 아가씨의 일행인가?"

"네, 그런데 왜 그러세요?"

가게 주인은 신과 루카를 보며 히죽 웃더니 마리노에게만 들리는 소리로 속삭였다.

"아니, 아이 손을 잡고 장을 보러 오는 걸 보니까 꼭 신혼 같구먼. 솔로인 사람은 부러워서 어디 살겠나!"

"시, 신혼?! 무슨 말씀을 하시는 거예요?!"

마리노는 간신히 말을 멈추며 주인에게 따졌다.

"누가 봐도 그렇게 생각할걸? 뭐, 농담은 이쯤 해두지."

"농담이라도 해선 안 될 말이 있다고요!"

"그렇게 싫은 것도 아닌 것 같은데? 얼굴은 웃고 있구먼."

"……?!"

마리노는 퍼뜩 놀라며 황급히 입가를 가렸다.

이제 그만 도와줘야겠다 싶어서 신이 다가가자 가게 주인은 갑자기 진지한 표정을 지었다.

"난 정보상은 아니지만 단골인 너희에게는 알려줘야 할 것 같군. 저기 있는 꼬마 아가씨는 잠깐 귀를 막고 있어주지 않겠나?"

"음?"

신은 고개를 갸웃거리는 루카의 귀를 부드럽게 막아주었다.

"말씀하세요."

"그래, 간단히 말하지. 최근에 PK 녀석들이 또 활발하게 활동하고 있다는군. 『사원(蛇円)의 허무』를 혹시 아나? 상급 플레이어들도 피해를 입었으니까 조심하라는 이야기가 나오고 있어."

"이름은 들어봤습니다. 능력치가 제법 높은 녀석들이 모여 있다던데요."

『사원의 허무』는 PK 플레이어만으로 구성된 길드였다.

게임을 즐기는 방식 중 하나였을 뿐, 진짜 살인까지 하고 싶지 않았던 플레이어들은 이미 길드를 탈퇴한 상태였다. 남은 자들은 정말로 사람을 죽이고 있었다.

재미를 위해 만들어진 PK 길드가 지금은 진짜 살인 집단이 되어버린 셈이다.

"무슨 생각인지는 모르지만 그중에는 약한 꼬미들을 노리는 녀석들도 있어. 너희 고아원에는 꼬마들이 많잖아. 조심하는 게 좋을 거야."

"귀중한 정보를 알려주셔서 감사합니다."

마리노는 신경을 써준 가게 주인에게 감사를 표했다.

주인의 말대로 고아원 습격은 타깃도 약하고 사람들에게 큰 충격을 안겨준다는 이점이 있었다. 게다가 특별한 목적도 없이 약자를 공격하는 자들도 있기 마련이다.

"감사는 무슨. 아는 사람이 또 사라지면 쓸쓸하지 않나. 자, 이제 그만 귀를 놔줘."

신은 가게 주인의 말에 루카의 귀를 막았던 손을 치워주었다.

"이야기, 끝났어?"

"그래. 갑자기 귀를 막아서 미안."

"……응. 내 몸을 더럽힌 거 책임져."

루카는 허리에 손을 얹고 가슴을 펴더니 사과하는 신에게 그렇게 말했다. 동작 자체는 매우 귀여웠지만 말하는 내용과는 전혀 어울리지 않았다.

"와우, 형씨는 아이한테 뭘 가르친 거야……."

"제가 가르쳤겠어요?! 아니, 그런 말을 정말 어디서 배운 거야……?"

"텟페이가 남자한테는 이렇게 말하면 된댔어. 아니야?"

"절대 아니야. 그리고 방금 한 말은 되도록 사용하지 마."

"……? 알았어."

루카는 무슨 의미인지도 몰랐던지 순순히 고개를 끄덕였다.

"자, 돌아가면 텟페이하고 진솔한 대화를 나눠봐야겠네."

"그래. 에밀 씨에게도 말해둬야겠어."

"웃는데 안 웃는 것 같네……?"

신과 마리노의 얼굴은 웃고 있었지만 눈은 아니었다. 그것을 본 루카가 알쏭달쏭한 표정을 지었다.

"하하하, 루카는 걱정하지 않아도 된다고."

"그래. 다 우리가 알아서 할 테니까. 자, 장도 봤으니까 잠깐 걷자. 그러면 다음에 또 올게요."

"그래, 조심히 돌아가라고!"

마리노는 가게 주인에게 인사한 뒤 루카의 손을 잡고 걸어가기 시작했다. 신도 따라서 걸었다.

홈타운 중 한 곳인 『카르키아』에서는 플레이어들이 다양한 가게를 꾸리고 있었다.

회복약부터 일용품까지 취급하는 잡화점, 직접 만든 장비를 진열해놓은 노점, 그리고 점원이 주문을 받아 바쁘게 뛰어다니는 요리점까지 종류도 사람도 다양했다. 그냥 걸어가며 구경만 해도 눈이 즐거웠다.

신과 마리노 사이에 끼어 기분이 좋은 루카도 이곳저곳을 둘러보고 있었다.

"벌써 시간이 꽤나 지났네. 슬슬 돌아가자."

즐거운 시간일수록 빨리 흘러가기 마련이다. 신이 시간을 확인하자 이미 오후 4시가 되어가고 있었다. 【THE NEW GATE】 안에도 사계절이 존재했고 약 한 달마다 계절이 바뀌었다. 지금 설정된 계절은 가을이었기에 날도 빨리 저물었다. 한낮과 비교하면 확실히 어두워져 있었다.

"이제 돌아가는 거야?"

"응. 어두워지면 다들 걱정하잖아."

신은 아쉬워하는 루카에게 또 데려와 준다고 약속하며 손을 잡아끌었다.

고아원에 돌아오자 일을 도우러 밖에 나갔던 아이들도 돌아와 있었다. 세 사람을 발견한 소녀들이 가까이 다가와서 루카와 함께 놀기 시작했다.

마리노는 그런 모습을 잠시 바라보다가 에밀을 찾아갔다. 마리노는 고아원에서 자고 갈 때도 많았는데 한동안은 신과 함께 지낸다는 것을 말하기 위해서였다.

마리노가 다녀오기까지의 짧은 시간 동안 신은 고아원 문 앞에서 멍하니 하늘을 올려다보았다.

그런 신에게 한 남자가 말을 걸었다.

"실례합니다. 묻고 싶은 게 있는데 혹시 신 씨가 맞으십니까?"

"……네, 맞는데요. 그런데 누구시죠?"

신은 말을 걸어온 남자를 바라보았다. 동시에 【애널라이즈】

가 발동되면서 상대의 이름이 플래트, 레벨이 255임이 확인되었다.

"소개가 늦었군요. 저는 플래트라고 합니다. 달의 사당에 가려던 참인데, 마침 여기 계시길래 말을 걸었습니다."

정중하게 인사하는 플래트에게서 특별히 수상한 낌새는 느껴지지 않았다.

"그랬군요. 그런데 무슨 용건이시죠?"

"사실 저희는 신 씨와 다른 방향에서 던전을 공략 중인데 보스를 코앞에 둔 장소에서 강력한 독이 발생하고 있습니다. 그래서 혹시 가능하시다면 회복 아이템을 조금 받아갈 수 있을지 여쭤보러 왔습니다. 던전 공략은 『억센 사자』 길드와 『삼족오』 길드의 혼성 부대가 맡고 있습니다. 리더는 호각대 소속의 라오 씨입니다. 그분과는 이미 아는 사이시라던데 필요하시다면 직접 연락해보셔도 됩니다."

독이 너무 강력해서 현재로서는 플레이어의 스킬로도 완전히 해독할 수 없는 것이리라.

신은 자세한 현장 상황을 전해 듣고 해당하는 독을 바로 찾아냈다.

"【블러드 포이즌(적혈독)】이네요. 그걸 해독할 플레이어는 게임 전체를 통틀어도 거의 없을 테니 고전할 수밖에요."

【블러드 포이즌】은 일반적인 상태 이상보다 한층 강력한 특수 상태 이상의 일종이었다. 그래서 INT가 900 이하인 사람

이 치료를 시도할 경우 효과를 경감하는 것이 고작이었다. 게다가 지속 시간도 길기 때문에 그런 상태로 보스를 토벌하는 것은 매우 힘들었다.

"알겠습니다. 회복약을 준비해두죠. 그런데 라오가 직접 채팅을 보내는 편이 빨랐을 텐데요."

"라오 씨는 지금도 던전을 공략 중입니다. 그분은 당신에게 부담을 주지 않으려고 하셨지만 다른 대장들은 더 이상 꾸물거리는 건 물자 부족과 사기 저하 측면에서 위험하다고 주장했습니다. 그래서 제가 전령으로 오게 된 겁니다."

라오는 현재 진행 중인 던전 공략에 실패하면 신에게 연락하기로 했다고 한다.

플래트가 이렇게 달려온 것을 보면 실패할 확률이 매우 높은 것이리라.

"그러면 저는 이만. 협력에 감사드립니다."

플래트가 발걸음을 돌리려 했을 때 고아원에서 마리노가 나왔다.

"신, 기다렸지?"

"아니야. 딱 맞춰서 나왔어."

신은 웃으면서 마리노를 맞아주었다.

"저기, 제가 방해한 건가요?"

"실례했습니다. 저는 이만 가려던 참이니 신경 쓰지 마시길. 그럼 이만."

플래트는 가볍게 고개를 숙인 뒤 두 사람 앞에서 사라졌다.

"칫, 이야기는 들었지만 그 여자는 대체 뭐야!"

신과 마리노 앞에서 물러난 플래트는 인파에 섞이자마자 바로 뒷골목으로 향했다.

자신도 모르게 짜증을 냈던 그는 주변에 아무도 없다는 사실에 안도했다.

"신 씨한테 기생해서 살아가는 쓰레기 플레이어 같으니라고. 빨리 죽어버리는 게 나을 텐데."

플래트는 알드와 신 앞에서 결코 보이지 않았던 험한 말투로 욕설을 했다.

최강의 명성을 떨친『육천』길드의 멤버이자 유일한 상한 능력치 플레이어.

그런 경지에 도달하기까지 얼마만큼의 시간과 돈, 그리고 열정을 쏟아부었을지, 플래트는 짐작조차 할 수 없었다.

"그래, 하지만 그분 주위의 쓰레기들을 청소하는 일이야말로 나의 사명이지. 크흐흐, 성가신 일인데도 왜 이렇게 가슴이 두근거리는지 모르겠군."

신은 플래트에게 존경의 대상이었다. 길드 단위의 전투에서 상대 군단에 단신으로 돌격해 적을 해치우는 모습을 보면 게임이라는 것을 알면서도 짜릿한 전율이 느껴졌다.

플레이 초반에는 레벨과 능력치 향상에 주력했지만 아바타

의 성능이 높아진 지금은 대부분의 시간을 신과 관련된 일에
투자하고 있었다.

"최강의 존재는 고고해야 더욱 빛이 나는 법. 『육천』안에서
도 한층 밝게 반짝이는 흉성(凶星)이여. 제가 당신의 진정한 빛
을 다시 찾아드리겠습니다."

아무도 없는 골목길에서 일그러진 웃음소리가 울려 퍼졌
다.

✝

"저기, 신. 방금 그 사람 누구야?"

"응? 다른 곳의 던전을 공략하는 파티 멤버인데 약간 어려
운 상황이라나 봐. 회복 아이템을 융통해달라고 하더라고. 나
도 그쪽 리더하고 아는 사이니까 자세한 이야기를 들어볼 생
각이야."

"그랬구나……."

"왜 그래? 무슨 일 있어?"

방금 전과 달리 떨떠름한 표정의 마리노는 플래트가 사라
진 방향을 계속 보고 있었다.

"방금 그 사람 때문에 그래?"

마리노의 시선을 확인한 신은 플래트와 관계가 있을 거라
추측했다.

"잘은 모르겠지만 엄청나게 살벌한 얼굴로 날 노려봤어."

"노려봤다고?"

신은 눈썹을 찡그렸다. 자신이라면 모를까 마리노가 원한을 살 리는 없기 때문이다.

신의 연인이라는 점 때문에 특별한 혜택을 받는다는 소문이 돌았던 적은 있었다. 하지만 그녀가 매일같이 고아원 일을 돕는다는 사실을 모르는 사람은 없었다.

따라서 지금이라면 이유도 없이 미움받을 일은 없었다.

"조심해서 나쁠 건 없겠지."

"이 근처에서 나쁜 일을 할 리는 없지 않을까?"

도시 안에서는 플레이어의 HP가 0으로 떨어지는 일은 없다. 아무리 능력치가 높고 강력한 스킬을 사용한다 해도 다른 플레이어를 살해할 수는 없는 것이다.

게임에서는 가게를 노리는 강도 플레이어도 있었지만 그것은 신처럼 필드에서 가게를 꾸리는 사람들을 노리는 경우였다. 도시는 플레이어의 안전이 어느 정도 보장된 장소였다.

"일반적인 경우라면 그렇겠지. 최근에는 몬스터 침공 이벤트가 없었으니까 조금 불안한 느낌이 들어. 그 이벤트가 발생한 상황이라면 도시 안에서도……."

죽일 수 있다.

신은 명확하게 언급하진 않았지만 그것이야말로 가장 염려할 만한 사태였다. 홈타운이 절대적으로 안전하지 않은 이유가 바로 몬스터의 침공 이벤트였다.

침공 이벤트에서 방어에 실패해 몬스터가 도시에 침입할 경우 홈타운 내의 HP 고정 상태가 해제된다. 즉, 이벤트 동안에는 도시 안에서도 PK가 가능했다.

이것은 데스 게임 시작 2주째에 발생한 침공 이벤트로 희생자가 나오면서 알려진 사실이었다.

"분명 괜찮을 거야. 침공 이벤트에서도 도시 방어가 돌파당하지만 않으면 안전하잖아."

"그야 그렇지만 말이지."

첫 침공 이벤트 이후로는 많은 플레이어와 길드가 홈타운 방어에 힘쓰고 있었다. 던전 공략도 중요하지만 돌아갈 집이 사라져버리면 모든 것이 허사였다.

덕분에 첫 번째 침공 이벤트 이후로는 한 번도 몬스터의 침입을 허용한 적이 없었다. 걱정할 것 없다는 마리노의 말도 허언은 아니었다.

"난 그보다도 신이 더 걱정돼. 신은 혼자 던전에 들어가니까 무슨 일이 생겨도 도와줄 사람이 없잖아."

"그건 나도 항상 안전의 마지노선을 정해두고 있으니까 괜찮아. 그리고 내가 상한 능력치라는 걸 잊었어?"

신도 정찰 없이 바로 보스에게 도전하지는 않는다. 그리고 얼마 전 싸웠던 기간테스 모스를 생각하면 아직은 여유가 있었기에 별일 아니라는 듯이 대답했다.

"그렇다고 해도 걱정되는 건 어쩔 수 없어! 잘 들어, 다음 공략 때도, 그다음 번에도, 그다음의 다음번에도 반드시 돌아와야 해. 만약 중간에 죽어버리면 나도 따라갈 거야!!"

반면에 마리노는 진지했다. 신의 옷깃을 붙잡아 자기 쪽으로 확 끌어당기며 눈을 똑바로 바라보았다. 그녀의 눈에는 희미하게 눈물이 고여 있었다.

"미, 미안. 나도 죽고 싶은 건 아냐. 꼭 돌아올게!"

마리노의 기세에 눌린 신은 몸을 뒤로 젖히며 대답했다. 뒤를 따라 죽겠다고까지 하는 상황에서 확답하지 않을 수도 없었다.

몇 번이고 고개를 끄덕이는 신을 보며 마리노는 천천히 물러섰다. 아직도 화가 조금은 남아 있는지 입술을 비죽 내민 채 신을 쏘아보고 있었다.

"죽으면 안 되는 거 알지? 다 함께 현실 세계로 돌아가야 해."

"그래, 알았어. 약속은 꼭 지킬게."

"……꼭이야?"

"그래, 모처럼 친해졌잖아. 나중에 다 같이 정모도 하고 싶어."

"……응."

마리노는 신의 대답에 만족했는지 신의 손을 깍지 끼듯 잡았다. 소위 말하는 연인의 손잡기였다.

"……돌아갈까?"

"응."

이제야 웃어주는 마리노를 보고 안심하면서 신은 걸어가기 시작했다. 하지만 하필 그때 두 사람 앞을 누군가가 가로막았다.

"이제야 찾았군요. 죄송하지만 이야기를 들어주시겠습니까?"

"……누구시죠?"

신은 마리노를 등 뒤로 숨기며 상대와 대치했다.

"저는 로빈이라고 합니다. 오늘은 신 씨에게 부탁이 있어서 왔습니다."

로빈이라고 밝힌 플레이어는 고개를 숙이며 말했다.

"무슨 부탁인가요?"

"정말 무례한 요청인 건 저도 압니다만, 부디 공략을 더 서둘러주실 수는 없겠습니까?"

"공략을요?"

고개를 든 로빈은 절박한 표정을 짓고 있었다. 신은 그런 그에게서 무책임하게 던전 공략을 강요하던 플레이어들과는 다른 무언가를 느꼈다.

"잠깐만요! 신도 충분히 열심히 하고 있다고요!"

"아니, 잠깐만, 마리노. 왠지 지금까지의 녀석들과는 느낌이 달라."

비슷한 상황을 수없이 목격했던 마리노가 눈썹을 곤두세우며 호통치는 것을 제지하면서 신은 로빈에게 물었다.

"제 나름대로 최대한 서두르고 있습니다만 무슨 일이라도 있으신 겁니까?"

"저의⋯⋯ 현실 세계의 직장 상사가 재촉을 하랍니다. 죄송해요, 공략 팀 분들이 목숨을 걸고 싸운다는 건 저도 알지만 상사에게 거역했다간 현실 세계에서 먹고살기 힘들어지거든요. 솔직히 말해 지금도 가족들이 어떻게 지낼지 걱정이 이만저만이 아닙니다. 그런 데다 상사는 신 씨를 부르라고 성화라서요."

"⋯⋯."

로빈 같은 플레이어는 그 외에도 많았다. 신은 아직 학생이라 부양할 가족이 없지만 말이다.

하지만 현실로 돌아간 이후를 생각하면 불안했다. 이 세계에 붙잡힌 동안 현실이 어떻게 바뀌었을지 전혀 알 수 없지 않은가.

그래서 신도 로빈의 심정을 조금이나마 이해할 수 있었다.

"죄송합니다. 다른 분들께도 드리는 이야기지만 던전 안에는 예전에 볼 수 없던 함정과 낯선 몬스터들이 출현하기 시작했거든요. 보스의 전투 패턴도 바뀌었습니다. 빨리 클리어하기 위해 노력하고는 있습니다만 초급과 중급 같은 속도로 클리어하는 건 불가능합니다."

"······그러······시겠죠. 갑자기 밀어닥쳐서 죄송했습니다."

로빈은 그 말만 남긴 채 가버렸다. 절박한 표정은 마지막까지 누그러지지 않았다.

"저 사람, 괜찮으려나?"

"모르겠어. 이쪽 세계에서 생활한 지 벌써 네 달이 넘었지만 아직도 현실 세계를 걱정하는 사람이 적지 않잖아."

이쪽 세계에는 전문 상담가가 존재하지 않았다. 주변 사람들의 도움으로 어떻게든 용기를 내는 사람이 있는 반면에 아예 자포자기하는 경우도 있었다.

"저렇게 돌아가고 싶어 하는 사람도 있는데 PK처럼 돌아가기 싫어하는 사람들도 있다는 게 이해가 안 가."

걸어가면서 마리노가 말했다. 그녀의 얼굴에는 복잡한 표정이 떠올라 있었다.

"글쎄. 뭐, 사람들의 생각은 각자 다른 거잖아. 아니, 그것 말고는 설명이 안 되겠군."

"그렇······겠지. 사람마다 각자 사정이 다른 걸 거야."

마리노의 표정은 완전히 밝아지지 않았지만 조금은 나아진 것처럼 보였다.

달의 사당에 돌아온 신은 욕실로 향했다. 마리노가 권했기 때문이다.

욕조에 몸을 담그자 조금이나마 마음이 편해진 것 같았다. 신은 이것이 착각이 아니라고 믿으며 눈을 감았다.

신이 욕실에 들어가 있는 동안 마리노는 저녁 식사 준비를 하고 있었다.

오늘의 메뉴는 화이트 스튜와 샐러드였다.

식재료를 썰고 볶고 끓인다. 매일 요리를 만들어온 사람의 능숙한 솜씨였다.

"돌아가고 싶은 걸까……."

열중해서 요리를 만들던 마리노의 입에서 마음속 말이 불쑥 흘러나왔다. 그리고 그 말에 반응하듯이 몸의 동작이 딱 멈추었다.

"어……라? 내가 지금 무슨 생각을……."

자신이 중얼거린 말인데 마치 다른 사람의 목소리를 들은 것 같았다.

그렇게 실감했을 때 마리노는 자신의 내면에 존재하는 어떤 마음을 깨달았다. PK에 대한 이야기를 들었을 때는 분명히 화가 났었다. 그럼에도 지금 '맞아, 그럴 만해'라고 공감했던 것이다.

"이상하네, 내가 왜……."

자신의 가슴 한편은 귀환을 거부하는 PK들에게 동조하고 있었다. 반면 돌아가고 싶다는 로빈의 이야기에는 조금도 마음이 움직이지 않았다.

"이상해. 난 분명히 돌아가고 싶어 했잖아?"

이상했다. 그럴 리가 없다.

마리노는 마음속에서 부풀어 오르는 감정에 당황하고 있었다.

그때였다. 눈앞이 불안정한 TV 화면처럼 지지직거렸다.

"어⋯⋯?"

어디선가 멀리서 쿵 하는 소리가 들린 것 같았다.

"아⋯⋯."

몸에 힘이 들어가지 않았다.

마치 갑자기 장면이 전환된 것처럼 바닥과 찬장, 늘어뜨린 자신의 양팔이 보였다.

"⋯⋯아아."

마리노는 그제야 자신에게 무슨 일이 일어난 것인지를 깨달았다.

오랫동안 잊고 있었다. 아니, 일부러 생각하지 않으려 했다.

이대로 계속 있고 싶다고 생각했다.

"⋯⋯이제 얼마 안 남았구나."

끝이 가까웠다. 제한 시간이 다가온 것이다.

"조금만 더, 아주 조금이면 돼⋯⋯."

팔에 힘을 주었다.

움직인다. 방금 전의 몸 상태가 거짓말처럼 느껴질 만큼 혼자 힘으로 몸을 일으킬 수 있었다.

분명 발작이 가라앉은 것이리라.

"……이야기해야 해. 신에게 더 이상 부담을 주면 안 되잖아."

마음에도 없는 소리였다. 착한 척하는 아이의 거짓말에 지나지 않았다.

자신을 좋아해준 사람을 실망시키는 게 두려웠다.

하지만 아이템이나 장비 외에 아무것도 남길 수 없는 자신은 신의 곁에 있을 자격이 없었다. 분명 신은 자신에게서 멀어져갈 것이다. 살날이 얼마 안 남은 여자 따위, 거추장스러운 짐짝이나 다름없다.

"하지만 떨어지는 건 싫은데……."

머리로는 이해하면서도 역시 받아들일 수 없었다.

마리노의 이성과 감정은 완전히 반대편을 향하고 있었다.

"나 나왔어~."

신의 목소리가 들렸다.

사랑하는 사람의 목소리를 듣고 마리노는 마음을 굳혔다.

목욕을 하고 저녁을 먹은 뒤에는 특별히 할 일이 없었다.

【THE NEW GATE】내의 오락거리라고 해봐야 간단한 미니 게임이나 게임 내의 통신망에 올라오는 진위 불명의 뉴스 시청, 그리고 정보 교환용 게시판 확인 정도였다.

신이 항상 확인하는 게시판을 전부 열람했을 때 마리노가 방에 들어왔다.

달의 사당에는 다른 방들도 있었고 남는 침대도 많았다. 하지만 두 사람은 가끔씩 한 침대에서 잤기 때문에 마리노가 방에 오는 것은 특별히 드문 일도 아니었다.

"……마리노?"

하지만 신은 평소와 뭔가 다른 분위기를 느끼며 말을 걸었다.

잠옷 차림의 마리노는 쭈뼛거리며 침대에 걸터앉았다. 그리고 신이 사용하는 커다란 베개를 들더니 품에 꼭 끌어안았다.

"왜 그래? 안 좋은 데라도 있어?"

"아니. 이제 괜찮아."

이제 괜찮다. 신은 그 말에서 약간의 위화감을 느꼈다. 돌아오는 길에 있었던 일을 아직도 신경 쓰는 걸까?

"난 슬슬 잘까 하는데, 마리노는 어떻게 할래?"

"나도 잘게. 내일도 열심히 해야 하잖아."

마리노는 무리하는 듯한 미소를 띠며 침대에 올라왔다. 신이 먼저 눕자 마리노는 조심스럽게 그의 팔을 끌어안았다.

"마리노?"

그녀가 어리광 피우는 것이 드문 일은 아니었다. 하지만 오늘은 역시 평소와 다른 것 같았다.

"잠깐 이야기 좀 할 수 있을까?"

마리노는 신의 팔에 얼굴을 묻으며 말했다.

무척 중요한 이야기를 하려는 것 같아서 신은 조용히 고개를 끄덕였다.

"……신은 빨리 현실 세계로 돌아가고 싶어?"

"글쎄…… 돌아가고 싶긴 하지. 그런데 이런 말 하면 벌을 받을지도 모르지만, 솔직히 지금 생활이 즐겁게 느껴질 때도 있어. 현실 세계에서 우리는 서로 어디 사는 누구인지도 모르잖아. 아, 아니, 꼭 가르쳐달라는 이야기는 아니고 말이지. 현실 세계에서는 이렇게 마리노와 함께 잘 수도 없어. 그러니까 돌아가고 싶은 마음 한구석에 약간은 지금 생활도 괜찮다는 생각도 들어."

그것은 어쩌면 레벨과 능력치, 장비와 아이템이 초기화되지 않은 덕분에 가질 수 있는 여유였다.

"……응."

신의 대답을 듣고 마리노는 살짝 몸을 떨었다.

"난 지금 무척 충실한 생활을 하고 있어. 아침에 일어나서 일하고 식사 준비를 하고. 신이 돌아오면 반갑게 맞아주면서 어서 오라고 인사하고. 신의 따스함을 느끼면서 잘 수도 있어. 그런 일상이 때로는 눈물이 날 만큼…… 행복해."

마리노는 절대 놓지 않으려는 듯이 팔에 힘을 주었다.

마치 무언가에 겁을 먹고 있는 것 같았다.

"저기, 마리―."

"신, 들어줘."

마리노는 신의 말을 가로막으며 얼굴을 들었다.

울고 있었던 것이리라. 아직도 남아 있는 눈물 자국이 신의 입을 막아버렸다.

"내 진짜 이름은 마사키 리노. 올해로 열아홉 살이야."

지금까지 생활하면서 마리노가 현실 이야기를 꺼내는 경우는 거의 없었다.

다른 사람에게 들키고 싶지 않다는 건 말하지 않아도 알 수 있었다. 신은 그 정도로 가까운 사이가 되었다고 믿었다.

그렇기 때문에 갑작스럽게 입을 연 그녀에게 묻지 않을 수 없었다.

"……내가 들어도 되는 이야기야?"

"괜찮아. 신은 기억해줬으면 하니까."

"그렇구나. 그러면 키리타니 신야라는 이름도 기억해줘. 내 진짜 이름이야. 그리고 나이는 스물둘. 일단 대학생이야."

신도 자신의 본명을 밝혔다. 오랫동안 입에 담지 않은 이름이었다.

"고아원에서도 이야기했지만 모처럼 친해졌으니까 이 데스게임이 끝나면 다 함께 정모하지 않을래? 홀리 씨와 섀도우 씨의 가게를 통째로 빌려서."

"……그래. 나도 하고 싶어."

신은 지금까지 그녀의 미소를 수없이 봐왔기에 알 수 있었다.

지금 눈앞에서 미소 짓는 마리노는 어딘가 이상했다.

그녀의 말투는 마치 현실 세계에서는 만날 수 없는 관계라고 말하는 것 같았기 때문이다.

"마리노, 아니 리노. 정말로 무슨 일이야?"

"현실 세계의 나는 병에 걸렸어. 의사 선생님도 원인이나 치료 방법을 모른다고 하셨고."

게임 시간에 제한이 있었던 것도, 현실 이야기를 거의 하지 않았던 것도 그 때문이었다. 마리노는 언제 병이 악화될지 모르는 몸으로 누군가와 가까워지면 안 된다고 생각했다고 한다.

"하지만 그렇다면 어째서 나하고는 친하게 지내준 거야? 가상 세계의 너에 대한 이야기나마 나한테는 많이 해줬잖아."

"응. 정말 왜 그랬을까?"

차분한 목소리였다. 의아하다는 듯이 말하면서도 답을 이미 알고 있는 듯했다.

"지금이니까 말하지만 처음엔 이렇게 깊이 빠져들 생각이 없었어. 현실 세계에서는 남자 친구가 생길 리가 없으니까 가상 세계에서나마 연애 흉내를 내보고 싶었어. 이 세계에서 처음으로 나한테 말을 걸어준 사람이 신이었으니까, 그래서 널 선택한 거야. 정말로 단지 그런 이유였어."

특별한 이유 따위는 없었다는 이야기가 마치 스스로를 타이르는 말처럼 들렸다.

"단지 그런 이유였는데……."

모든 것을 체념한 것 같은 분위기였다.

"신과 이야기하고, 모험도 하고, 함께 성공하거나 실패도 하다 보니까…… 어느새 항상 너에 대해 생각하게 됐어. 간호사 언니가 알려줄 때까지 난 이런 감정이 사랑이라는 걸 전혀 몰랐어. 이상한 이야기지? 현실 세계의 신하고는 만난 적도 없으면서."

마리노는 정말 모르겠다고 말했다.

"원래 세계의 나는 언제 죽을지 몰라. 본체가 죽어버리면 이쪽 세계의 내가 어떻게 될지 생각해본 적이 있었어. 그럴 때마다 이런 시간이 영원히 이어지면 좋겠다는 마음이 들어."

"그건……."

"계속될 리가 없어. 현실의 내가 죽으면 이쪽 세계의 나도 사라질 뿐이야. 나도 알아. 하지만 알면서도 바라게 돼. 나에게는 원래 세계에 대한 집착이 약하니까 돌아가고 싶은 마음도 크지 않아."

"……."

신은 아무 말도 할 수 없었다. 신에게는 원래 세계로 돌아갈 이유가 잔뜩 있었기 때문이다.

다만 마리노의 심정도 이해할 수는 있었다. 신 역시 이쪽 세계에서 적지 않은 편안함을 느끼고 있지 않은가.

"미안. 원래는 환자라는 이야기만 하려고 했는데 어쩌다 보니 이렇게 됐네. 난 역시 오늘은 옆방에서 잘게."

조용히 듣기만 하던 신에게 미안해졌는지 마리노는 침대에서 내려가서 문 밖으로 나가려 했다.

하지만 그녀를 이대로 보낼 수는 없었다.

"까앗!"

신은 그녀의 가느다란 팔을 꽉 붙잡아 자신 쪽으로 잡아당겼다. 약간 과격하게 붙잡은 탓에 마리노의 몸이 신 쪽으로 넘어지고 말았다.

그러자 필연적으로 신이 마리노의 몸을 끌어안을 수밖에 없었다.

"저, 저기……."

마리노는 갑작스레 벌어진 일에 당황하고 있었다. 신의 행동이 무슨 뜻인지 모르는 모양이었다.

"만나러 갈게."

"응?"

"현실 세계에서도 난 리노와 함께 있을게."

원래 세계에서 신은 평범한 대학생이었다. 마리노의 병을 낫게 할 수는 없다.

할 수 있는 일이라면 곁에 있어주는 것뿐이었다.

지키지 못할 약속으로 위로하려는 것도 아니고 그녀를 동정하는 것도 아니었다.

그저 함께 있고 싶었다. 길지 않은 시간이나마 함께 보내고 싶었다.

단지 그것뿐이다.

"마지막까지 함께 있을게."

"……."

신은 자신의 말이 마리노에게 어떻게 들릴지 알 수 없었다.

하지만 그의 마음만큼은 진심이었다. 논리적으로 생각할 수 있는 문제가 아니었던 것이다.

"하지만 난 귀찮은 여자인데? 제멋대로 말할 거고, 신이…… 신야가 다른 여자하고 이야기하면 바로 질투할 거야. 아마 오래 살지도 못할 거고. 분명히 제멋대로 행동하다가 죽어버릴 텐데? 신야가 무의미한 시간을 보내게 할 텐데……."

귓가에 속삭이는 신에게 마리노는 자신의 단점들만 두서없이 늘어놓았다.

하지만 그런 말과는 달리 그녀는 신의 몸을 끌어안으며 뺨을 가슴에 기대고 있었다. 결코 놓지 않으려는 듯한 몸동작을 보며 신은 마리노의 머리를 쓰다듬어주었다.

"이봐, 말하고 태도 중에 어느 쪽을 믿어야 할까?"

"……알면서 그래."

마리노는 얼굴을 살짝 들어 신을 쏘아보며 얄밉다는 듯이 말했다. 신은 어둑한 방 안에서도 마리노의 뺨이 붉게 상기되었음을 놓치지 않았다.

"말로 하지 않으면 모르겠는데."

"정말…… 못됐어. 결심이 흐트러지잖아."

마리노는 원망스러운 표정 그대로 잠시 입을 다물었다가 속삭이듯 말했다.

"너하고 떨어지고 싶지 않아. 이곳에서도, 현실에서도."

"그래, 약속할게. 설령 이 세계가 끝난다 해도 반드시 리노를 만나러 갈 거야."

그날 밤 두 사람은 한 침대에서 잤다.

따스한 마음과 행복에 휩싸인 채로.

타임 리미트　　Chapter 2

몬스터가 우글거리고 있었다.

그곳은 홈타운 밖의 산 너머에 위치한 무인 지역이었다. 그런 넓기만 한 공터에 다양한 종류의 몬스터들이 서로 적대하지 않고 모여 있었다.

뱀형 몬스터, 호랑이형 몬스터, 조류형 몬스터가 있는가 하면 아인(亞人)형도 있었다.

그중에는 복수의 몬스터가 융합된 키메라형 몬스터까지 보였다.

원래는 이 정도로 밀집해 있으면 서로를 공격해서 자동으로 숫자가 줄어들지만 어떤 플레이어의 존재로 인해 그런 일은 일어나지 않았다.

주변보다 한층 높은 언덕 위에 그 플레이어가 있었다.

하멜른은 눈 밑의 몬스터들을 내려다보면서 작게 한숨을 쉬었다.

"역시 질 낮은 아이템으로 모을 수 있는 몬스터는 이게 한계군요. 인공적으로 침공 이벤트를 재현하기는 어렵겠네요."

그는 그렇게 말하면서도 여심을 사로잡을 만큼 아름다운 얼굴에 장난기 가득한 소년 같은 미소를 머금었다.

곳곳에 장식이 들어간 턱시도를 입었고 하얀 장갑을 낀 손에 지팡이를 들고 있었다. 실크 모자까지 쓰고 있어서 겉모습은 멋진 신사로 보였지만 하는 행동은 그와 거리가 멀었다.

다양한 종족의 몬스터 무리를 제어해 홈타운을 공격하려는 의도 자체가 정상이라 할 수 없었다.

"어라?"

어떻게 할지 고민하던 하멜른은 문득 미니맵 위의 몬스터 반응이 사라지고 있음을 깨달았다.

몬스터 무리를 돌파해오는 마크는 둘이었다. 밀집한 몬스터들의 레벨은 높아봐야 300 언저리였기에 실력 좋은 플레이어라면 누구든 해치울 수 있었다.

"좋은 사냥터라고 생각한 걸까요? 아니면 위험할 것 같아서 토벌하려는 걸까요?"

하멜른은【천리안】과【투시】를 발동했다.

확대된 시야에 들어온 것은 1메르 정도의 언월도를 다루는 남자와 톱날 달린 커다란 대검을 휘두르는 남자였다.

앞의 은색 갑옷의 남자는 이름이 플래트, 직업은 용기사라고【애널라이즈】에 표시되었다.

한편 뒤의 갈색 갑옷의 남자는 능력치가 높아서인지 가르가라라는 이름밖에 표시되지 않았다.

"와우, 이런 거리에서 시선을 느낀 긴가요."

하멜른은 가르가라가 자신을 돌아보자 내심 놀랐다.

일부 플레이어가 시선이나 살기 같은 불명확한 감각을 느낀다는 것은 널리 알려진 사실이었다.

하지만 아직 10초 정도밖에 지나지 않았음에도 하멜른의 시선을 바로 느낀다는 것은 아무나 할 수 있는 일이 아니었다.

하멜른의 시야 안에서 가르가라가 대담하게 웃었다. 그리고 하멜른이 서 있는 언덕을 향해 진로를 변경하더니 몬스터들을 길가의 돌멩이처럼 날려버리며 접근해왔다.

"이런, 이런. 방향성은 다르지만 저와 같은 부류였군요."

하멜른은 곤란하게 됐다는 듯이 입가를 일그러뜨렸다.

가르가라의 미소를 본 순간 그가 자신처럼 정상적인 플레이어가 아님을 꿰뚫어 본 것이다.

다만 친근감보다는 혐오감이 앞섰다. 동족 혐오라는 말도 있지 않은가.

서로 닮은 존재일수록 상대방을 용납하기 어려워진다. 따라서 혐오감이 느껴지는 상대일수록 자신과 닮았다고 볼 수도 있다.

하멜른은 그런 애매한 감각에 휩싸이면서도 가르가라가 몬스터 무리를 돌파해오는 것을 기다렸다.

"여어. 도망치지 않아줘서 고맙군."

"아닙니다. 저도 확인하고 싶은 게 있었거든요."

약 5분 뒤에 가르가라는 하멜른이 있던 언덕 위에 도착했다.

그리고 조금 늦게 플래트도 뒤따라왔다. 양쪽 모두 특별히 지친 기색은 없었다.

"느러터졌군. 빨리 좀 다니라고."

"용기사는 용과 함께할 때 진가가 발휘되는 법입니다. 억지 부리지 마시죠."

가르가라가 투덜댔지만 플래트도 담담하게 응수했다. 플래트의 말처럼 용기사의 본분은 드래곤과의 연계였다. 단독으로 행동할 경우는 능력치 자체가 하락하게 된다.

장비와 능력치 면에서 모두 앞서는 가르가라를 따라잡는 것은 좀처럼 쉽지 않았다.

"어이쿠, 소란을 피워서 미안하군. 일단 말해두는데 우리는 그쪽하고 싸울 생각이 없어. 재밌을 것 같긴 하지만 말이야."

"칭찬으로 받아들이죠. 그래서 무슨 용건입니까?"

조용히 상황을 지켜보던 하멜른은 가르가라에게 이야기를 재촉했다.

"몬스터를 이용해서 홈타운 밖으로 나온 사람들을 습격한다는 게 당신이지? 우리에게 조금 협력해줬으면 하는데. 자세한 이야기는 이놈한테 들어."

"어이가 없네. 설명을 저한테 맡길 거면서 뒤에 놓고 온 겁니까?"

플래트가 항의했지만 가르가라는 엉뚱한 방향을 돌아보며

시치미를 뗐다.

하멜른은 참 웃기는 콤비라고 생각하면서 내심 웃음을 참고 있었다.

"뭐, 말싸움은 나중에 하시고, 저에게 뭘 협력해달라는 거죠? 대충 보기엔 당신들도 저와 생각이 비슷하다는 건 알겠는데요."

"추한 모습을 보여드렸군요. 저희의 요청은 어떤 도시를 몬스터로 습격해달라는 겁니다. 당신도 작은 집단을 공격하는 게 슬슬 지겨워지지 않으셨나요?"

자신에 대해 정확히 조사한 모양이었다. 하멜른은 플래트의 이야기를 듣고 순순히 감탄했다.

하멜른이 구할 수 있는 아이템으로는 집합시킬 몬스터의 숫자와 레벨에 제한이 있었다.

사람들이 곤경에 맞서는 모습을 즐기는 하멜른은 이제 더욱 요란하게 놀고 싶다고 생각하던 참이었다.

"매우 솔깃한 제안이군요."

"그렇게 말씀해주시니 고맙습니다."

"하지만 지금 제가 가진 물건으로는 기껏해야 방금 당신들이 돌파해온 몬스터 정도밖에 준비하지 못하는데요. 많은 플레이어들이 지키는 홈타운을 노리기에는 절망적일 만큼 전력이 부족합니다."

레벨을 고려해도 상급 플레이어가 나서기도 전에 진압될

만한 수준이었다. 가르가라 혼자 돌파해온 것만 봐도 명백한 사실이었다.

"하지만 그건 어디까지나 아이템의 질이 낮기 때문이죠. 아닌가요?"

"흐음, 그걸 어떻게 알아냈는지는 모르겠지만 정답입니다. 평범한 철로는 고대급 무기를 만들어내지 못하는 것처럼, 스킬의 효과를 높이기 위해서는 그에 걸맞은 고급 아이템이 필요합니다. 뭐, 당연하다면 당연한 이야기죠."

예외도 가끔 존재하지만 높은 효과를 지닌 아이템이나 스킬을 원한다면 기본적으로 그에 준하는 제작 재료나 대가가 필요하다. 하지만 그런 물건은 대부분 귀중품이라 쉽게 구할 수 없다.

"걱정 마시길. 이렇게 직접 찾아온 것은 저희가 준비한 물건을 확인받기 위해서였습니다."

플래트는 자신만만한 표정으로 하멜른을 바라보았다. 친밀감을 부르는 미소였지만 하멜른이 보기엔 수상하기 이를 데 없었다.

"저한테 몬스터를 움직이게 해서 뭘 하려는 거죠? 장소에 따라 다르긴 하지만 대부분은 견고한 수비 태세가 갖춰져 있을 텐데요."

"우리는 몬스터의 홉 침공 이벤트 발생 조건을 이느 정도 파악했습니다. 하멜른 씨는 거기에 끼어드는 형태로 몬스터들을 조종해주시면 됩니다."

하멜른이 눈을 가늘게 떴다. 몬스터를 의도적으로 홈타운에 진격시키는 건 하멜른의 취향에 맞았기 때문이다.

활동 거점을 공격받는 위험성을 제거하기 위해 수많은 플레이어들이 침공 이벤트의 정확한 발생 조건을 찾아내려 했지만 아직도 성공한 사람은 없었다.

"아이템보다도 발생 조건이 더 궁금합니다만…… 뭐, 그건 나중에 기회가 되면 듣기로 하죠. 하지만 목적 정도는 알려주셨으면 합니다. 공격 자체가 목적이라고 말하는 분들도 있지만 당신들은 아닌 것 같은데요."

"네, 물론 따로 목적이 있습니다. 뭐, 그건 저희도 각자 다르지만요."

침공 이벤트에 섞여 들어가 홈타운을 공격하는 PK들에게 통일된 목적 따윈 없었다. 각자의 욕망만이 존재할 뿐이다.

플래트는 신 주위에서 얼쩡대는 쓰레기 플레이어들을 제거하기 위해서.

가르가라는 강한 플레이어들과 목숨을 걸고 싸워보기 위해서였다.

그 외에도 마음껏 날뛰어보고 싶어 하는 자가 있는가 하면 아직도 현재 상황을 게임으로 받아들이고 위험한 놀이를 계속하는 자들도 있었다.

"그렇군요. 저도 나름대로 특이한 편이라 생각했는데 비슷한 사람들이 있을 줄은 몰랐네요."

하멜른은 미소를 잃지 않으며 말했다.

"목적을 위해서라면 수단을 가리지 않는 게 당연하겠죠."

"자기 욕망에 충실하다는 이야기지."

세 사람 모두 피해자에 대해서는 조금도 생각하지 않았다. 서로를 괴짜 취급하면서도 다투지 않는 것은 결국 타인에 대한 관심이 없기 때문이었다.

"뭐, 좋습니다. 하이 휴먼이 있는 홈타운에 몬스터를 침공시킨다는 아이디어도 마음에 들어요. 그러면 아이템과 결행 날짜에 대해 말해주시죠."

"결행 날짜는 당신에게 달렸습니다. 몬스터를 모으는 데 얼마나 걸릴까요?"

플래트는 준비해온 아이템을 내밀며 물었다.

"글쎄요. 이 아이템이라면 나름대로 레벨이 높은 몬스터들을 모을 수 있을 겁니다. 1주일 정도 기다려주실 수 있겠습니까?"

하멜른은 플래트가 내민 아이템 『부란화(腐亂花)의 꿀』을 보며 그렇게 판단했다.

『부란화의 꿀』은 퀸 라플레시아라는 상급 몬스터가 떨어뜨리는 아이템이었다. 퀸 라플레시아의 레벨은 800~850으로 높았고 뿌리와 덩굴을 이용한 파장 공격이 특기였다.

거대한 꽃과 물결치는 뿌리와 덩굴, 그리고 줄기에서 뻗은 가지까지. 꽃인지 나무인지 구분하기 힘든 외형이었고 조금 실력이 있는 정도로는 도저히 쓰러뜨릴 수 없는 레이드 3 클래스의 몬스터였다.

드랍 아이템『부란화의 꿀』은 조련사의 스킬을 통해『유란(誘亂)의 밀랍』과『아수(餓獸)의 감로』라는 아이템을 제작하는 데 쓰였다. 전자는 몬스터를 일시적으로 조종하는 효과가, 후자는 실체화해서 소지하면 레벨 700 이하의 몬스터들을 유인하는 효과가 있었다.

"1주일이오? 그렇다면 차라리 열흘 뒤로 하죠. 발생 조건을 파악하고 있다지만 언제 어디서나 발동할 수 있는 건 아니거든요."

"네, 알겠습니다."

하멜른은 고개를 끄덕이며 발생 조건에 무엇이 관련되었을지 생각했다. 하지만 주어진 정보가 너무 적어서 결론이 나오지 않았다.

"조건이 궁금하십니까?"

"네. 하지만 그건 굳이 물어보지 않는 게 미덕이겠죠."

"아니요. 저희가 먼저 협력을 요청한 입장이니 이야기해드려도 상관없습니다."

"어라, 그렇게 쉽게 가르쳐주셔도 되는 겁니까?"

중요 기밀이라 생각했던 하멜른은 의외로 쉽게 대답해주는 것을 의아하게 여기며 물었다.

"괜찮습니다. 언제 밝혀져도 이상할 게 없는…… 아니, 공표만 되지 않았을 뿐 일부 플레이어들은 이미 느꼈거나 알고 있을 겁니다."

플래트는 그런 서두와 함께 이야기를 시작했다.

플래트 일행이 파악한 침공 이벤트의 발생 조건은 도시 내의 플레이어 숫자, 또는 홈타운에서 밖으로 나오지 않는 플레이어 숫자가 일정 수준에 도달하는 것이었다.

한 도시 안에 존재하는 플레이어가 많을수록 발생 확률과 몬스터의 규모, 레벨이 상승한다고 한다.

공략이 진행되면서 플레이어들이 다른 도시로 분산되었기에 침공 이벤트는 줄어들었다. 그럼에도 이따금씩 발생하는 것은 두 번째 조건 때문이었다.

"흐음, 그렇군요. 하지만 첫 번째 조건은 몰라도 두 번째 조건은 좀처럼 알아내기 힘들 것 같은데요. 혹시 정보가 적힌 석비를 발견한 건가요?"

게임에서 이벤트가 종료되면 그 발생 조건이 적힌 석비가 특수 아이템으로 출현한다. 침공 이벤트처럼 동일한 이벤트가 반복해서 이어지는 경우는 예외로 취급되지만 플래트가 하는 말을 들어보면 석비가 존재하는 것 같다고 하멜른은 생각했다.

"네, 정확히 추측하셨습니다. 플레이어가 거의 찾지 않는 지역에서 매우 드물게 발견되곤 합니다."

"대형 길드에서도 파악하지 못한 겁니까?"

"저희 외에도 많은 플레이어들을 통솔하는 인물— 예를 들어 대규모 길드의 간부 같은 사람이라면 이미 알고 있겠죠. 석비는 한 개만 있는 게 아니니까요. 사람이 많을수록 발견할 가능성도 높아집니다. 저희도 스파이를 보내 정보를 차단하고 있지만 언제 어디서 새어 나갈지 모르니 이미 누설되었어도 이상할 것은 없습니다. 뭐, 알고 있으면서도 여러 가지 이유로 사람들에게 공표하지 못하는 거겠지만요."

이런 조건이라면 이벤트를 반드시 막을 방법이 있었다. 하지만 그것을 위해 움직인 길드도 없을뿐더러 사실이 발표되지도 않았다. 기껏해야 뜬소문처럼 퍼져 있는 정도였다.

큰 조직에는 큰 조직만의 사정이 있다. 하멜른에게는 플래트의 말이 그런 식으로 들렸다.

"후후, 아니 정말 사람이라는 건 알면 알수록 재밌군요. 좋습니다. 협력하죠. 대규모 몬스터의 홈타운 침공에 맞춘 PK 침입. 생전 처음 보는 진귀한 구경을 할 수 있을 것 같습니다."

상상하는 것만으로도 즐거워서 견딜 수 없었다. 플래트와 가르가라가 자신과 비슷한 미소를 띠는 것을 보며 하멜른의 웃음이 더욱 선명해졌다.

✝

하멜른과 합의를 마치고 며칠이 지났을 때였다. 플래트와 가르가라는 알드를 찾아가고 있었다.

알드의 홈은 카르키아에 있었다. 로빈이 고아원에서 돌아가는 신과 마주칠 수 있었던 것도 단순한 우연은 아니었던 셈이다.

"또 그 녀석에게 가려고?"

"네. 신 씨에게 받은 아이템 덕분에 하나의 던전이 또 클리어되었으니까 말이죠. 그것도 일단은 우리들의 성과라고 할 수 있겠죠."

"본인이 한 것도 아닌데 납득하겠어?"

"납득할 겁니다. 그런 인간들은 자기에게 유리한 대로 해석하는 걸 좋아하거든요."

관찰하다 보면 바보 같아서 재미있다고 덧붙이며 플래트는 알드의 홈 문을 두드렸다.

한적한 고급 주택가에 위치한 알드의 홈은 그중에서도 유난히 큰 저택이었다.

문이 열리며 나타난 것은 지난번에 봤던 메이드 차림의 NPC였다. 알드는 집에 있었기에 메이드가 가서 알린 뒤 금방 안으로 안내되었다.

"진전이 있었던 거냐?"

"네. 얼마 전 그의 협력을 받아 먼저 던전 한 곳을 클리어했습니다. 공략에 참가했던 『억센 사자』 길드에서 이 사실을 이미 발표한 것이 증거입니다."

"호오. 이렇게나 빨리 결과를 낼 줄이야. 로빈과는 아주 다르군."

홈 안에는 알드뿐이었다. 오늘은 보수만 받고 로빈이 없을 때 다시 와서 나머지 공작을 해두려 했던 플래트는 마침 잘됐다고 생각하며 미소를 지었다.

"감사합니다. 그런데 뻔뻔하다는 건 잘 압니다만 지금 보수를 받을 수는 없겠는지요? 물론 던전 공략에 더욱 진력할 것을 약속드립니다."

"좋다. 결과를 보여줬으니 나도 상을 내려야겠지."

알드는 거만한 태도로 아이템 박스에서 카드 다발을 꺼내 플래트에게 던졌다.

플래트는 기세 좋게 날아온 그것을 쉽게 받아냈다. 카드의 소유자 등록은 이미 말소되었는지 손으로 받아낼 때도 튕겨 나가지는 않았다.

그리고 아이템의 이름을 보자 놀랄 수밖에 없었다.

"『엑스칼리버』와 포션 · 원(1급 회복약), 에텔(마법약)이군요. 이 정도의 양이면 상당한 금액일 텐데, 괜찮으시겠습니까?"

알드에 관한 정보는 많이 수집해두었지만 설마 고대급 무기를 내주리라고는 조금도 짐작하지 못했다.

"이쪽 세계의 돈 따윈 아무리 많아봐야 의미가 없지. 아이템이라면 썩어 넘칠 만큼 있다. 유용하게 쓰도록."

뭐가 놀라우냐는 듯이 어이없어하는 알드에게 플래트는 쓴웃음을 지으며 감사를 표했다. 역시 이 남자는 아무것도 모르고 있다.

"더욱 분발하겠습니다. 그리고 보니 로빈 씨가 안 보이는데, 업무 중이신가요?"

"그 무능력자에게 볼일이라도 있는 거냐?"

"아니요, 성과를 내지 못한다고 하던데 제 일을 돕게 하면 어떨까 싶어서 말이죠."

"플레이어 한 명 못 불러내는 인간이 무슨 쓸모가 있다는 거지?"

로빈에게 일말의 기대도 걸고 있지 않다는 말투였다.

"한 번 접촉은 했지만 거절당했다고 들었습니다. 그때의 사죄를 구실로 다시 한번 접근하는 건 어떨까요? 던전 공략 팀의 협력 요청뿐만 아니라 소중한 사람의 생사까지 걸려 있다면 더욱 빠른 공략이 가능하지 않겠습니까? 아예 망설이지 않도록 정신적으로 몰아붙여 주신다면 저희로서도 일이 편해질 겁니다."

플래트는 미소를 거두지 않고 로빈을 이용해 신을 동요시키는 계획을 설명했다.

이쪽 세계에서는 배설이라는 개념이 없고 식사를 하지 않아도 굶어 죽지 않았다. 납치한 사람을 관리하기에는 최적의 조건이었다.

"흥, 악당 녀석."

"칭찬해주셔서 감사합니다."

"뭐, 괜찮을 것 같군. 그 자식의 무능력함에는 진절머리가 나던 참이다. 하고 싶은 대로 해."

알드는 마치 쓸모없어진 도구를 처분하듯이 로빈을 토사구팽했다.

플래트는 알드가 사람을 물건 취급하는 것을 보고 그의 정신이 상당히 피폐해졌다고 생각하며 설득을 위해 준비해두었던 말을 도로 삼켰다.

"감사합니다. 그러면 바로 준비에 들어가겠습니다."

두 사람은 인사를 한 뒤 홈타운을 떠났다.

"이제 그 후드 쓴 녀석을 기다리면 되는 건가?"

계속 입을 다물고 있던 가르가라가 피곤한 얼굴로 말을 꺼냈다.

"네, 기한이 얼마 안 남았으니까요. 당일에 실행하도록 유도해야만 합니다. 뭐, 상당히 곤란해하고 있는 것 같으니 쉬운 작업이죠."

"이런 걸 잘도 생각해냈군. 나야 보고만 있으면 되니 편하지만, 참 복잡하단 말이지."

"그런 것치고는 협력적이던데요."

"네 계획이 들어맞으면 그 녀석과 목숨 걸고 싸울 수 있으니까 말이지. 만약 실패하면 널 해치우면 그만이고."

가르가라는 이익이 있으니까 협력하는 거라고 선을 그었다.

그 말에 플래트는 어이가 없다는 표정을 지었다.

"서로의 이해관계가 들어맞으니까 협력하는 것쯤은 저도 압니다. 하지만 일단 해둘 말이 있습니다."

"뭔데?"

되묻는 가르가라에게 플래트는 갑자기 만면에 미소를 띠며 말했다.

"그 사람이 목숨을 걸고 싸운다면 당신은 죽을걸요?"

플래트의 말은 신에 대한 절대적인 신뢰를 나타내고 있었다. 매우 일그러진 형태였지만 말이다.

이 계획이 성공하면 신은 실행범인 플래트와 가르가라를 주저 없이 죽일 것이다. 그렇게 되면 가르가라가 이길 가능성은 없었다.

"나도 죽일 생각인데 당연히 죽을 수도 있는 것 아냐?"

가르가라는 더 이상 즐거울 수 없다는 듯이 처절한 미소를 짓고 있었다.

✝

플래트가 하멜른에게 지정한 날짜를 하루 앞두고 있었다. 로빈은 저녁의 카르키아 거리를 정처 없이 걷고 있었다. 그의 머릿속에서는 알드의 말이 반복해서 재생되고 있었다.

더 이상 성과를 내지 못하면 해고.

알드는 얼마든지 그렇게 할 수 있었다. 로빈은 그것을 직접 목격한 적이 있었다.

하지만 그는 해고된 사람을 위해 아무것도 하지 않았다. 아니, 할 수 없었다.

자신이 똑같은 입장에 처하는 것이 두려웠기 때문이다.

자신이 똑같이 해고를 통보받는다 해도 그때처럼 도와주는 사람은 없을 것이다.

"로빈 씨, 안녕하세요."

"……누구지?"

초췌한 얼굴을 숙인 채 걸어가던 로빈은 갑자기 나타난 플래트를 미심쩍은 눈빛으로 바라보았다.

"저는 플래트라고 합니다. 실은 알드 씨에게 신이라는 플레이어의 던전 공략을 서두르게 하라는 지시를 받았거든요. 당신도 똑같은 입장이시라고 들어서 혹시 서로 도울 수 있지 않을까 생각했습니다."

플래트는 정중한 말투로 사정을 설명했다.

플래트도 같은 회사에 다니는 사람일까? 그런 생각이 로빈의 뇌리를 잠시 스쳤지만 지금은 깊이 고민하고 싶지 않았다.

"당신도…… 피차 힘들게 됐군."

이런 불행이 또 있을까? 그 상사가 없었다면 이런 일을 겪지 않아도 됐을 것이다.

"기운이 없어 보이는데 괜찮으신가요? 질병 같은 상태 이상은 없는 것 같은데요."

플래트가 걱정스러운 표정을 지으며 물었지만 로빈은 그에게서 등을 돌렸다.

"……그냥 내버려 둬."

"그럴 수는 없습니다. 이대로 가다간 당신은 버림받을 겁니다. 이곳에서도, 그리고 현실에서도요."

로빈은 몸을 홱 돌리며 소리쳤다.

"비참해진 날 비웃으러 온 거냐!"

억눌렀던 감정이 얼굴을 드러냈다. 본인도 놀랄 만큼 커다란 목소리가 나오고 말았다.

"그렇지 않습니다. 오히려 지금까지 참아온 당신이 존경스러울 정도입니다. 그런 로빈 씨에게 제안이 한 가지 있는데, 들어주시겠습니까? 받아들여 주신다면 당신을 괴롭히는 원흉을 제거해 걱정거리를 없애드리겠습니다."

"뭐?"

로빈은 플래트가 무슨 말을 하는 건지 바로 이해하지 못했다.

원흉을 제거한다.

그것은 결국—.

"그 녀석을 죽여준다는 건가?"

로빈의 입에서 흘러나온 말에는 명백한 기대가 담겨 있었다.

"아니, 하지만 그 자식은 강해. 아바타 자체가 운영자한테 받은 사기 능력치라고. 대부분의 능력치가 800을 넘어. 장비도 과금으로도 쉽게 얻을 수 없는 고대급이야. 게다가 홈에 틀어박혀 있으니까 죽일 기회 따윈……."

"있습니다. ……그 기회가요."

"어?"

플래트가 어깨에 손을 얹으며 귓가에 속삭이자 로빈은 몇 초 동안 굳어 있었다.

"협력만 해주신다면 확실히 없앨 수 있습니다. 제 동료 중에 비슷한 수준의 플레이어가 있거든요. 아바타의 능력치 차이만 해결할 수 있다면 이쪽 세계에서 많이 싸워본 플레이어가 반드시 이길 수 있습니다. 그렇지 않나요? 그자는 자기 스킬조차 제대로 쓸 줄 모른다고 들었는데요."

"……그래, 맞아. 그 녀석은 제대로 싸워본 적이 없어."

죽일 수 있다고? 그 자식을?

알드만 사라진다면 신을 끈질기게 쫓아다닐 필요가 없었

다. 비굴하게 아첨할 필요도 없었다. 사소한 심부름에 뛰어다 닐 필요도 없었다. 게임을 플레이했다는 이유로 무시당할 일 도 없었다. 아이템을 찾아다니느라 바쁘게 뛰어다니지 않아 도 된다. 위험한 지역에 갈 필요도 없었다. 던전 공략을 재촉 하다가 플레이어들의 미움을 살 일도 없었다.

그 무엇보다도 데스 게임이 끝난 뒤에도 직장에서 쫓겨나 지 않을지도 모른다.

현실 세계로 돌아간다 해도 알드가 있으면 해고될 확률이 100퍼센트였다. 그것도 부당한 이유의 퇴직이면서 퇴직금도 기대할 수 없다.

"그렇다면……."

"어떤가요? 무척 매력적인 제안이지 않습니까?"

플래트의 목소리가 조금도 거슬리지 않았다.

매력적. 그렇다, 무척이나 매력적인 제안이었다. 설령 그것 이 악마의 유혹이라 해도 말이다.

"……뭘 하면 되지?"

"후후, 네. 무척, 그래요, 무척 간단한 일만 해주시면 됩니 다."

플래트는 웃음을 참지 못했다.

그의 웃음은 지금까지 한 번도 보지 못했을 만큼 추악했다.

하지만 지금의 로빈은 그런 것을 신경 쓸 겨를이 없었다.

"당신이 해주실 일은 단 한 가지입니다. 그 일만 해주신다면 나머지는 저희가 전부 마무리하겠습니다."

플래트는 웃음을 거두지 않으며 말했다.

"그건―."

플래트의 입에서 흘러나온 내용에 로빈은 동요했다.

"사람을 한 명 없애면 됩니다. 설마 자기 손은 더럽히지 않고 끝날 거라고 생각했던 건 아니시겠죠?"

"하지만…… 그건…….."

"괜찮습니다. 당신은 그냥 데려오기만 하면 되니까요. 그 아이에게 위해를 가할 필요는 없습니다. 다시 한번 말씀드리죠. 데려오기만 하면 됩니다. 그것뿐이에요."

플래트가 부드러운 어투로 타일렀다.

"저와 제 동료가 실행할 겁니다. 별일 아니에요. 당신은 그냥 사람을 불러오는 것뿐이죠. 그게 무슨 죄가 되나요? 불려온 사람이 어쩌다 불운한 일을 당하는 것뿐입니다. 실제로 손을 쓰는 건 저희가 맡겠습니다. 당신은 나쁜 일을 하는 게 아니에요."

"나는…… 나쁘지 않다고……?"

그것은 거짓된 면죄부였다.

진실을 직시하기 싫은 로빈은 그것에 대한 의문을 품을 수 없었다.

"그렇습니다. 원래 세계로 걱정 없이 돌아가고 싶지 않습니까? 가족분들과 만나고 싶지 않으세요? 그렇다면 아주 조금만 저희를 도와주지 않으시겠습니까?"

가족을 만나고 싶다.

그것이 결정타였다.

지금의 로빈에게는 이미 가족 외에는 아무것도 중요하지
않았다.

†

마리노를 끌어안고 잠들었던 다음 날이었다. 신은 품에서
무언가 꿈틀거리는 감촉에 눈을 떴다.

"⋯⋯아."

눈을 뜬 신 앞에 숨이 닿을 만한 거리에서 마리노의 얼굴이
보였다. 그녀는 신이 깨어난 것을 보고 황급히 그에게서 떨어
지려고 했다.

하지만 그보다도 신의 팔이 먼저 움직였다. 몸을 일으키려
는 마리노를 억지로 붙잡아 두고 그녀의 뒤통수에 팔을 둘러
가까이 끌어당겼다.

"어어? 아, 잠깐, 으음?!"

그리고 다짜고짜 입술을 빼앗았다. 처음에는 저항하던 마
리노도 몇 초 만에 얌전해졌다.

"하으⋯⋯."

입맞춤이 끝나자 힘이 쭉 빠진 마리노가 멍한 표정을 짓고

있었다. 무방비한 모습을 보며 신이 또 무슨 장난을 쳐줄지 생각했을 때 그녀가 퍼뜩 정신을 차렸다.

"가, 갑자기 뭘 하는 거야?"

숨도 막히고 부끄러운 와중에 혀까지 깨문 그녀는 얼굴이 새빨갛게 달아올랐다.

"뭘 하다니, 너도 키스하고 싶어 했잖아. 자는 사람을 덮치려고 했으면서."

"으으, 그야 그렇지만……. 어쩔 수 없잖아. 자는 얼굴을 보니까 못 참겠는 걸 어떡해."

마리노는 양 검지를 가슴 앞에서 붙였다 떼며 말했다. 신은 웃음이 멈추지 않았다.

"그러면 된 거네. 적어도 난 아무 문제 없어. 얼마든지 어리광 부려, 들어와!"

"이제 됐어!"

신이 양팔을 크게 벌렸지만 마리노는 그 말만 남긴 채 방에서 나가버렸다. 신은 너무 앞서나갔나 생각하며 다시 침대에 드러누웠다.

그의 뇌리를 스친 것은 어젯밤 자기 전에 마리노가 말한 병이었다.

현실 세계의 그들은 아마 병원 침대 위에서 잠들어 있을 것이다. 만약 무슨 일이 생기면 의사가 바로 달려와 주리라. 마리노는 원래 환자이니 만반의 준비가 갖춰져 있을 가능성이 더욱 높았다.

계속 잠들어 있는 상태가 몸에 어떤 영향을 줄지 알 수 없었다. 어쩌면 마리노의 수명이 더욱 줄어들지도 모른다. 그렇게 생각하자 한시라도 빨리 새로운 지역의 던전을 찾아내 뛰어들고 싶은 기분이었다.

"……진정하자. 급하게 뛰어드는 건 던전에서 가장 위험한 행동이야."

신은 침대에서 일어나 잠시 심호흡을 했다. 데스 게임 전에도 서두르다가 스킬 선택을 실수해서 클리어 직전에 마을로 귀환했던 적이 있었다. 이 세계에서는 그것만큼 무모한 행동이 없었다.

"지도만이라도 채워두자."

하지만 아무리 냉정해지려 해도 신의 마음은 이미 던전 공략에 가 있었다.

서두르면 안 된다고 자제하면서도 다급한 마음은 사라지지 않았다. 난생처음으로 마음을 나눈 여성의 생사가 걸린 일이다. 자제하는 것도 한계가 있었다.

그때 방문을 노크하는 소리가 들렸다. 신이 대답하자 문이 살짝 열렸다.

"아침밥 준비 다 됐는데."

"미안, 지금 갈게."

아직도 얼굴을 살짝 붉히는 마리노에게 사과하며 신은 몸을 일으켰다. 그리고 마리노에게 다가가 천천히 머리를 쓰다듬어주었다.

"어, 왜?"

"아니, 그냥 쓰다듬고 싶어서."

"……뭐, 상관은 없지만."

마리노는 뺨을 붉히면서도 살짝 좋아하는 게 보였다.

그런 그녀를 보자 신의 가슴속에서 맴돌던 다급함이 누그러졌다.

'반드시 늦지 않게 하겠어.'

대신 강해진 것은 결심이었다.

마리노와 함께 살아 돌아간다. 마음에 불이 붙은 것처럼 그런 생각이 열을 내고 있었다.

마음은 몸에도 영향을 끼친다. 신은 데이터로만 존재하는 몸에서 신체 강화 효과가 부여된 것처럼 힘이 넘쳐흐르는 것을 느꼈다.

"이, 이제 됐지? 너무 많이 쓰다듬었어."

"아니, 만지는 감촉이 좋아서 말이야."

아직도 불안함은 있었다. 하지만 덕분에 기운이 났다.

지금은 그저 할 수 있는 일을 할 수밖에 없었다.

"자, 아침 먹자, 아침."

"잠깐! 같이 가."

신은 다급히 뒤따라오는 마리노에게 미안하게 생각하면서

쓴웃음을 지었다.

✝

"자, 그럼 가볼까. 라고 하고는 싶지만……."

"냐? 왜 그러냥?"

신의 말에 애교 부리는 여성의 목소리가 대답했다.

아침 식사 후에 바로 던전에 가려던 신의 옆에는 마타타비가 있었다. 가게에서 일할 때처럼 고양이 귀 메이드의 의상을 입고 있었다.

유일하게 다른 점이 있다면 손에 장비한 바그나우였다. 무광의 백은색 클로가 마타타비의 겉모습과 어울리며 고양이 손톱처럼 보였다. 등급은 신화급의 중등품이었다. 무기의 이름은 『드래곤 캣 피버』로 조금도 귀엽지 않은 명칭이었다.

"아니, 왜 그런 차림으로 온 거죠?"

"신냥은 오늘 새로운 던전을 찾으러 가는 거 아니냥? 나도 함께 가려고 왔다냥."

새로운 지역이 개방되면 일단은 지도 작성과 탐색부터 이루어진다. 신이 지역을 개방시킨 지 시간이 조금 지났기에 이미 어느 정도는 탐색이 진행되고 있었다.

지도 정보가 갱신될 때마다 정보상을 통해 전해지기 때문에 신도 최신 지도를 이미 갖고 있었다.

"휴우, 가는 건 맞지만 혹시 계속 기다리신 거예요?"

플레이어의 행동은 그날의 기분에 따라 얼마든 바뀔 수 있었다. 던전 공략에 적극적인 신조차도 매일 싸우러 가는 것은 아니었다. 설령 전송 포인트 앞에서 기다린다 해도 반드시 만날 수 있다는 보장은 없다.

"마리냥한테 들었다냥. 분명히 던전에 갈 거라고 해서 계속 기다렸다냥."

마리노는 신의 행동을 훤히 꿰뚫어 본 모양이다.

"그런 말을 들으면 팬클럽 사람들한테 암살당할 것 같으니까 그만하세요."

"냐흐흐, 부끄러워 마냥, 부끄러워 마냥."

"아니, 저는 진담이라고요."

실제로 지금 그들의 뒤에 있었다. 팬 한 명이 뒤에서 자신의 존재감을 뿜어내고 있었지만 마타타비는 전혀 모르는 눈치였다. 일부러 그러는 걸까? 아니면 둔한 걸까? 싱글거리는 마타타비를 보며 신은 웃으려야 웃을 수가 없었다.

"……휴우, 같이 갈지 말지는 일단 제쳐두고, 왜 마타타비 씨 혼자서만 온 거죠? 평소의 파티 멤버들은요? 마타타비 씨만 데려간 게 알려지면 그 사람들도 질투할까 봐 무서운데요."

"아…… 실은 전에 제작 재료를 구하러 갔다가 PK에게 공격받았다냥."

"PK……라니, 그런 이야기를 이런 데서 하면 위험하다고 요."

신이 알기로 마타타비의 재료 채취 지역은 홈타운과 가까 웠다. 그런 곳에서 사람들을 습격하려면 PK들도 위험을 감수 해야 했다.

전에 노점에서 PK의 활동이 활발해졌다는 이야기를 들었 던 것이 신의 뇌리를 스쳤다.

마타타비는 가게 안에 있느라 모르는 것 같았기에 신은 그 녀에게 채팅을 신청했다.

『미안하다냥. 조금 마음이 급했다냥. 아무튼 그래서 방금 이야기한 것처럼 한동안 밖에 나가는 걸 자제하고 있다냥. 하 지만 그러다 보면 재료가 부족하다냥. 그러니까 도와준다고 생각하고 동행시켜달라냥.』

『뭐, 그런 이유라면 알겠습니다.』

지역 탐색이 던전보다 위험하지 않다고 단언할 수는 없지 만 판명된 몬스터 레벨이나 환경을 생각해보면 마타타비를 데려가도 괜찮을 것 같았다.

신도 데스 게임 뒤로 계속 혼자 활동했던 것은 아니었다.

한 가지 문제가 있다면 마타타비와 신의 목적이 서로 다르 다는 점이었다.

『하지만 제가 가는 주목적은 미확인 지역의 탐색이에요. 마 타타비 씨는 재료 수집을 하시려는 거죠? 저보다는 다른 플레이어들하고 함께 가는 편이 효율적이지 않겠어요?』

『그렇지도 않다냥. 지금 미확인 지역은 데스 게임 이전에 몇 번이나 가봤다냥. 지금은 어떻게 바뀌었을지 모르지만 잘만 하면 원하는 아이템을 찾을 수도 있다냥.』

마타타비가 가진 정보에서 크게 바뀌지 않았다면 신에게 도움이 될 수도 있을 것이다. 지역 환경이 바뀌었을 경우는 원래 하려던 대로 지역을 탐색해나가면 되는 일이다.

『무엇보다 지금은 신냥 옆이 가장 안전하다냥. 서포트 캐릭터까지 끼면 웬만한 보스는 냥냥이다냥.』

『냥냥이 뭔데요? 뭐, 마타타비 씨 한 명 정도는 충분히 지킬 수 있지만요.』

마타타비도 나름대로 상급 플레이어였다. 신에게 완전히 의지하기만 하는 상황은 나오지 않을 것이다.

『그리고 마타타비 씨네 가게는 많은 플레이어들의 안식처잖아요. 저도 도울 일이 있다면 기꺼이 도울 겁니다. 저는 지금 바로 출발할 생각인데, 마타타비 씨는 어떻게 하시겠어요?』

『나도 바로 출발할 수 있다냥. 파티 멤버들은 이미 이해해 줬으니까 걱정할 필요 없다냥.』

신은 정말 이해해준 건지 미심쩍어하면서도 고개를 끄덕였다.

전송 포인트에서 함께 이동하는 것을 목격당하면 귀찮은

일에 말려들 것 같았기에 신은 지정된 장소에서 기다리겠다고 말한 뒤 일단 달의 사당으로 이동했다. 서로 엇갈리지 않도록 정확한 시간도 정해두었다.

달의 사당에서는 다섯 명의 서포트 캐릭터 중에서 네 명을 파티에 참여시켰다.

근접 담당인 하이 로드 필마와 하이 드래그닐 슈바이드, 유격전 담당인 하이 엘프 슈니, 그리고 원거리 담당인 하이 픽시 세티가 참여했다. 지라트는 마타타비의 전투 스타일과 비슷했기에 이번에는 제외되었다.

신은 멤버들의 장비와 아이템을 확인하고 AI의 전투 지시를 수비 중시로 재설정했다. AI는 플레이어처럼 세밀한 판단을 할 수 없기 때문에 어디까지나 보험에 지나지 않았다.

"아군 엄호와 HP를 일정 이상으로 유지하도록 설정해두면 일단 괜찮겠지. 근접 담당은 둘 다 도발 스킬을 사용할 수 있으니까."

유사시에는 한 명에게 어그로를 집중시키고 도망치는 방법도 있었다. 그것이 서포트 캐릭터를 동행시키는 이유 중 하나였다. 신은 지금까지 한 번도 사용해본 적이 없었지만 그 방법 덕분에 목숨을 건진 플레이어도 많았다.

위험한 장소에 들어갈 생각은 없었지만 미확인 지역과 던전의 무서운 점은 그곳에서 무슨 일이 일어날지 모른다는 데 있다. 최대한 조심해서 나쁠 것은 없었다.

"자, 이제 슬슬 가볼까."

신은 다시 홈타운으로 돌아갔다가 탐색할 지역으로 이동했다.

그곳은 석조 신전을 연상시키는 장소였다. 전송 포인트 중에서는 가장 흔한 형태라고 할 수 있었다.

신은 다른 플레이어들에게 방해가 되지 않도록 조금 떨어진 곳에서 마타타비를 기다리기로 했다.

약 5분이 지났을 때 지정된 시간에 정확히 맞춰서 마타타비가 순간 이동을 해왔다.

"많이 기다렸냥?"

"방금 왔어요. 그럼 가죠."

두 사람은 지도가 채워지지 않은 지역을 향해 진로를 잡았다. 전송 포인트 밖에는 나무들이 울창하게 자라나 있어 시야가 제대로 확보되지 않았다. 신은 슈니에게 선행 정찰을 시켜서 나아가기로 했다.

"어때요? 온 지 얼마 안 됐지만 풍경이 기억나나요?"

신은 감지 스킬에 주의를 기울이며 물었다.

"아직은 잘 모르겠다냥. 그래도 나무가 울창한 건 그대로인 것 같다냥."

신전 형식의 전송 포인트도 예전과 똑같다고 한다.

"……슈니가 몬스터를 발견했네요. 레벨 388의 스니크 보아입니다. 마타타비 씨가 이야기했던 몬스터네요. 관련 정보는 아직 공유되지 않았어요."

신은 슈니가 보내주는 정보를 메뉴 화면으로 확인했다. 미확인 지역에서 출현하는 몬스터의 정보도 공개되어 있지만 그중에 스니크 보아는 없었다.

"그러냥? 하지만 난 알고 있었다냥. 좀처럼 찾아내기 힘든 레어 몬스터다냥."

"이런 식이면 마타타비 씨가 큰 도움이 되겠네요."

무슨 몬스터와 마주칠지 알 수 있다면 미리 대비하는 것도 가능했다.

"내가 찾는 몬스터도 있으면 좋겠다냥."

스니크 보아를 기습으로 해치운 뒤 드랍 아이템을 확인하던 신에게 마타타비가 말했다.

마타타비가 찾는 것은 '슈가 유니콘'이라는 이름의, 감미료 아이템을 떨어뜨리는 몬스터였다. 그것만 있으면 새로운 음식을 만들 수 있다며 마타타비는 눈을 빛냈다.

"그러고 보니 아이돌로 데뷔 못하면 파티셰를 하신다고 했죠?"

"그렇다냥. 꿈은 여러 개 있어도 좋다고 생각한다냥. 노력도 하고 있다냥."

마타타비는 콧김을 내뿜으며 팔을 들어 보였다. 알통을 보여주려는 의도 같았지만 그 정도로 세세한 움직임이 재현되지는 않기 때문에 단순히 귀여운 동작으로 보일 뿐이었다.

"신냥은 어떠냥? 하고 싶은 일이 있는 거냥?"

"글쎄요. 일단 대학에 다니고는 있지만 하고 싶은 일을 향해 일직선으로 달려가고 있진 않아요. 게임은 좋아하지만 제작자가 되고 싶지는 않은 것 같고요."

"그러냥. 그러면 마리냥은 어떠냥? 그런 이야기 해본 적 있냥?"

"아…… 음, 마리노는……."

"병에 대한 거라면 나도 안다냥."

"네?"

신이 어떻게 대답할지 고민하자 마타타비의 입에서 예상외의 말이 흘러나왔다. 신은 너무 놀란 나머지 순간적으로 딱딱하게 굳어버리고 말았다.

"특별히 친한 사람들만 알고 있다냥. 아마 나하고 호르냥하고 미르냥 정도밖에 모른다냥."

마리노의 사정을 아는 사람은 의외로 많았다. 참고로 호르냥은 홀리를 가리키지만 미르냥은 누구인지 알 수 없었다.

"저는 얼마 전에 들었거든요."

"어쩔 수 없다냥. 소중한 사람일수록 말하기 힘든 일도 있는 거다냥. 마리냥도 어떻게 해야 좋을지 몰라서 많이 고민했다냥."

동성이거나 어른인 상대에게만 이야기할 수 있는 일도 있다고 마타타비는 설명했다.

"그랬군요."

"냐흐흐. 신냥, 자기한테 처음 말하지 않아서 충격받은 거냥?"

"윽, 정곡을 찌르시네요."

"하지만 말하지 않길 잘한 거라냥. 만약 처음부터 알고 있었으면 네 안전보다 던전 공략을 우선하느라 무리했을 가능성이 높다냥."

마타타비는 입가의 미소를 거두며 신을 바라보았다.

"……부정할 수는 없겠네요."

지금은 상황에 익숙해지면서 조금이나마 마음의 여유도 생겨났다. 하지만 데스 게임이 처음 시작됐을 때는 달랐다. 귀환에 집착하는 일부 플레이어들은 신에게 던전 공략을 끊임없이 재촉하곤 했다.

당시를 떠올려보면 마타타비의 말이 맞을 수도 있었다.

"그때는 전혀 여유가 없었으니까 말이죠."

"그렇다냥. 내가 가게를 열려고 했을 땐 눈치 없다는 소리까지 들었다냥."

당시는 귀환과 상관없는 일을 하면 『악』으로 규정되는 분위기가 플레이어 사이에 퍼져 있었다.

"지금은 재촉하는 사람이 거의 없어졌어요. 최근에 한 명 있긴 했지만 현실 세계의 상사한테 들볶여서 어쩔 수 없다고 하더라고요."

"자기는 아무것도 하지 않고 다른 사람에게 떠맡기려는 인간들은 대부분 포기하고 은둔하면서 기다리기로 마음먹은 거라냥. 그런데 게임 안에서도 회사의 인간관계가 유지된다는 건 최악이다냥."

요청에 응할 마음은 없었지만 로빈이 처한 상황을 생각해 보면 동정을 금할 수 없었다. 사정을 들은 마타타비도 떨떠름한 표정을 지었다.

"응? 마타타비 씨. 이 앞에 몬스터 무리가 있네요."

엉뚱한 데로 새어 나간 이야기를 본론으로 되돌리려던 신의 메뉴 화면에 몬스터 발견 소식이 나타났다. 숫자는 넷. 마타타비의 바람이 닿았는지 슈가 유니콘의 무리였다.

"마타타비 씨. 신작 요리 기대할게요."

"냥! 혹시 나타난 거냥?!"

"전부 네 마리예요. 남기지 말고 사냥하죠."

신은 슈니에게 대기하라고 지시한 뒤 아이템을 많이 얻기 위한 파밍용 장비로 변경했다.

그가 꺼낸 카드는 왼손 안에서 번개 같은 디자인의 까만 활로 바뀌었다.

고대급 장궁 『파동신뢰궁(波動迅雷弓)』이었다. MP를 소비해서 화살을 쏘는 형태의 활로, MP 소비량을 조절해 위력을 변경할 수도 있었다.

정제된 활에는 자동적으로 번개 속성이 부여되었고 명중하

면 높은 확률로 상대를 【하이 패럴라이즈(강한 마비)】 상태로
만드는 효과도 있었다.

"움직임을 봉인할게요. 마타타비 씨가 마무리해주세요."

"맡겨두라냥."

서포트 캐릭터에게 끼어들지 말라는 지시를 내린 뒤 신은
『파동신뢰궁』을 겨누었다.

그러자 시야에 반투명한 파란색 선이 출현했다. 화살의 발
사 궤도를 알려주는 보조 기능이었다.

그리고 궁술 무예 스킬 【멀티 애로우】가 발동되었다. 파란
색 선이 네 마리의 슈가 유니콘을 향해 뻗어나갔다.

시위를 당긴 손을 놓자 화살 모양의 번개가 지그재그 궤도
를 그리며 나무 사이를 질주했다. 그리고 공중에서 네 개로
분열하더니 각각 상대에게 명중했다.

화살을 맞고 쓰러진 슈가 유니콘을 향해 마타타비가 바로
뛰어들었다.

마타타비의 양손에 장착된『드래곤 캣 피버』가 주황색 시각
효과를 발산했다.

"【그리드 크로우】냥!"

『드래곤 캣 피버』의 손톱 네 개를 따라 오렌지색 시각 효과
가 호를 그렸다.

슈가 유니콘은 피할 방법이 없었고 마타타비가 4연속 공격
을 퍼붓자 빛을 내며 소멸했다.

"아이템 수가 늘어났다냥!"

마타타비의 말에 신은 【그리드 크로우】의 효과가 무사히 발휘되고 있음을 알았다.

그리드라는 명칭이 붙는 기술은 다양한 무기에 존재하며 몬스터를 쓰러뜨릴 때 일정 확률로 드랍 아이템의 수를 늘려주는 효과가 있었다.

"예감이 좋다냥."

"그러네요. 이대로 던전도 발견하면 좋을 텐데요."

두 사람은 그렇게 말하며 지도의 미확인 지역을 탐색해나갔다. 슈가 유니콘을 쓰러뜨린 뒤로도 몬스터 무리와 몇 번이나 조우했다.

"신냥, 뭔가 이상하지 않냥?"

"그러네요. 몬스터와 너무 자주 마주치고 있어요."

게임이 VR로 바뀐 뒤로는 몬스터가 너무 많으면 플레이어가 대처할 수 없기 때문에 필드에 출현하는 몬스터의 숫자가 줄어들었다. 따라서 5분도 되지 않아 다른 몬스터들과 조우하는 경우는 거의 없었다.

"무슨 이벤트 같은 걸까냥?"

"그런 것치고는 안내 음성이 없어요. 만약 곤충 계열 몬스터였다면 짐작 가는 게 있지만요."

나비나 벌 같은 곤충 형태 몬스터의 경우는 둥지 근처에 대량으로 출현할 때가 있었다. 하지만 신 일행이 지금까지 상대한 것은 대부분 동물이나 아인(亞人) 형태의 몬스터였다.

"왠지 불길하네요. 무슨 일이 벌어지는지 모르는 상태에서 깊숙이 나아가는 건 위험해요. 일단 돌아가죠."

"찬성이다냥."

주위의 몬스터 반응에 주의하면서 온 길을 되짚어 가려고 했을 때 신의 미니맵에 플레이어를 나타내는 반응이 출현했다.

"마타타비 씨, 조심하세요. 플레이어가 접근해오네요."

"내 미니맵에도 나왔다냥. 혼자일까냥?"

다가오는 반응은 하나뿐이었다. 진로상에 몬스터가 있었지만 아무 반응도 보이지 않았고 플레이어도 그냥 지나쳐오고 있었다.

은폐 스킬이나 아이템을 사용한 건지도 몰랐다. 신은 더욱 경계하며 무기를 애검인『진월』로 바꾸었다.

"이야, 기다려주셔서 감사합니다."

몇 분 뒤에 신 일행 앞에 한 명의 플레이어가 나타났다.

은회색 머리카락과 짙은 보라색 눈동자를 가진 청년이었다. 등 뒤까지 내려오는 긴 머리카락은 목 뒤에서 한데 묶여 있었다. 그는 아름다운 얼굴에 천진난만한 미소를 지으며 두 사람에게 말을 건넸다.

─【하멜른 레벨 255 조련사】.

신의【애널라이즈】가 은폐 스킬을 돌파해서 청년의 이름을 밝혀냈다.

"우리에게 무슨 볼일이라도 있습니까?"

신은 『진월』의 칼자루에 손을 얹으며 물었다. 그리고 서포트 캐릭터들에게도 전투 태세를 취하도록 지시를 내렸다.

눈앞의 남자 하멜른은 플레이어 사이에서 MPK―몬스터를 이용한 PK―상습범으로 악명이 높았다. 본인의 능력치도 상당히 높다고 알려져 있었다.

예전에 여러 길드가 합동으로 펼친 PK 토벌전에서는 습격해온 플레이어를 오히려 쓰러뜨렸다고 한다. 그런 상대가 굳이 접근해온 이상 경계하지 않을 수 없었다.

"네. 설마 이런 데서 뵐 줄은 몰랐거든요. 노파심에 조언을 하나 해드리러 왔습니다."

"조언?"

"네. 현재 각 홈타운을 습격하기 위해 몬스터가 침공 중입니다. 빨리 돌아가지 않으면 곤란한 일이 생길지도 모르겠네요."

예상 밖의 정보에 신과 마타타비의 얼굴이 굳어졌다. 하지만 사실이라면 누군가가 채팅이나 메시지로 알려줬을 것이다.

"……그런 것치고는 아무 연락도 못 받았는데요."

신은 그렇게 말하면서도 그것이 진짜일 가능성이 높다고 생각했다.

하멜른은 MPK, 즉 몬스터 유도의 전문가였다. 신도 조련사 스킬은 어느 정도 알고 있지만 모든 것을 파악하지는 못했다. 하멜른이 신이 모르는 스킬이나 아이템을 이용해 침공 이벤트로 위장한 무언가를 발생시켰을 가능성은 충분했다.

"혼란에 빠져 연락하지 못한 거겠죠. 몬스터가 도착하기 얼마 전부터 PK가 대형 길드 안에서 난리를 피우고 있었거든요. 크흐, 제대로 된 방어선이 구축되었을지 저도 빨리 가서 구경하고 싶네요."

"그걸 왜 나에게 알려주는 거지?"

"당신이 어떻게 행동할지 흥미가 생겨서요. 방어에 힘쓸지, PK를 쓰러뜨리러 갈지, 아니면 가까운 사람의 안전을 우선할지요. 어떻게 할 건가요, 영웅님?"

하멜른은 처음 등장할 때의 천진난만한 미소를 그대로 띠며 물었다.

"신, 하멜른은 내가 상대할 테니까 넌 빨리 홈으로 돌아가."

"마타타비 씨?"

평소의 고양이 말투를 버린 마타타비가 하멜른을 노려보며 말했다.

"무슨 일이 벌어졌으니까 이 녀석이 나타난 거야. 침공 중이라는 건 거짓말이고 카르키아는 이미 공격당하고 있는 게 분명해!"

"아무리 그래도—."

"일반적인 이벤트가 아냐! 카르키아에는 마리노가 있어. 고 아원 아이들도 있어. 우선순위를 헷갈리지 마!!"

신은 전혀 반박할 수 없었다.

모든 것을 지킬 수는 없다. 정말로 지키고 싶은 것에 집중하지 않으면 모든 것을 잃게 되는 법이다.

그것은 데스 게임을 통해 신이 배운 사실 중 하나였다.

『─서포트 캐릭터들을 두고 갈게요. 위험하다 싶으면 미끼로 써서 도망치세요.』

신은 하멜른에게 들리지 않도록 마타타비에게 채팅을 보낸 뒤 결정석에 MP를 주입했다. 가장 가까운 전송 포인트로 이동하도록 설정된 결정석의 효과로 신의 모습이 순식간에 사라졌다.

"흐음, 역시 친한 사람을 우선했군요. 뭐, 그것도 나름대로 재미있군요."

"방해하지 않다니, 그렇게 여유를 부려도 되는 거야?"

턱을 매만지며 생각에 잠긴 하멜른에게 마타타비가 자세를 풀지 않으며 물었다.

"아니요. 처음부터 당신을 어떻게 할 생각은 없었습니다. 저도 좋아하거든요.『손짓 고양이』에서 파는 과자들을요."

"그렇다면 영업 방해는 그만하시지!"

땅을 박차며 하멜른을 향해 육박해 들어간 마타타비가 바그나우를 휘둘렀다. 바람을 가르는 소리와 함께 뻗어나간 공격을 하멜른이 지팡이로 막아냈다.

"죄송합니다. 부조리에 저항하는 사람을 보는 게 저의 가장 큰 즐거움이라서요."

"악취미!"

양손으로 펼치는 연속 공격과 기습적인 발차기까지. 온몸을 활용한 종횡무진의 공격을 하멜른은 지팡이를 회전하거나 방패 삼아서 담담한 얼굴로 막아내고 있었다.

여유로운 하멜른과 달리 마타타비의 표정은 다급했다.

픽시는 원래 STR과 AGI가 떨어지지만 하멜른은 환생 보너스로 높은 능력치를 보유하고 있었다. 휴먼인 마타타비와의 종족 간 차이를 메워낼 정도였다.

마타타비도 결코 약한 편은 아니었지만 게임 시스템으로 인해 능력치 차이가 잔혹할 만큼 선명히 드러났다.

"어이쿠. 역시 그분의 서포트 캐릭터는 격이 다르군요. 이런 상대들과 싸우는 건 너무 힘들겠어요. 오늘은 일단 물러나겠습니다. 애초에 부족해진 아이템을 보충하러 온 것뿐이거든요. 그러면 나중에 기회가 될 때 다시 보죠."

하멜른은 등 뒤에서 접근해온 슈니의 기습 공격을 소환한 파트너 몬스터로 막아낸 뒤 그곳에서 벗어났다.

추격하려는 마타타비의 앞을 연막과 다른 파트너 몬스터가 가로막았다. 슈니를 비롯한 서포트 캐릭터들은 신의 지시대로 마타타비를 지키기 위해, 도망치는 하멜른 대신 몬스터를 상대하고 있었다.

"제발 늦지 말아줘."

마타타비는 몬스터를 쓰러뜨리고 서포트 캐릭터들과 함께 전송 포인트로 향하면서 기도하듯 말했다.

†

"귀찮게 해드려서 죄송합니다."

"아니, 호위도 우리의 임무 중 하나야. 신경 쓸 것 없어."

신을 보낸 마리노가 고아원에서 일을 시작한 지 얼마 안 되었을 때였다.

식재료 담당자가 보충을 깜빡했는데 루카가 따라오고 싶어 해서 마리노는 함께 거리에 나와 있었다.

루카와 손을 잡고 호위인 섀도우와 함께 필요한 물품을 구입했다. 장 보는 것 자체는 그리 많은 시간이 걸리지 않았다.

"사안책! 사안책!"

루카는 고아원 밖에서 걷는 게 즐거운지 기분이 좋아 보였다. 섀도우도 눈치 있게 조금 멀리 돌아가는 길을 골라주었다.

『다른 아이들도 가끔씩은 별일 없어도 밖에 나가게 해주는 게 좋을지도 모르겠군.』

『맞아요. 뭐, 아이들 대부분은 자기들끼리 짜고 몰래 나가노는 것 같지만요.』

신경 써줘야 하는 건 루카 같은 미취학 아동들 정도라고 마리노는 채팅으로 섀도우에게 말했다. 그 정도 나이의 아이들은 거의 없기 때문에 밖에 데리고 나오는 것이 그렇게 힘든 일도 아니었다.

다음번엔 다른 아이들도 데리고 나와야겠다고 마리노가 생각했을 때 몬스터의 접근을 알리는 경보가 카르키아 전체에서 울려 퍼졌다.

"몬스터가 온 것 같군. 빨리 고아원으로 돌아가자."

"네! 루카, 오늘 산책은 여기까지야. 무서운 몬스터들이 오기 전에 고아원에 돌아가자."

"응······."

"괜찮아. 도시는 큰 길드 사람들이 지켜줄 테니까."

보고를 듣고 겁을 먹은 루카를 달래기 위해 마리노는 최대한 밝게 이야기했다. 맨 처음 습격 이후로는 도시 방어에 한 번도 실패한 적이 없었다. 덕분에 주변에 있는 플레이어들도 크게 동요하지 않았다.

"봐봐. 도시 사람들도 다들 안 무서워하잖아. 빨리 아이들에게 돌아가자."

마리노는 루카를 재촉하지 않도록 최대한 느리게 걸었다. 그러다가도 어느새 걸음이 빨라진 것을 알고 황급히 속도를 늦추곤 했다.

"실례합니다. 잠깐 드릴 말씀이 있는데요."

그때 마치 기다리고 있었던 것처럼 로빈이 나타났다.

루카는 천천히 다가오는 로빈을 두려워하며 마리노의 뒤에 숨었다.

"지금은 비상시야. 나중에 다시 와줬으면 좋겠는데."

로빈과 마리노 사이에는 섀도우가 서 있었다. 그는 로빈을 주시하며 조금이라도 수상한 행동을 하면 바로 대응하기 위해 준비하고 있었다.

"당신에게는 볼일이 없습니다. 저는 저기 있는 아가씨에게 할 이야기가 있어요. 비키시죠."

"거절한다. 지금 도시 밖에서는 몬스터가 공격해오고 있어. 다들 자기 홈으로 돌아갔을 거다. 이벤트가 끝난 뒤에 다시 찾아와."

섀도우가 강한 어조로 말했다. 예외는 없다는 태도였다.

"저는 아가씨를 데려가야만 합니다. 넌 방해가 되는군!"

갑자기 소리친 로빈은 망토를 펼치며 팔을 휘둘러 골프공 크기의 구체를 던졌다.

"흡!"

경계하던 섀도우는 동요하지 않고 나이프를 투척해 구체를 명중시켰다.

구체는 간단히 두 동강이 났고 순식간에 엄청난 연기를 뿜어냈다. 구체의 크기를 생각하면 불가능할 정도의 연막이 발생하면서 주변의 시야가 완전히 차단되었다.

"섀도우 씨!"

"어디 있는지 보이니까 괜찮아. 루카를 잘 지켜줘."

"네!"

마리노는 루카의 손을 꽉 잡았다. 전투에 익숙한 섀도우라면 연막 정도에 당할 리가 없었다. 그렇게 믿는 마리노의 발밑이 갑자기 그림자에 뒤덮였다.

"어……?"

마리노가 고개를 돌리자 연막을 뚫을 정도로 형형하게 빛나는 두 눈이 보였다. 높이와 크기를 생각해보면 플레이어의 눈은 아니었다.

"으악?!"

멍하니 있던 마리노의 귀에 섀도우의 비명이 들렸다. 무언가가 연기를 가로지르며 섀도우를 튕겨낸 것 같았다.

"몬스터라니?! 수비대가 돌파당한 건가?! 크윽, 여기는 내가 막겠어. 루카를 데리고 도망쳐!!"

"네, 네!!"

【투시】 스킬이 없는 마리노는 연기 너머에서 무슨 일이 벌어지는지 알 방도가 없었다. 하지만 무언가가 부딪치는 소리와 불꽃이 튀는 것을 보면 대충은 예상이 가능했다.

경보가 울린 지 얼마 되지 않았지만 귀를 기울여보면 누군가의 비명과 몬스터의 울음소리 같은 것이 들려오고 있었다.

채팅이 제한되어 신에게 도움을 요청하고 싶어도 연락할 방법이 없었다.

"마리 언니……."

"괜찮아. 섀도우 씨는 강하니까 몬스터 따위에게 지지 않는걸. 여기는 위험하니까 우리는 먼저 움직이자."

마리노는 루카에게 최대한 밝은 미소를 지어 보이며 걸어가기 시작했다. 다행히 건물 벽에 손이 닿아서 그것을 짚으며 연기가 없는 곳까지 이동할 수 있었다.

"일단은 큰길로— 앗?!"

마리노는 필사적으로 뒷길을 빠져나와 평소에 지나던 큰길로 향했다.

하지만 그곳에서는 평소와 전혀 다른 광경이 펼쳐져 있었다.

"뭐야, 이게……."

나란히 늘어선 가게들 대부분이 화염에 휩싸여 있었다. 이리저리 도망치는 사람들의 비명이 여기저기서 울려 퍼졌다.

건물 일부는 몬스터와 플레이어의 전투로 무너져 내렸고, 싸우다가 튕겨나간 플레이어가 아직 무사한 건물에 처박혔다.

"도망쳐야 해……."

경직되어 움직이지 못하던 마리노의 몸을 채찍질한 것은 루카의 손에서 전해지는 작은 온기였다.

이 손을 놓아서는 안 된다. 반드시 지켜야만 한다.

그런 마음이 주저앉을 것 같은 다리에 힘을 불어넣어 주었다.

"조금만 참아."

"……응."

마리노는 루카를 안아 들었다. 그리고 몬스터에게 들키지 않도록 벽을 따라 걸어갔다.

하지만 몬스터와 플레이어가 뒤섞여 싸우는 전장에서 은폐 능력도 없는 마리노가 무사히 빠져나갈 수 있을 리가 없었다.

갑자기 근처에 있던 건물이 폭발했다. 5메르나 되는 거대한 공룡 몬스터가 건물을 파괴하며 나타난 것이다.

마리노는 즉시 루카의 몸을 감쌌다.

파괴된 건물 파편이 주위에 쏟아져 내렸다. 성분도 알 수 없는 건물 파편은 예상보다 훨씬 강한 위력으로 떨어졌다. 그리고 하필이면 파편의 일부가 마리노의 등을 강타했다.

"아악?!"

신에게 받은 아이템의 효과 덕분에 마리노의 HP가 감소하진 않았다. 하지만 마리노는 파편과 함께 땅에 넘어졌고 몇 바퀴를 구르고서야 멈추었다.

"루카……."

마리노는 즉시 몸을 일으켜 루카를 살폈다.

이쪽 세계의 몸인 아바타는 큰 부상을 입더라도 HP만 남아

있으면 대부분의 경우는 움직일 수 있었다.

주변을 둘러보자 자신처럼 몸을 일으키려 하는 루카가 보였다.

하지만 안심하기는 일렀다.

쓰러진 루카를 어디선가 나타난 로빈이 낚아챘다.

마리노는 따돌렸다고 생각했지만 척후 직업인 로빈은 끝까지 추적해오고 있었다. 그의 표정은 도시의 비상사태에 걸맞지 않게 냉철하기 이를 데 없었다.

"사람을 성가시게 하는군."

"어째서……."

"넌 신의 아이템에 보호받고 있어. 순순히 따라오지 않는다면 이렇게 할 수밖에 없잖아."

정중하던 말투도 바뀌어 있었다.

마리노가 방어용 아이템을 갖고 있다는 것을 사전에 알아낸 듯했다.

"이 여자아이를 다치게 하고 싶지 않다면 어떻게 해야 할지 알겠지?"

"……알았어. 알았으니까 루카를 놔줘!"

마리노는 방어용 아이템을 풀어서 바닥에 내려놓았다. 로빈은 그 아이템을 회수한 뒤 마리노를 묶었다.

"마, 마리 언니."

풀려난 루카가 두려워하면서도 마리노에게 손을 뻗었다.

하지만 로빈이 마리노를 둘러메면서 루카의 손은 허공을 가를 뿐이었다.

"난 괜찮아. 루카는 고아원에 가 있어!"

"시끄럽군."

"아……."

로빈이 사용한 마비독으로 마리노의 움직임이 멈추었다.

로빈은 마리노를 둘러멘 자세를 바꾸고 루카를 돌아보았다.

"마리 언니를 돌려줘."

"그러면 신이라는 플레이어에게 여기에 오라고 전해."

로빈은 그렇게 말하며 작은 종이쪽지를 루카에게 던졌다.

루카는 그것이 날아가 버리지 않도록 필사적으로 붙잡았다. 종이쪽지를 힘껏 움켜쥐고 얼굴을 들었을 때는 이미 마리노의 모습이 보이지 않았다.

✝

"대체 무슨 일이 벌어진 거지?!"

몬스터의 포효와 플레이어들의 비명이 뒤섞이는 가운데 알드는 멍하니 제자리에 서 있었다. 홈에서 거의 나와본 적이 없었기에 거리에 몬스터들이 날뛰고 플레이어들이 대미지를 입는 이유도 알 턱이 없었다.

몬스터를 요격할 수비대가 PK의 습격을 받은 것이나 이벤트와 무관한 몬스터들까지 섞여 있다는 사실을 아는 플레이어는 극히 적었다.

"제, 제길! 장비, 장비는 어떤 걸 써야 하지?!"

아바타의 성능 덕분에 알드는 몬스터의 이름과 레벨을 알수 있었다. 높은 능력치와 풍부한 무기를 가진 알드라면 자신의 몸을 지키는 것이 그렇게 어렵지는 않았다.

하지만 피상적인 지식만으로는 어떤 무기가 상대에게 유효할지를 정확히 판단할 수 없었다.

아바타의 원형이 된 아더 펜드래곤의 장비가 현재 가진 것들 중에서 가장 강력하다는 것을 알아내기까지 10분이나 걸렸을 정도였다.

그리고 장비를 확정하고 앞으로의 행동을 고민하려던 참에 이변이 일어났다.

"흐악?!"

갑자기 홈의 천장이 무너지며 무언가가 낙하해온 것이다. 커다란 파쇄음과 함께 잔해가 떨어지자 알드는 비명을 질렀다.

"여어. 아직 살아 있었군?"

"사람? 아니?! 넌 대체 뭘 하는 거냐!!"

상대가 지난번 자신을 찾아왔던 남자라는 것을 알자 알드는 방금 전까지의 공포도 잊고 호통부터 쳤다.

생각을 알 수 없는 남자였지만 이렇게나 무례한 짓을 할 줄이야.

"뭘 하겠어. PK가 하는 짓이야 뻔하지."

가르가라는 살벌하게 웃으며 잔해를 신경 쓰지도 않고 알드에게 다가왔다.

"뭐라는 거냐? 이게 대체 무슨 상황이냐고!"

"이봐, 너무하잖아. 홈타운 안에서 몬스터들이 날뛰는 거 안 보여? 이런 위험한 상황에서도 아무것도 하지 않고 집에 틀어박혀 있었다니. 아무리【월】과【배리어】가 쳐져 있다고 해도— 이 정도면 정말 심각한 수준이군."

가르가라는 경멸의 시선을 보내며 자신이 애용하는 무기를 어깨에 걸쳤다.

까만 자루에 불꽃 같은 문양이 그려진 진홍색 칼날을 가진 고대급 하등품 전투 도끼『자이언트 킬링(거물 살해 도끼)』이었다.

상대가 자신보다 강할수록 대미지가 증가하는, 말 그대로 강자 살해용 무기였다. 상대의 능력치가 자신보다 높을수록 위력이 증가하지만 반대의 경우는 자칫 잘못하면 자신이 위험해질 수도 있는 도박형 장비였다.

하지만 지금 상황에서는 최고의 무기라고 할 수 있었다.

능력치만 높을 뿐 경험이 일천한 알드는 능력치만 낮을 뿐 PVP(플레이어끼리의 대결)에서 실력을 갈고닦은 가르가라에게 전혀 상대가 되지 않기 때문이다.

"여기까지 오는 동안에도 맷집만 좋으면서 끈질기게 쫓아오는 몬스터들 때문에 시간을 엄청 잡아먹었다고. 그래서 지금 스트레스가 엄청 쌓였어. 너도 아바타는 멀쩡하니까 조금은 날 즐겁게 해줘."

그 말이 끝나는 것과 동시에 전투 도끼가 알드를 향해 날아들었다. 알드는 자신이 공격당할 거란 생각을 전혀 하지 못했던 탓에 제대로 된 방어도 하지 못한 채 정통으로 맞았다.

철골끼리 부딪치는 듯한 금속음이 울려 퍼지며 허공에 떠오른 알드는 홈 벽을 뚫고 인접한 벽돌담에 처박혔다.

"윽, 무, 무슨 짓을⋯⋯."

장비와 능력치 덕분에 즉사는 피했지만 워낙 갑작스럽게 발생한 일이라 제대로 된 사고가 불가능했다. 잔해를 밀쳐내며 몸을 일으키려던 그는 눈앞에서 도끼날이 내리쳐지는 것을 깨달았다.

"아악?!"

크리티컬 판정과 함께 알드의 머리에서 헬멧이 벗겨졌다. 더욱 큰 혼란에 빠진 알드는 머리가 그대로 노출된 것도 모르고 있었다.

"이봐, 갖고 있는 아이템을 전부 꺼내. 이대로 없애기엔 아깝잖아."

"에⋯⋯?"

알드의 입에서는 얼빠진 대답만 흘러나왔다. 가르가라는 그런 알드의 얼굴에 주먹을 날려서 자신의 존재를 각인시켰다.

"히익?!"

상황을 이해한 알드가 요란하게 아이템을 꺼내놓기 시작했다.

"이, 이게 전부야! 전부 꺼냈어! 그러니까 이제—."

"이제 너한테는 볼일이 없군."

가르가라는 알드의 몸을 밟아 땅에 고정하고 전투 도끼를 내리찍었다.

"그만—."

지면까지 박살낼 정도의 엄청난 일격에 알드는 최후의 말을 남길 틈도 없이 상반신이 소멸해버렸다. 잠시 뒤에는 하반신까지 허공으로 사라졌다.

"너무 쉬워서 맥이 빠지는군."

노출된 머리에 『자이언트 킬링』의 공격을 맞은 시점에서 알드의 죽음은 이미 확정된 것이나 다름없었다. 【THE NEW GATE】에서 목과 심장 같은 급소는 플레이어의 약점으로 설정되어 있다. 특히 심장과 머리는 즉사 판정까지 있는 최고의 급소였다.

발밑에 깔린 알드가 소멸한 것을 확인한 가르가라는 한숨과 함께 자세를 풀었다.

즉사 판정으로 HP가 날아가기 전까지는 도끼 공격으로 그렇게 많은 대미지를 준 것도 아니었다. 중급 플레이어 정도의 경험만 있었어도 그렇게 허무하게 죽을 능력치는 아니었다.

처음부터 기대하진 않았지만 가르가라의 욕구 불만은 더욱 쌓여갈 뿐이었다.

"……그렇지. 지금은 그 녀석을 각성시킬 요소를 늘려야겠어."

가르가라의 입꼬리가 올라갔다. 얼굴에는 보는 사람을 두렵게 하는 사악한 미소가 맺혀 있었다.

가르가라는 아이템을 회수한 뒤 방향을 정해 이동하기 시작했다.

그의 목적지는 고아원이었다.

신이 고아원에 뛰어든 것과 루카가 도착한 것은 거의 동시였다.

비틀거리며 걸어오는 루카를 보자 신의 불안감이 커졌다. 채팅이 일제히 제한된 탓에 몬스터 침공 이벤트의 정확한 상황을 아직 파악할 수 없었다.

"루카!"

"신 오빠…… 신 오빠!!"

루카의 눈에 눈물이 잔뜩 고였다. 쓰러질 뻔한 그녀를 신이 부축하자 그대로 큰 소리로 울음을 터뜨렸다.

우는 소리가 들렸는지 고아원에서 에밀이 뛰쳐나왔다.

"루카!!"

울음을 멈추지 않는 루카를 보고 에밀의 표정이 흐려졌다.

신도 불길한 예감이 들었다.

"일단 안으로 들어가자. 신이 펼쳐준 결계 스킬 덕분에 몬스터는 못 들어오고 있어."

"그래야겠네요. 자, 루카도 가자."

신은 그렇게 말하며 루카를 안아 든 채로 이동하려 했다. 하지만 슬픔 속에서 퍼뜩 정신을 차린 루카가 신의 눈앞에 한 장의 종이쪽지를 내밀었다.

이것만은 놓치지 않겠다는 듯이 계속 손에서 놓지 않았던 종이쪽지에는 카르키아 내부의 좌표가 기록되어 있었다.

"이게 뭐야?"

"마리 언니가 잡혀갔어……. 루카가, 루카가 산책 가자고 해서……!"

루카는 얼굴을 찡그리며 눈물을 흘렸다. 어린 마음에 자신 때문에 마리노가 잡혀갔다고 자책하는 모양이었다.

"괜찮아. 내가 구하러 갈게. 루카는 에밀 씨하고 여기서 기다리고 있어."

신은 루카의 눈물을 닦아주며 에밀에게 맡겼다.

"마리 언니, 괜찮을까?"

"그래, 내게 맡겨."

신은 루카가 불안해하지 않도록 최대한 밝게 웃어 보이며 머리를 쓰다듬어준 뒤에 몸을 돌렸다.

루카의 시야에서 벗어난 순간 신의 얼굴에서 표정이 사라졌다. 누군가를 구하러 간다기보다는 죽이러 가는 것에 가까워 보였다.

신은 지정된 좌표를 향해 달리기 시작했다. 그의 몸에서 위험한 분위기가 뿜어져 나오고 있었다.

가르가라가 고아원에 도착한 것은 신이 고아원을 나온 지 10분 정도가 지났을 때였다.

『자이언트 킬링』을 높이 쳐들고 지붕 위를 달려오던 기세 그대로 몸을 날렸다.

그리고 가속과 완력을 실은 『자이언트 킬링』을 고아원의 결계를 향해 내리쳤다.

스킬까지 사용한 공격을 받자 결계 스킬이 비명을 질렀다. 신이 펼쳐둔 【배리어】와 【월】은 웬만한 공격에는 꿈쩍도 하지 않았다. 하지만 고대급 무기를 사용한 상급 플레이어의 공격에도 무사할 수는 없었다.

공격할 때마다 요격용 마법이 발사되었지만 그것들도 전부 도끼로 쳐냈다. 도시 안이었기에 마법의 위력은 제한되어 있었다.

"크윽! 딱딱하구먼! 하지만…… 오, 역시 되는군!"

이윽고 【배리어】와 【월】에 금이 가기 시작하자 가르가라가 환호성을 질렀다.

"하이 휴먼이라도 방어는 잘 못하는 건가?"

방어 스킬이 적은 【THE NEW GATE】에서는 일반적인 공격용 스킬의 숙련도가 높을 수밖에 없었다.

가르가라가 사용한 스킬에는 결계 스킬이나 방어구에 주는 대미지를 증폭하는 효과가 있었다. 보강되지 않는 결계라면 계속되는 공격으로 언젠가는 돌파당할 운명이었다.

"잠깐! 무슨 짓이야?!"

"뭐어?"

가르가라가 목소리가 들린 방향을 돌아보자 여성 한 명이 서 있었다.

"헤에, 넌 제법 강할 것 같군."

【애널라이즈】로 능력치까지는 읽어낼 수 없었다. 하지만 가르가라에게는 플레이어의 자세만 봐도 대략적인 전투력을 알아내는 천재적인 능력이 있었다. 이런 경이적인 능력이야말로 가르가라가 지금까지 살아남은 비결이었다.

"너도 하이 휴먼의 동료냐?"

"그건 신 군을 말하는 거지? 대체 무슨 목적이야?"

그렇게 말하며 여성 플레이어, 즉 홀리는 애용하는 지팡이를 앞으로 겨누었다. 순식간에 방어용 스킬이 전개되었고 공격 마법도 공중에서 준비되었다.

"빠르네. 보통 플레이어라면 이 정도의 스킬을 전개하기까지 엄청난 시간이 걸렸을 테지. 그렇다면 너도 VR 적합자인가 보군."

새로운 환경에서 기술자가 예상한 것 이상으로 적응한 사람을 가리키는 VR이라는 말을 가르가라가 입에 담았다. 차별 용어는 아니었지만 일반 플레이어보다 스킬이나 아바타 조작을 효율적으로 할 수 있기 때문에, 모르는 사람들이 보면 핵을 사용한다고 험담할 때도 있었다.

하지만 가르가라는 칭찬의 의미로 사용한 것 같았다. 홀리는 그에 대해 마법으로 응수했다. 화염탄과 바람 칼날이 가르가라를 향해 날아들었다.

가르가라는 폭심지에서 멀어지는 방법으로 폭발 공격을 피하고 날카롭게 파고드는 공격은 전투 도끼로 받아 쳐냈다.

"마법사가 정면으로 싸우다니, 재미있구먼!!"

홀리가 복수의 마법으로 파상 공격을 펼치자 가르가라는 피하는 것을 그만둔 채 정면으로 돌격했다. 발동한 스킬로 가르가라의 몸이 붉은 시각 효과에 휩싸이며 폭발적인 추진력을 얻었다.

도끼 무예 스킬 【드레드 노트】였다.

이동 중인 몇 초 동안 사용자에 대한 모든 대미지를 무효화하는 돌진 무예 스킬 중에서도 특별히 흉악한 성능을 자랑했다. 파티 전투에서는 상대의 근접 담당을 날려버리고 원거리 담당을 노릴 때 자주 사용되었다.

"핫핫!!"

마법을 튕겨내며 육박해 들어간 가르가라의 도끼가 홀리를 향해 휘둘러졌다. 하지만 오랫동안 원거리 담당으로 싸워온 홀리에게 가르가라가 사용한 스킬은 그리 놀랍지도 않았다.

강력한 마법을 사용하는 원거리 담당 직업은 파티 전투에서 회복 담당 힐러와 함께 1순위 제거 대상이었다. 따라서 근접 담당을 돌파해오는 스킬을 항상 염두에 두어야 했다. 특히 【드레드 노트】는 뛰어난 효과 때문에 더욱 유명했고 몇 가지 대처 방법도 이미 나와 있었다.

"그건 질릴 만큼 봤어!"

전투 도끼가 홀리를 두 동강 내려는 순간에 그녀의 몸이 가벼우면서도 엄청난 속도로 움직였다.

전투 도끼의 공격 범위에서 벗어날 정도의 움직임은 아니었다. 하지만 홀리를 겨냥했던 도끼날은 그녀를 멀리 튕겨냈을 뿐이었다.

공중에서 회전하며 착지한 홀리의 HP는 10퍼센트 정도밖에 깎이지 않았다.

원래대로라면 3분의 1 넘게 깎여도 이상할 것이 없는데 말이다.

"잘 싸우는군. 너 같은 후방 담당은 좀처럼 보기 힘들지."

"칭찬해줘도 안 기뻐."

홀리가 사용한 것은 바람 마법 스킬【페더 스텝】이었다.

이동 속도 상승과 대미지 경감 효과를 가진 바람을 몸에 두르는 스킬이었다. 아크로바틱한 동작이 가능한 대신 완벽하게 사용할 수 있는 사람은 많지 않았다.

"뭐 어때. 칭찬은 받아두라고!"

가르가라는 즐거워서 견딜 수 없다는 표정으로 홀리에게 달려들었다.

하지만 홀리는 얼음과 흙의 속성 장벽을 만들어내서 가르가라의 발을 묶고 단숨에 거리를 벌렸다.

가르가라를 향해 뻗은 지팡이에서는 가느다란 보라색 전류가 흐르고 있었다.

홀리는 가르가라가 벽을 부술 때까지의 짧은 시간 동안 자신이 사용할 수 있는 가장 위력적인 마법을 준비해두고 있었다.

"날아가 버려!!"

지팡이에서 한 줄기의 전기가 뻗어 나왔다.

홀리를 향해 뛰어들던 가르가라는 지팡이가 빛나는 것을 본 순간 옆으로 몸을 날렸다.

"칫!"

하지만 가르가라의 옆을 스쳐야 할 보라색 번개는 공중에서 방향을 바꾸며 그를 바싹 추격했다.

가르가라는 그것을 전투 도끼로 아슬아슬하게 막아냈다.

홀리의 비장의 공격을 막아냈음에도 그의 표정은 웃고 있지 않았다. 굳이 장벽 마법까지 사용하면서 시간을 벌어 사용한 것이 약간의 추적 능력이 딸렸을 뿐 뻔히 보이는 공격일 거라 생각하지는 않았기 때문이다.

지금까지 쌓아온 전투 경험을 통해 가르가라는 방어 자세를 풀지 않았다.

그리고 그것은 올바른 선택이었다.

"으윽?!"

가르가라가 보랏빛 전기를 막아낸 다음 순간, 머리 위에서 번개가 내리쳤다. 그리고 사방에서 날아든 번개가 가르가라의 몸을 가차 없이 휩쓸었다.

전방에서의 공격으로 의식을 쏠리게 한 뒤 사각(死角)에서 번개를 떨어뜨리는 것이 홀리가 사용한 마법 스킬이었다.

"커헉, 역시 강하군."

가르가라는 HP가 감소한 것은 신경조차 쓰지 않고 다시금 홀리를 향해 돌진했다. 가르가라의 HP는 아직도 30퍼센트 정도밖에 줄어들지 않았다.

가르가라는 STR과 VIT에 중점을 둔 중전사 타입이었다. 따라서 속도가 빠른 빛, 번개 마법에는 특히 중점적인 대책을 세워두고 있었다.

"……!!"

홀리는 그런 상황에서도 냉정하게 마법을 발사했다. 하지만 혼자뿐인 마법사와 마검사가 근접전을 벌일 경우 결과가 어떨지는 뻔했다.

아무리 VR 적성이 뛰어나다 해도 시스템이 지배하는 이 세계에서는 기합이나 번뜩임만으로 상황을 뒤집는 데 한계가 있었다.

홀리가 사용한 마법 스킬은 속도를 중시한 대신 위력 자체는 강하지 않았다. 강력한 공격을 사용하려면 준비 시간이 필요하기 때문이기도 했다.

그것을 간파한 가르가라는 굳이 스킬을 사용하지 않은 채 대미지를 입을 각오로 돌격을 감행했다.

마법 스킬을 맞으며 휘두른 가르가라의 전투 도끼가 홀리의 지팡이를 부러뜨렸다. 도끼날은 멈추지 않고 나아가 로브를 가르며 그녀의 상반신을 절반가량 베었다. 대미지를 입을 때 발생하는 붉은 시각 효과가 선혈처럼 공중에 흩어졌다.

"여보, 미안—."

그녀의 마지막 말은 다시 한번 휘두른 도끼의 굉음에 묻히고 말았다.

횡으로 휘두른 첫 번째 공격으로 몸통을 노렸고, 두 번째 공격은 내리치듯이 목덜미를 노렸다. 목덜미에 들어간 공격은 즉사 판정의 치명타였다.

흙먼지에 뒤섞여 희미한 흰색 빛이 반짝였다. 하지만 시야가 선명해지자 그곳에는 이미 아무것도 남아 있지 않았다.

"자, 이제 남은 건 꼬마들하고 고아원을 지키는 녀석들뿐인 가…… 응?"

고아원 입구를 부수고 안으로 들어간 가르가라는 표시된 미니맵을 보며 눈썹을 찡그렸다.

도시 안에서는 공공시설을 제외한 모든 건물의 내부 구조를 외부에서 확인할 수 없었다. 건물 안은 다른 지역으로 취급되기 때문이다.

내부의 미니맵을 보기 위해서는 직접 들어가서 확인하는 수밖에 없다.

미니맵에는 플레이어가 전혀 표시되지 않았고 건물 안은 쥐 죽은 듯이 조용했다. 이따금씩 들려오는 몬스터의 포효와 건물 붕괴음만이 가르가라의 귀에 닿았다.

"그렇군. 그 여자가 혼자 나온 건 다른 녀석들이 도망칠 시간을 벌기 위해서였나."

만약 침입자를 쓰러뜨릴 작정이었다면 다른 플레이어들도 함께 나왔을 것이다.

"이거 한 방 먹었군. 어쩔 수 없지. 플래트에게— 엣?!"

플래트와 합류해야겠다고 생각한 가르가라의 등 뒤로 갑자기 사람의 모습이 출현했다. 동시에 뻗어온 칼날이 갑옷을 갈랐지만 가르가라가 재빨리 몸을 날린 덕분에 살을 베지는 못했다.

갑작스러운 공격에 균형을 잃은 가르가라를 향해 수수께끼의 인물이 맹공을 퍼부었다. 공기를 불태우는 듯한 효과음과 함께 칼날이 허공을 갈랐다.

"우, 우오오!!"

가르가라는 전투 도끼를 방패 삼으며 지면에 화염 마법 스킬【파이어 볼】을 작렬해 그 반동으로 거리를 벌렸다.

그보다 몇 초 늦게 흑발의 남자— 섀도우가 분진을 가르며 모습을 드러냈다. 방어구는 엉망이었고 HP도 절반밖에 남아 있지 않았다. 무리하게 몬스터를 돌파해왔다는 증거였다.

"뭐야? 뭔데? 이렇게 연속으로 재밌어 보이는 녀석들이 나와주다니!!"

"네가……."

가르가라가 강자의 등장에 환호하자 섀도우는 분노하며 무기를 겨누었다. 온화하던 평소와는 완전히 다른 사람처럼 끓어오르는 증오를 온몸으로 발산하고 있었다.

"네 녀석이이이이이이이이이—!!"

절규와 함께 단검이 휘둘러졌다. 속도가 뛰어난 닌자 특유의 움직임에 스킬까지 더해진 연속 공격이었다. 상급 플레이어로 분류되는 섀도우의 공격은 가르가라의 급소를 향해 빨려들듯이 나아갔다.

"이봐, 이봐, 생각보다 조잡하잖아."

섬광 같은 참격이 도끼와 갑옷에 가로막혔다. 방금 전에 자세를 무너뜨렸을 때와 다르게 섀도우와 정면에서 맞선 가르가라는 공격을 비스듬하게 받아냄으로써 단검의 위력을 반감시켰다. 공격을 튕겨내는 【패리】 스킬의 응용이었다.

게다가 전투 도끼보다 등급은 떨어질지언정 가르가라의 갑옷 역시 던전 몬스터에게서 얻어낸 고성능품이었다. 정면으로 받아내지만 않으면 일격에 뚫릴 일은 없었다.

"우오오오오오오오오오오오오!!"

"그러니까…… 조잡하다고 몇 번을 말해!!"

야수처럼 포효하며 공격하는 섀도우를 향해 가르가라도 포효로 맞섰다.

섀도우의 공격은 빨랐다. 하지만 빠를 뿐이다. 격정에 휩쓸린 탓에 자신의 기술을 전혀 담아내지 못했기 때문이었다.

강자들과 목숨 건 전투를 거듭해온 가르가라가 그것을 모를 리가 없었다. 섀도우의 참격을 팔 덮개로 튕겨내고 어중간한 공격은 갑옷의 방어력으로 버텨내면서 상대와의 거리를 단숨에 좁혔다.

땅을 박차며 가속한 가르가라는 도끼를 휘두르는 대신 높은 STR과 VIT를 활용해 어깨로 공격했다. 가르가라의 몸이 주황색 시각 효과에 뒤덮였다.

맨손 무예 스킬 【숄더 봄】이었다.

가르가라처럼 민첩함보다 방어에 중점을 둔 플레이어들이 자주 사용하는 반격용 스킬이었다.

"커억?!"

섀도우도 전투 도끼는 경계하고 있었지만 분노에 마비된 머리로는 맨몸으로 돌격해오리라는 것을 전혀 예상하지 못했다.

반사적으로 막아 든 단검은 가르가라의 갑옷에 튕겨나갔고, 갑옷에 싸인 어깨가 섀도우의 몸통을 들이받았다. 섀도우는 몇 메르를 날아가다가 고아원 벽에 충돌했다.

강화된 벽에 금이 가면서 일부가 떨어져나갔다. 그런 광경이 가르가라의 태클 위력을 여실히 보여주고 있었다.

"크……으……."

땅에 쓰러진 섀도우가 필사적으로 몸을 일으키려 발버둥 쳤다. 하지만【숄더 봄】의 효과로 마비 상태에 걸린 탓에 똑바로 서는 것조차 힘들었다.

상태 이상을 방어하기 위한 장비는 가르가라의 공격으로 내구도가 0으로 떨어지면서 소멸해버렸다. HP는 채 20퍼센트도 남아 있지 않았다.

"너보다는 먼저 싸웠던 여마법사 쪽이 재밌었어."

그 말에 섀도우가 반응했다. 현실 세계였다면 피눈물을 흘렸을 얼굴로 땅에 박힌 단검을 향해 마비된 팔을 뻗으려 했다.

"살기는 네 쪽이 위로군. 둘이 함께 싸웠다면 더욱 즐거웠겠어. 아쉬운데."

아깝다는 듯이 한숨을 쉰 가르가라는 섀도우가 발버둥 치는 모습을 바라보며 전투 도끼를 치켜들었다. 탄식하는 말과는 상반되게 눈에 담긴 살기는 여전했다.

가르가라는 나중의 즐거움을 위해 유망한 플레이어를 살려주는 짓은 하지 않았다. 완전한 상태로 싸웠을 때 더욱 큰 만족을 얻을 수 있다 해도 당장의 위기에서 벗어날 능력과 운이 없다면 주저하지 않고 숨통을 끊었다. 그것이 스스로 정한 규칙이었다.

"잘 가라고."

가르가라는 치켜들었던 전투 도끼를 내리찍었다.

날카롭게 빛나는 도끼날이 섀도우의 목을 향해 일직선으로 떨어졌고— 끼잉 하는 소리와 함께 튕겨나갔다.

"뭐야?"

자세히 보자 섀도우의 몸이 반투명한 막에 덮여 있었다.

"칫, 이번은 여기까진가. 생각보다 빨리 끝났군."

막의 정체는 플레이어에 대한 대미지를 차단하는 홈타운의 자동 발생 스킬【로우 오브 오더】였다. 이것이 부활했다는 건 몬스터 침공 이벤트가 종료했음을 의미했다.

가르가라는 그것을 보고서야 지금까지 빈번하게 들려오던 몬스터의 포효가 사라졌다는 것을 깨달았다.

"생각보다 열중해서 싸웠나 보군. 어쩔 수 없지. 이렇게 된 이상 손을 쓸 순 없으니까 말이야."

제아무리 가르가라도 기능을 되찾은 홈타운 내에서 플레

이어를 해칠 수는 없었다. 그는 이제 볼일이 없다는 듯이 그 곳을 떠났다.

섀도우의 살기 담긴 시선을 등으로 받아낸 그는 흉악한 미소를 짓고 있었다.

✝

마리노가 납치당했다는 것을 알게 된 신은 지정된 장소를 향해 일직선으로 달렸다. 몬스터 침공 이벤트와 동시에 납치된 것이 우연인지에 대한 생각은 전혀 하지 못하고 있었다.

길을 가로막는 몬스터들을 발판 삼아서 건물 지붕을 뛰어 넘었다. 습격해오는 조류형 몬스터 무리를 마법으로 해치우고 드랍 아이템에는 눈길조차 주지 않으며 그저 달렸다.

신의 가슴을 가득 채우고 얼굴을 찡그리게 하는 감정은 다급함이었다.

루카가 들고 있던 종이에는 장소의 좌표와 마리노의 상태가 적혀 있었다. 신이 다급해하는 것은 마리노의 목숨과 관련되기 때문이었다.

종이에는 마리노에게 【블러드 포이즌】을 걸었다고 적혀 있었다. 그것이 사실이라면 최대한 빨리 지정 장소에 도착해야만 했다.

HP가 1이라도 남게 되는 일반적인 독과 달리 특수 상태 이상인【블러드 포이즌】은 시간 경과나 치료로 해독되기 전까지 플레이어의 HP를 계속 먹어치운다. 지속되는 대미지도 일반 독을 상회했기에 마리노의 HP로는 그리 오래 견디지 못할 것이다.

"제발 버텨줘……."

홈타운으로는 중간 규모 정도지만 카르키아는 상당히 넓은 곳이었다. 실제로 만 단위 플레이어들이 살아가는 가옥들이 있었다. 그곳에 몬스터까지 나타났다면 아무리 신이라도 순식간에 도착할 수는 없었다. 이동을 대폭으로 단축하는 스킬은 있지만 침공 이벤트에 따른 제한 탓에 현재 발동할 수 없었다.

"방해된다고!!"

신은 큰길에서 고개를 내민 공룡 몬스터 다이노렉스의 머리를 주먹으로 갈기며 진로를 확보했다. 몬스터가 폴리곤이 되어 흩어질 무렵에는 신의 의식이 이미 다음 장소를 향하고 있었다.

"이이야아아아아앗!!"

그때 몬스터 뒤에서 사람의 모습이 튀어나와 공격해왔다.

그것도 한둘이 아니었다. 명백하게 신을 노리는 PK 집단의 습격이었다. 모두가 일그러진 미소를 지으며 무기를 휘두르거나 마법을 발사했다.

"칫, 하필 이런 때!!"

신은 몸에 닿으면 자동으로 사라지는 마법은 무시한 채 PK의 무기를 튕겨내고 비살상용 스킬로 무력화했다.

하지만 PK 중에는 상급 플레이어도 섞여 있었고 한 방에 무력화되지 않는 자들도 적지 않았다. 방심하지만 않으면 밀릴 상대는 아니었지만 지금은 일각을 다투는 상황이었다.

"모처럼 맞이한 축제야! 다들 즐기자고!!"

"시끄러워…… 방해된다고 했잖아!!"

한가하게 PK를 상대할 때가 아닌데 몬스터까지 모여들고 있었다.

개별적으로 보면 별것 아닌 상대였지만 계속해서 연속으로 덤벼든다면 아무리 신이라도 대처하는 데 시간이 걸릴 수밖에 없었다.

공격해오는 몬스터와 플레이어, 싸움의 여파로 무너져 장애물이 된 건물, 사방에서 날아드는 마법과 화살까지.

그런 모든 것들이 마치 악의를 갖고 신의 길을 막는 것처럼 느껴졌다.

"비켜어어어!"

따스함이, 상냥함이, 희망이 신의 마음속에서 사라져갔다.

그 빈자리가 다급함, 분노, 공포로 채워지기 시작했다.

마치 영혼이 뒤바뀌듯이 시간이 지날수록 신이라는 인간이 바뀌어갔다.

앞길을 가로막은 방해자들이 성가셨다. 짜증이 날 것 같았다.

정신의 변화는 육체에도 영향을 끼친다.

마법으로 장애물을 한꺼번에 날려버리고 그 틈에 달려가야 겠다고 생각한 순간, PK 하나가 신을 향해 공격해왔다.

시야가 좁아진 신은 반응하지 못했지만 몸이 무의식중에 『진월』을 휘두렀다.

"하압!"

『진월』의 칼날은 마치 일부러 찌른 것처럼 PK의 가슴에 빨려 들어갔다. PK의 방어구를 가볍게 관통한 칼끝이 등 뒤에서 튀어나왔다.

치명타였다. PK의 HP가 순식간에 붉은색 구간까지 떨어졌다.

즉사하지는 않았지만 이대로라면 지속 대미지로 인해 몇 초도 버틸 수 없었다. 하지만 PK는 생명의 위기 앞에서도 이탈하거나 회복하는 대신 신에게 달라붙었다.

"크크, 이걸로 너도 살―."

PK는 끝까지 말하지도 못한 채 폴리곤이 되어 흩어졌다.

하지만 끝까지 들을 필요도 없었다. 그가 신을 향해 꺼내려던 말은 틀림없이 『살인자』였다.

"……귀찮아."

신은 공중에서 자세를 가다듬으며 건물 지붕 위로 착지했다.

목숨을 빼앗았다. 그것도 사람의 목숨을.

하지만 엄청난 금기를 범한 신의 입에서 흘러나온 것은 살인에 대한 후회의 말이 아니었다.

—왜 방해하지?

일부러 죽이지 않으려고 노력했는데, 녀석들은 스스로 죽으러 왔다.

—그 탓에 늦으면 어쩌려고?

—도착했는데 아무것도 없으면 어떡하려고?

죽은 플레이어는 아무것도 남기지 않았다.

"싫어······."

공포— 신이 이 세계에서 가장 강하게 품었던 감정이 바로 공포였다.

많은 사람들의 기대를 받았다. 그래서 기대를 배신하는 것이 두려워졌다.

자신 외의 플레이어와 싸웠다. 힘 조절을 잘못하면 간단히 죽어버린다는 사실이 두려워졌다.

몬스터의 공격으로 HP 게이지가 감소했다. 죽음에 가까워지는 것이 눈에 보여서 두려워졌다.

그리고 지금 신의 가슴을 가득 채운 것은 자신과 엮인 탓에 마리노가 죽어버릴지도 모른다는 공포였다. 그것은 기대를 배신하는 것보다도, 누군가를 죽이는 것보다도, 자신이 죽는 것보다도 두려운 일이었다.

"이젠 괜찮겠지……?"

PK를 죽이지 않기 위해 힘 조절을 해도 상대는 그것을 역이용한다. 힘 조절한 공격이 잘못해서 몬스터에게 맞으면 그 몬스터를 쓰러뜨리기 위해 또 쓸데없는 시간을 소비하게 된다.

모두가 신을 죽이려 하고 있다. 신의 마음 따윈 헤아려주지 않는다.

"날 죽이려고 하면 나도 죽여도 되는 거겠지? PK를 살려둘 이유는 없는 거지?"

그 질문은 신이 자신에게 씌운 굴레를 벗어던지기 위한 의식이자 PK에 대한 최후통첩이었다.

하지만 돌아온 것은 대답이 아닌 흉기였다.

"……."

신은 뻗어오는 칼날을 향해 말없이 『진월』을 휘둘렀다.

짧은 저항 끝에 PK가 든 장검이 부러졌다. 『진월』의 기세는 멈추지 않았고 방어구를 찢어발기며 사람의 몸까지 두 동강 냈다.

"크흐……."

몸이 두 동강 난 PK는 답답한 웃음소리만 남긴 채 거친 폴리곤 조각으로 바뀌었다.

신은 검을 휘두른 자신의 팔을 보며 생각했다.

"그래, 이게 훨씬 빠르잖아."

답답함에서 벗어난 해방감과 함께 늦지 않을지도 모른다는 희망이 들끓었다. 목숨을 빼앗는 것에 대한 죄악감 따위는 조금도 존재하지 않았다.

사람은 사랑하는 이를 위해서라면 타인을 희생시킬 수 있었다.

그리고 그곳에는 아무리 희생시켜도 양심의 가책이 느껴지지 않는 자들밖에 없었다.

'방해하지 마. 할 거면 죽어버려.'

그것이 신의 순수한 감정이었다.

신은 다시 공격해오는 PK를 베어버린 뒤 최단 경로를 재확인했다. 일직선으로 직진하는 유형의 마법 스킬을 사용한 뒤 그것을 뒤따르듯이 달려나갔다.

공격해오는 자는 누구든 간에, 무엇이든 간에 베고 부수고 죽인다. 이미 신의 눈에는 PK가 홈에 침입해 날뛰는 몬스터와 다르게 보이지 않았다.

"지금 갈게."

더 빨리. 더 빨리.

신은 마법 폭풍과 적의 공격까지 이용하면서 가장 빠른 속도로 나아갔다. 신의 아바타로 더 이상의 속도를 낼 수 없자 다른 요소를 활용해 더욱 가속했다.

살인에 대한 의식이 바뀌었다고 해서 초조함까지 사라진 것은 아니었다.

병에 대한 이야기를 들었기 때문인지 그의 머릿속에서 괴로워하는 마리노의 모습이 계속 아른거렸다. 신은 그것을 부정하며 바쁘게 다리를 움직였다.

고아원을 출발한 지 약 20분이 흘러 있었다. 신은 간신히 지정된 장소에 도착했다. 평소보다 몇 배가 넘는 시간이 소모된 셈이다.

그곳에 있는 사람은 로빈과 플래트, 그리고 마리노였다.

"늦지 않은…… 건가?"

아이템이나 스킬로 회복시키고 있었던 것이리라. 그렇지 않다면 마리노의 HP가 남아 있을 리가 없었다. 상태 이상 자체는 회복되지 않았는지 마리노의 상태 정보에는 【블러드 포이즌】이 선명히 표시되어 있었다. 남은 HP는 40퍼센트였다.

마리노가 무사한 것을 확인한 신은 일단 움직임을 멈추었다. 주변에 복병이 없는지 확인하고 【하이딩(은폐)】을 발동해 마리노를 구출할 준비를 시작했다.

하지만 플래트가 갑자기 허리에서 칼을 뽑아 들고 마리노의 목에 겨누었다.

"왔다는 거 알아! 나와!!"

그리고 옆에 있던 로빈이 소리쳤다. 신의 접근을 이미 감지한 모양이었다.

"나, 나오지 않으면 어떻게 될지 몰라!!"

로빈의 말에 호응하듯이 플래트의 검이 마리노의 목을 미세하게 찔렀다. 절반도 남지 않은 그녀의 HP가 조금 더 줄어들었다.

"……."

그것을 본 신의 가슴속에서 어두컴컴한 것이 들끓어 올랐다.

PK와 몬스터를 벨 때처럼 방해자를 치워내는 느낌과는 달랐다. 상대방을 죽이겠다는 명확한 의지였다.

"난 여기 있다!"

신은 몇 가지 마법을 발동한 뒤 플래트 앞에 모습을 드러냈다.

"아아…… 이제, 이제 그 녀석과 작별할 수 있어! 나머진 원래 세계로 돌아가기만 하면 전부 해결돼. 하하, 하하하하하!"

무표정한 신과는 대조적으로 로빈은 환희하고 있었다. 신은 뭐가 그렇게 기쁜지 이해할 수 없었지만 지금은 그런 것을 생각할 겨를이 없었다.

마비로 움직이지 못하는 마리노는 자신에게 상관 말고 행동하라는 눈빛을 보내고 있었다. 하지만 따를 수 있을 리가 없다.

"지시한 대로 왔어. 마리노를 풀어줘."

"시끄러워!! 이제 네가 게임을 클리어하면 전부 끝난다고. 빨리, 빨리 던전을 공략하고 오란 말이야아아아아!!"

명백하게 이성을 잃은 로빈을 보며 신은 눈썹을 찌푸렸다.

이런 인간에게 감정적인 말을 꺼내봐야 무의미했다.

신은 로빈 대신 웃고 있는 플래트에게 시선을 향했다.

그러자 플래트는 로빈의 어깨에 손을 얹었다.

"로빈 씨. 일단 침착하시죠. 그러지 않으면—."

"아…… 아, 알았어……. 알았다고."

플래트의 서열이 위였는지 로빈은 갑자기 얌전해졌다.

"목적이 뭐지?"

"목적이라…… 글쎄요. 굳이 말하자면 이런 상황 자체라고 할까요?"

"뭐?"

신은 당황했지만 플래트는 여전히 미소를 띠고 있었다.

"당신은 강합니다. 지금 이 세계에 존재하는 플레이어 중에서 최강의 이름을 차지할 만하죠. 그렇게 정점에 선 당신이 이런 쓰레기들과 함께 있는 걸 어떻게 그냥 보고만 있으라는 겁니까?"

"……."

신은 눈을 가늘게 떴다.

결국 신이라는 존재에게 마리노가 불필요하다는 이야기였다.

플래트가 득의양양해하는 것을 보면 방금 한 말이 신에게 얼마나 불쾌하게 들리는지 전혀 모르는 것 같았다. 신은 그의 정신세계를 이해할 수 없었다.

"네 헛소리를 들어줄 시간은 없어. 마리노를 돌려받겠어!"

신은 말이 끝나기도 전에 앞으로 달려나갔다. 격이 명백하게 떨어지는 로빈을 무시한 채 목표를 주범인 플래트로 좁혔다.

그와 동시에 마리노가 쓰러진 장소를 중심으로 땅이 솟구쳤다. 마리노를 지키듯 솟아오른 땅 주변에서 흙의 창이 사방을 향해 뻗어 나왔다.

원래는 시술자를 중심으로 펼쳐지는 흙 마법 스킬【어스 브런치】를 마리노를 중심으로 발동한 것이다.

신이 나오라는 말을 듣고 바로 거리를 좁히지 않았던 건 원격 마법 발동의 단점인 시전 시간이 끝나기를 기다리기 위해서였다.

일시적으로 두 사람과 마리노를 격리한 신은 즉시 플래트를 향해 공격해 들어갔다. 무기를 튕겨내는 것만으로는 안심할 수 없었다.

복병은 없는 것 같았지만 신은 성가신 상대를 먼저 쓰러뜨리기 위해 『진월』을 쥔 손에 힘을 주었다.

"이런, 인질이 아니라 저한테 오시는군요."

정면으로 돌격해오는 신을 보며 플래트가 검을 하나 더 빼들었다. 그때 신의 머리 위로 그림자가 떨어져 내렸다.

날개를 접으며 공중에서 급강하해온 것은 엘더 그린 드래곤이었다. 레벨은 701로 상급 플레이어가 상대할 만한 몬스터였다.

플래트의 메인 직업은 용기사였다. 드래곤이 없다는 게 이상하다고 생각했지만 멀리 떨어져서 감지 범위에서 벗어나 있었던 모양이다.

신은 하늘을 날아다니는 엘더 그린 드래곤을 보고 문제없다고 판단했다. 낙하 속도를 고려했을 때 신과 플래트가 싸우는 속도가 더 빨랐다.

신은 플래트를 향해 가차 없이 『진월』을 휘둘렀다. 하지만 칼날이 플래트의 검과 부딪치기 직전에 노란색 시각 효과가 플래트를 감쌌다.

『진월』에 닿은 시각 효과는 딱딱한 소리를 내며 부서졌다. 그로 인해 기세를 잃은 신의 공격을 플래트는 뒤로 밀려나면서도 자세를 무너뜨리지 않고 받아냈다.

"너!!"

신의 목소리에 노기가 서렸다. 방금 나타난 시각 효과가 원래 마리노를 지키기 위한 것임을 깨달았기 때문이다. 신이 호신용으로 건네준 아이템이 지금은 플래트의 가슴에서 빛나고 있었다.

"역시 하이 휴먼. 평소에 쓰던 무기였다면 위험했겠네요."

플래트는 그렇게 말하며 뒤로 크게 물러났다. 다시 거리를 좁히려는 신을 어느새 날아온 엘더 그린 드래곤이 바람 숨결로 방해했다.

몬스터가 뿜어내는 숨결은 물리와 마법의 복합 공격으로 설정되어 있기 때문에 신의 강력한 마법 내성으로도 완전히 무효화할 수 없었다. 대미지 자체는 미미하지만 숨결에 시야가 가로막히면 정확한 공격이 어려웠다.

게다가 지금의 플래트에게는 명백하게 이상한 점이 있었다.

'이상해. 이 녀석은 어째서 저걸 두 자루 들고 있지?'

신의 시선은 플래트가 가진 검에 집중되었다.

【THE NEW GATE】의 아이템 중에는 장비할 수 있는 숫자에 제한이 있는 경우가 있었다. 플래트가 양손에 든 검 『엑스칼리버』도 그중 하나였고 플레이어 한 명당 한 자루밖에 장비할 수 없었다.

"아니, 지금은 됐어."

지금 중요한 것은 그런 게 아니었다. 얼마나 빨리 플래트를 베어내느냐가 문제였다.

무기가 고대급이라면 내구도가 다른 무기와 차원이 달랐기에 무기째 베어내긴 힘들었다. 그래서 신은 마법 스킬을 발동했다.

영창 없이 발동되어 즉시 발사된 번개 창과 빛의 탄환이 공중에 잔상을 남겼다.

플래트의 AGI가 어지간히 강화되지 않았다면 피할 수 없는 공격이었다. 하지만 그것은 플래트에게 접근할수록 위력을 잃더니 플래트의 HP를 10퍼센트 정도 깎아내며 소멸해버렸다.

"아이템으로 저항력을 올렸군."

"잘 아시는군요. 번개와 빛은 피하고 싶어서 피해지는 게 아니니까요. 사전에 대책을 세워두었습니다."

플래트는 번개 마법에 의한 마비 효과에도 걸리지 않았다. 상태 이상에도 대비한 것이리라.

"하핫, 최강자와 검을 맞대는 것도 나쁘진 않군요!"

신의 마법을 막아낸 플래트는 높이 뛰어올라 엘더 그린 드래곤의 등에 올라탔다. 용기사의 진짜 실력이 발휘되는 순간이었다.

플래트와 엘더 그린 드래곤의 능력치가 상승하고 『엑스칼리버』의 검신을 뒤덮듯이 에메랄드 그린색의【이펙트 블레이드】가 출현했다. 탑승 시 무기의 공격 범위를 상승시켜주는 보너스 효과였다.

"갑니다!"

스킬을 사용했는지 플래트가 검을 휘두를 때마다 에메랄드 그린색의 검기가 신을 향해 날아들었다. 신은 그것을 『진월』로 쳐내며 마법으로 격추하려 했다.

번개와 빛 마법은 효과를 기대할 수 없었기에 이번에는 화염 마법 스킬을 하늘을 향해 내쏘았다. 신은 높은 MP를 이용해 사방팔방으로 화염탄을 난사했다.

다양한 속도의 화염탄으로 플래트의 주위를 둘러싸는 작전이었다.

"말도 안 되는군요."

플래트는 자신의 주변에 배치되는 화염 덩어리를 보며 건조한 미소를 지었다.

덩치 큰 드래곤이 날아다니려면 어느 정도 넓은 공간이 필요했다. 신은 그것을 간파하고 플래트보다 높은 위치에 화염탄을 배치해두었다.

용 중에서도 상급인 엘더 그린 드래곤이라면 약간의 화염탄을 맞아도 끄떡없었다. 하지만 INT가 높은 신의 화염탄은 한 방의 위력이 말도 안 되게 높았다.

플래트가 화염탄을 무리하게 돌파하지 않는 것을 보면 날개에 하나만 맞아도 추락한다는 것을 이해한 듯했다. 제아무리 드래곤이라도 날개가 없으면 하늘을 자유롭게 날 수 없었다. 그렇게 되면 단지 덩치 큰 과녁으로 전락할 뿐이다.

"죽어라."

화염탄이 일제히 폭발했다. 직접적으로는 맞지 않았지만 부풀어 오른 폭풍이 플래트와 드래곤을 유린했다.

신은 폭발과 동시에 마리노를 향해 달리기 시작했다.

드래곤을 탄 상태라면 폭풍 속에서 제대로 움직일 수 없었다. 움직임이 제한된 플래트가 나서는 것보다 신이 마리노의 상태 이상을 해제하는 쪽이 빨랐다.

중요한 것은 마리노를 구하는 일이지, 플래트를 쓰러뜨리는 것이 아니었다.

신은 폭풍의 여파로 넘어진 로빈을 무시하며 마리노를 향해 달려갔다.

하지만 『어스 브런치』로 높이 떠오른 마리노에게 신의 손이 닿기 직전, 마리노의 모습이 사라지더니 곳곳이 검게 탄 엘더 드래곤이 대신 나타났다.

"······?!"

신은 순간적으로 숨을 멈추었다. 하지만 눈앞에서 벌어진 현상을 이해했기에 즉시 미니맵을 확인했다. 마리노의 반응은 플래트의 바로 옆에 있었다.

"【포지션 시프트】인가······."

"네, 맞습니다."

폭발로 발생한 연기 속에서 엉망이 된 플래트가 마리노를 겨드랑이에 끼고 나타났다.

【포지션 시프트】는 조련사와 용기사의 전용 스킬로, 파트너 몬스터와 자신의 위치를 바꾸는 효과가 있었다. 파티 멤버에게도 적용이 가능하지만 인질인 마리노와 플래트가 파티를 맺었을 줄은 전혀 예상하지 못했던 신은 자신의 어리석음에 이를 갈았다.

"파티에 참가시키는 것 정도야 별일도 아니죠. 자, 장난은 여기까지 하는 게 좋을 것 같으니 슬슬 피날레를 시작해보죠."

"뭐라고?"

"인질을 잡을 때는 목적이 있는 게 당연하지 않겠습니까?"

"나에게 좀 더 빨리 던전을 공략하라는 것 아닌가?"

로빈의 말을 들었던 신은 당연히 그렇게만 생각하고 있었다.

"하하, 그럴 리가요. 공략을 재촉할 목적이었다면 굳이 여기서 이런 타이밍에 일을 벌일 필요는 없죠. 인질을 잡을 때도 도시 밖으로 유인하는 방법이 훨씬 쉽지 않겠습니까?"

"그렇다면 네 목적은 뭐지?"

"처음에 말씀드렸을 텐데요. 쓰레기를 청소하는 겁니다. 하지만 단순한 암살로는 그냥 슬퍼하고 끝날 것 같았거든요. 그래서 제 취향을 조금 반영하기로 했습니다. 이 여자에 대한 당신의 집착은 잘 알고 있습니다. 그런 여자가 눈앞에서 죽으면 당신은 어떻게 될까요?"

"너······."

신의 입에서 얼음처럼 차가운 목소리가 흘러나왔다.

"그래요, 그겁니다. 그게 바로 당신이죠. 얼빠진 쇳덩이가 아닌 날카롭게 연마된 칼날. 아아, 그 얼굴이 보고 싶었습니다!"

플래트는 미친 사람처럼 웃었다.

반면 마리노는 뭔가 말하려고 입을 열었지만 마비된 탓에 목소리가 나오지 않았다.

"자, 이제 피날레를 장식해보죠!"

"어림없어!"

플래트가 검을 치켜드는 것과 동시에 신이 마법 스킬을 발동했다. 사전에 준비해둔 마법이 한 가지는 아니었던 것이다.

푸른 불꽃이 지면에서 뿜어져 나와 마리노를 둘러쌌다.

"크악!"

플래트는 갑자기 발밑에서 솟구치는 화염에 그슬리며 마리노를 놓고 말았다. 신은 그것을 보고 즉시 움직였다. 마리노의 HP는 이미 20퍼센트도 남아 있지 않았다. 이제 시간이 없다.

시간이 경과하면서 마비가 풀린 마리노도 몸을 일으켜 신을 향해 뛰어오기 시작했다.

화염은 이미 사라진 뒤였다. 플래트와 파티를 맺은 마리노역시 적으로 인식되어 불꽃에 대미지를 입을 수 있었다. 신은 거기까지 생각해서 마법을 고른 것이다.

"신!!"

"마리노!!"

"크윽!"

플래트가 마리노를 뒤쫓으려 했다. 하지만 전력으로 달리는 신이라면 필사적으로 달리는 마리노에게 먼저 닿을 수 있었다.

주위에 방해할 수 있는 존재는 아무도 없었다. PK나 몬스터도 보이지 않았다.

이대로 마리노를 지키고 플래트를 쓰러뜨린다. 루카에게 마리노가 무사함을 알리고 안심시켜주면 된다.

신은 그렇게 생각했다. 틀림없이 그렇게 될 것이었다.

—마리노에게 남은 시간이 있었다면 말이다.

"아……."

마리노의 입에서 잠긴 목소리가 흘러나왔다. 마리노는 실이 끊어진 꼭두각시 인형처럼 힘없이 쓰러졌다. 그녀의 손은 끝내 신의 손을 잡지 못했다.

"역시 결국 이렇게 될 운명이었던 것 같군요."

쓰러진 마리노를 먼저 따라잡은 것은 플래트였다. 화염에 휩싸이면서도 손에서 놓지 않았던 『엑스칼리버』의 칼날이 잠시의 주저함도 없이 마리노를 꿰뚫었다.

신의 눈이 크게 떠졌다.

마리노의 아바타는 『엑스칼리버』에 찔린 상태에서도 아직 존재하고 있었다. 신기하게도 고대급 무기로 공격받았음에도 HP는 아직 남아 있었다.

"뭔가 손을 써둔 모양이군요. 하지만 문제는 없습니다."

신과 마리노 사이의 거리는 많이 줄어들긴 했어도 단숨에 좁힐 수 있는 정도는 아니었다.

신의 눈앞에서 플래트는 주저 없이 『엑스칼리버』를 내찔렀다.

하지만 놀랍게도 그 칼날은 마리노를 꿰뚫지 못했다.

"……?! 이럴 수가?!"

충격은 있었는지 플래트가 공격할 때마다 마리노의 몸이 꿈틀거렸다. 하지만 칼날은 딱딱한 소리만 내며 튕겨나왔다.

플래트가 공격을 시작한 직후에 마리노의 몸 위로 【CONNECT ERROR】라는 글자가 떠올라 있었다.

"칫!"

플래트는 그 글자가 보이지 않는 것처럼 마리노의 몸을 집요하게 찔러댔다.

"그만둬어어어어어어어어!!"

처절한 절규와 함께 신의 칼날이 플래트를 공격했다. 설령 칼날에 찔리지 않는다 해도 신의 눈에는 플래트가 마리노를 난도질하는 것처럼 보였다.

무기째 두 동강 낼 기세로 휘두른 『진월』은 날카로운 금속음을 내며 『엑스칼리버』와 격돌했다.

"크윽?!"

무기의 성능 때문에 『진월』이 『엑스칼리버』를 베어낼 수는 없었다.

하지만 도저히 받아넘길 수 없는 위력이었기에 플래트는 그대로 튕겨나와 근처의 건물 벽을 뚫고 사라졌다.

"마리노!! 이봐, 정신 차려!!"

신은 플래트를 뒤쫓는 대신 마리노에게 달려갔다. 신이 몸을 부축하자 반쯤 뜨인 마리노의 눈이 신의 눈과 마주쳤다.

하지만 이상했다. 마리노의 시선은 눈앞에 있는 신을 바라보고 있지 않았다.

"……아…… 나는……."

의식은 남아 있는지 시선을 이리저리 움직이며 간신히 말을 이어나갔다.

"아아…… 여기까지……구나……."

"마리노?"

"미안……해…… 미안……."

"뭐가?! 왜 사과하냐고!!"

힘겹게 되풀이하는 사과의 의미를 알고 싶지 않았기에 마리노를 안은 신의 팔에 힘이 들어갔다.

하지만 마리노는 그 말에 대답하지 않았다.

"이제야…… 겨, 결심이…… 섰어……."

망연한 표정으로.

"돌아가자……."

마리노가 말했다.

"다 함께…… 돌아……가자……. 게임이…… 아닌…… 진짜─."

"……마리노?"

어딘가 먼 곳을 바라보던 마리노의 말이 끊어졌다.

"이봐, 대답해봐."

"……."

"같이 돌아가자며?"

"……."

"루카가, 아아, 그렇지, 루카가 울고 있어. 엄청나게 울어대서 큰일이라고."

"……."

"제발…… 대답해줘……."

마리노의 반응은 없었다. 마지막 말을 중얼거리던 상태 그대로 얼어붙어버린 것 같았다.

【ERROR. 플레이어의 출력을 감지할 수 없습니다. 네트워크에 재접속해주십시오.】

대신 대답한 것은 감정 없는 시스템 메시지였다.

【ERROR. 플레이어의 출력을 감지할 수 없습니다. ―】

신은 그것이 무슨 의미인지 알 수 없었다.

【ERROR. 플레이어의 출력을―】

아니, 알고 싶지 않았다.

【ERROR. 플레이어―】

왜냐하면 그것은.

【ERROR. ―】

마리노의 죽음을.

【ERR―】

의미하기 때문이다.

【E—】

"시끄러워어어어어어어어어어어어어어어어어어어어어어어어어어어어어!!"

신의 감정이 한계에 달했다.

억누를 수 없는 감정을 분출하지 않으면 미쳐버릴 것 같았다.

플레이어의 출력이 사라졌다는 것은 회선이 끊어졌거나 현실 세계에서 플레이어가 사망했음을 의미했다. 마리노의 방금 전 상태를 보고 회선이 끊어졌다고 생각하는 것은 지나친 낙관이었다.

"하하, 예정과는 조금 달라졌지만 역시 이렇게 될 운명이었군요."

잔해가 무너지는 소리가 신의 귀에 들렸다. 마리노를 안은 채 시선만 돌리자 신의 공격에 튕겨나갔던 플래트가 다시 걸어 나오고 있었다. 『진월』의 공격을 받아낸 대가인지 한쪽 팔이 없었다.

"……."

"아아, 그 눈빛을 기다렸습니다. 소중한 것을 가진 사람은 약해집니다. 당신은 지금 이 순간 완—."

플래트의 말이 끝나기도 전에 신이 공격해 들어갔다. 이동 무예 스킬 【축지】에 의한 단거리 고속 이동으로 순식간에 플

래트의 목을 노리고 있었다.

플래트는 신의 움직임에 전혀 반응하지 못했다.

"⋯⋯?!"

목덜미에서 울리는 딱딱한 소리에 놀란 플래트를 향해 신은 말없이 『진월』의 칼끝을 돌렸다.

이마, 심장 같은 즉사 부위와 이동을 제한할 수 있는 팔다리에 섬광으로 변한 칼날이 쏟아졌다.

하지만 그것들은 전부 도시를 지키는 스킬에 의해 튕겨나갔다. 아무리 신이라도 이렇게 된 이상 손쓸 방법이 없었다.

"크, 하, 하하, 아무래도 제한 시간이 끝났나 보군요. 당신이 어떻게 바뀔지 기대하겠습니다."

플래트는 충격으로 튕겨나가면서도 그 말을 남기며 순간 이동했다.

그것을 지켜본 신은 『진월』을 칼집에 넣었다. 그리고 몇 초 동안 움직임을 멈춘 뒤에 작게 한숨을 내쉬며 마리노를 돌아보았다.

"⋯⋯혼자 놔둬서 미안해."

신은 땅에 누운 마리노를 다시 안아 들며 사과했다. 방금 전의 살기는 온데간데없이 온화한 표정이었다.

그렇게 부자연스러운 미소를 띤 신 앞에 새로운 메시지가 나타났다.

【F형 아바타: 넘버 193405. 취득하시겠습니까? YES/NO】

데스 게임이 된 이후로 플레이어를 잃은 아바타는 아이템 으로 취급된다고 한다.

메시지를 읽은 신은 천천히 YES를 선택했다. 마리노의 몸이 카드로 바뀌며 신의 아이템 박스에 수납되었다.

신은 이미 시야가 탁 트인 언덕으로 순간 이동해 있었다. 신이 이벤트로 소유권을 얻어낸 작은 장소였다.

"여기, 네가 좋아했잖아."

언덕 위에는 형형색색의 꽃이 피어 있었다.

항상 햇빛이 비치고, 흐리거나 비가 오지도 않았다.

따뜻한 시간을 보내기에는 안성맞춤인 장소에 신은 마리노의 아바타 카드를 내려놓았다. 스킬을 발동하자 카드가 땅에 흡수되더니 그 위로 작은 무덤이 생겨났다.

신이 발동한 것은 조련사가 파트너 몬스터의 무덤을 만들 때 사용하는 스킬이었다.

파트너 몬스터는 HP가 0으로 떨어져도 죽지 않지만 어미가 죽으면서 새끼를 남기는 이벤트가 있었다. 그 이벤트를 위한 전용 스킬이었기에 대부분의 플레이어들은 존재 자체를 모르고 있었다.

계속 기다리는 방법도 있었지만 신은 그렇게 하지 않았다.

유골함도 아닌 유체를 계속 간직하는 것은 설령 게임이라도 해선 안 될 것 같았다.

"……."

마리노의 무덤 앞에서 신은 가만히 서 있었다. 따뜻한 햇살이 내리쬐고 있었음에도 신은 얼어붙을 것 같은 추위를 느꼈다.

추위에 얼어붙었는지 아무리 기다려도 눈물은 나오지 않았다.

"……만나러 갈게."

한참이 지난 후에 신은 불쑥 중얼거렸다.

이 세계가 끝나도 함께 있겠다는 약속은 지킬 수 없게 되었지만 그녀가 남긴 마지막 말만큼은 이뤄주고 싶었다.

"돌아가자."

마리노의 마지막 말. 그녀가 무슨 생각으로 그런 말을 남겼는지 신은 알 수 없었다. 하지만 반드시 이뤄줘야 한다고 생각했다.

"하지만―."

온화하던 신의 얼굴이 순식간에 바뀌며 표정에서 모든 감정이 빠져나갔다.

"방해되는 녀석들이 있어."

현실 귀환을 가로막는 장애물. 열심히 살아가는 사람들을 해치는 존재.

신에게는 결코 용서할 수 없는 해악이었다.

"그러니까 조금만 시간을 줘."

신의 장비가 몬스터를 상대하기 위한 것에서 플레이어를

상대하기 위한 것으로 바뀌었다. 사람을 죽이기 위한 무기였다.

"전부 없앤 뒤에 약속을 지킬게."

신은 마리노의 무덤에서 등을 돌렸다.

홈타운으로 귀환하는 전송 포인트에 나무 그림자가 늘어뜨려진 것은 우연이었을까? 아니면 이 장소의 주인인 신의 심정을 대변해준 것일까?

윤곽이 일그러지며 순간 이동하는 신의 모습은 마치 까만 어둠 속으로 사라지는 것처럼 보였다.

검은 옷의 사신 | Chapter 3

이번 몬스터 침공 이벤트는 유례없는 희생자를 냈다.

수비대에 섞여 있던 PK의 습격이 시작되었고 레벨과 숫자에서 압도하는 다른 몬스터들도 침입했다.

많은 플레이어들의 노력으로 단시간 내에 진압해내긴 했지만 생산직 플레이어와 도시 안에 은둔하던 많은 플레이어들이 목숨을 잃었다. 잔해 더미로 변한 가게나 자택을 보며 망연자실해하는 플레이어들도 많았다.

거기에 더욱 나쁜 소식이 이어졌다.

몬스터에 섞여 암약한 PK에 의해, 도시 수비를 담당하던 길드의 간부가 살해당한 것이다. 길드 마스터의 측근도 몇 명 희생되었고 던전 공략이 더욱 지연될 것은 불을 보듯 뻔했다.

전투직과 생산직 모두 가늠할 수 없는 피해를 입었다.

그것은 고아원도 마찬가지였다.

가르가라에 의해 결계가 파괴되면서 수비 능력을 상실했고 몬스터와 플레이어의 전투에 휘말려 건물 자체도 엉망이 되어 있었다.

피난처에서 돌아온 에밀의 표정은 어두웠다. 아이들도 부지 입구에서 들어가지 못하고 가만히 서 있었다.

"홀리는……."

에밀은 의미가 없다는 것을 알면서도 아이들을 피신시키기 위해 스스로 미끼가 된 홀리를 찾아 부지 내를 돌아다녔다.

그리고 벽에 기대앉아 있는 남자— 섀도우를 발견했다.

"섀도우! 무사했구나. 걱정했다고."

"……."

몬스터를 격퇴한 뒤에도 섀도우와는 채팅이 연결되지 않고 있었다.

섀도우는 에밀을 향해 살짝 시선을 돌렸다. 하지만 더 이상의 반응은 없었다.

"홀리는…… 죽은 거야……?"

"……그래."

결정적인 대답이 돌아왔다. 에밀은 더 이상 아무 말도 할 수 없었다.

에밀은 섀도우에게 확인하기 전에도 홀리가 죽은 것을 이미 알고 있었다. 친구 등록된 플레이어가 사망하면 목록에 표시된 이름이 흰색에서 반투명색으로 바뀌기 때문이다.

"섀도우? 어디에 가려고?"

천천히 일어나서 걸어가기 시작하는 섀도우를 에밀이 불러 세웠다. 아무리 봐도 분위기가 심상치 않았기 때문이다.

"……."

"이봐, 내 말 좀— 앗?!"

에밀은 말없이 사라지려는 섀도우의 어깨를 잡아 억지로 자신 쪽을 향하게 했다.

그리고 자신을 바라보는 날카로운 눈빛에 움직이지 못했다.

나름대로 전투 능력을 갖춘 에밀은 예전에 섀도우, 홀리와 파티를 맺고 돌아다니면서 섀도우의 험악한 표정을 본 적이 있었다.

하지만 지금의 섀도우는 한 번도 보지 못한 얼굴을 하고 있었다.

전해오는 차가운 감정에 손발이 얼어붙을 정도였다.

"……아이들은 맡길게."

섀도우는 움직이지 못하는 에밀에게 그 말만을 남긴 채 아이들의 반대 방향으로 걸어가기 시작했다.

엉망이 된 장비로 비틀비틀 걷는 모습을 흡사 유령을 연상시켰다.

"─."

섀도우의 입에서 얼음 같은 목소리가 흘러나왔다.

어떻게 대답해야 좋을지 몰랐던 에밀은 잠자코 지켜볼 수밖에 없었다.

"반드시 죽여주마."

섀도우가 사라지며 남긴 강렬한 살기 담긴 말이 에밀에게는 통곡처럼 들렸다.

마리노를 매장한 신은 카르키아로 이동하자마자 일단 고아원으로 향했다. 신이 쳐놓은 결계라면 카르키아에 침입한 몬스터 정도는 가볍게 튕겨낼 수 있었다. 도시 내에서도 몇 안 되는 안전지대였다.

하지만 그곳에서 신을 기다리고 있던 것은 파괴된 고아원과 아이들의 울음소리뿐이었다.

"결계가…… 없다니?"

불길한 예감을 느낀 신이 일부 붕괴된 건물을 돌아보자 문 옆에 주저앉은 텟페이와 료헤이가 보였다.

"아, 신 형……."

"무슨 일이 있었던 거야?"

항상 활발하던 텟페이도 오늘은 기운이 없었다. 고개를 숙인 채 입을 다문 텟페이 대신 료헤이 쪽을 돌아보자 료헤이는 속삭이는 듯한 목소리로 "홀리 씨가 죽었어"라고 말했다.

"……그랬구나. 섀도우 씨는?"

"모르겠어. 적어도 여기엔 없어."

신은 다시 한번 "그렇구나"라고만 대답한 뒤 고아원 문을 열었다. 안에서는 크게 울음을 터뜨리는 어린아이들을 에밀이 달래주고 있었다.

"신!"

신이 문을 열고 나타나자 에밀이 종종걸음으로 다가왔다. 고아원 전체가 무거운 분위기에 휩싸였기 때문인지 그녀의 표정에도 별로 여유가 없어 보였다.

"무사……했구나."

"네, 뭐."

달려오긴 했지만 무슨 이야기를 꺼낼지 망설이는 눈치였다.

"홀리 씨가 돌아가셨다던데요."

"……그래. 네 쪽은…… 저기, 뭐라고 해야 좋을지……."

"괜찮아요. 어차피 시간이 별로 남아 있지 않았으니까요."

납치당하지만 않았다면 마리노가 아직 살아 있었을지도 모른다. 강한 스트레스가 발작의 원인이 되었을지도 모르기 때문이다.

하지만 이제 와서 이야기해봐야 의미는 없었다. 데스 게임에서 사망한 사람이 원래 세계에서 깨어난다 해도 마리노와는 무관한 이야기였다.

조금의 희망조차 남지 않은 결정적인 죽음을 맞이한 것이다.

"……루카는 어디 있나요?"

"그 아이라면 저기에 있어."

에밀이 가리킨 곳에 양쪽 무릎을 끌어안은 채 가만히 앉은 루카가 있었다. 신이 다가가자 퍼뜩 놀란 듯이 얼굴을 들며 쪼르르 달려왔다.

"마리 언니는?!"

마리노를 찾으려는 건지 루카의 시선이 고아원 안을 정신 없이 두리번거렸다.

"……미안."

"응?"

루카의 움직임이 그대로 멈춰버렸다. 신이 무엇 때문에 사과하는지 이해하지 못한 듯했다.

하지만 신은 얼버무릴 생각이 없었다. 루카 같은 어린아이에게 마리노의 죽음을 솔직히 알려주는 것이 잔인하다는 것을 알면서도 거짓말을 하고 싶지는 않았다.

"난 마리노를 지키지 못했어. 마리노는— 이제 없어."

신은 루카의 눈을 보며 말했다. 루카는 잠시 말이 없었다.

하지만 조금씩 신의 말뜻을 이해하면서 눈에 눈물이 고이기 시작했다.

"마리 언니, 없는 거야?"

"그래."

"이제 못 만나?"

"……맞아."

신은 감정 없는 목소리로 대답했다. 대답할 때마다 루카의 표정이 일그러졌다.

"싫어……."

눈물이 터져 나오는 순간에 루카는 이별을 부정했다.

그로부터 1초도 지나지 않아 루카는 마리노의 이름을 부르며 큰 소리로 울음을 터뜨렸다. 울고 있던 아이들도 놀라서 돌아볼 만큼 큰 목소리에 슬픔이 가득했다.

"······."

신은 무슨 말을 해줘야 할지 알 수 없었다. 자신에게 안겨 엉엉 우는 루카에게 무슨 일을 해줘야 할지 알 수 없었다.

반드시 마리노를 지키겠다던 약속을 지키지 못했음에도 루카는 신을 탓하지 않았다.

그저, 그저 슬플 뿐이다. 루카의 울음소리에는 오로지 슬픔만이 담겨 있었다.

"미안해······."

신의 중얼거림도 울음소리에 묻히고 말았다.

루카가 울다 지쳐 잠들 때까지 신은 그 자리를 떠나지 않았다.

✝

"가려고?"

"네. 아이들을 부탁할게요."

루카를 침대에 눕힌 신은 한동안 고아원에 돌아오지 못할 거라고 에밀에게 말했다.

에밀은 말리지 않았다. 그저 걱정스러운 얼굴로 바라볼 뿐이다.

"내가 이런 말을 해도 될지 모르겠지만, 넌 죽지 마. 아는 사람이 사라지는 건 이제 지긋지긋해."

신은 에밀을 안심시키기 위해 억지 미소를 지어 보인 뒤 고아원에서 등을 돌렸다.

"괜찮아요. 저는 죽지 않아요. ─죽이는 쪽이니까요."

마지막 중얼거림은 누구의 귀에도 닿지 않았다.

고아원에서 나온 신은 인적이 드문 골목길로 들어가 후드 달린 긴 로브를 걸쳐서 몸을 숨겼다. 보너스를 은폐 능력에만 집중한 고대급 상등품『허상의 누더기』였다.

겉보기에는 낡아빠진 로브지만 상대의 DEX가 장비자보다 100 이상 낮으면【애널라이즈】나 감지가 불가능해지는 효과가 있었다.

신이 장비하면 그를 찾아낼 수 있는 사람은 한 손에 꼽을 정도였다.

『허상의 누더기』로 모습을 숨긴 신은 말없이 골목길을 나아갔다.

길에서 마주치는 사람은 없었다. 신이 고른 것은 단순히 인적이 드문 골목길이 아니었기 때문이다.

5분 정도 걸어가자 나무로 만들어진 문이 보였다.

음식점 뒤편에 난 문이었고 특별한 점은 없어 보였다. 하지만 감정 스킬을 가진 사람이라면 겉모습과 다르게 엄청난 강도를 자랑한다는 것을 알 수 있었다.

오리할콘보다 단단한 문을 밀어젖히고 신이 안에 들어가자 어둑어둑하면서 조용한 음악이 흐르는 바가 나왔다.

바텐더는 회색 머리를 뒤로 넘긴 40세 정도의 차분한 남자였다. 예전에 들었던 정보와 똑같은 외모였다.

얼핏 보면 숨은 명소 같은 분위기의 바였지만 손님들 대부분이 후드나 가면으로 얼굴을 감추고 있었다. 애초에 밖에는 간판조차 붙어 있지 않았다.

이곳에 있거나 오는 사람들은 어떤 공통된 목적을 갖고 있었다.

"김렛 한 잔."

바텐더가 다가오자 신은 동전을 카운터에 올려놓고 칵테일을 주문했다.

바텐더는 몇 초 동안 신을 가만히 바라보더니 느긋하게 진과 라임을 꺼내 칵테일을 만들기 시작했다.

그런 도중에 신에게 음성 채팅 신호가 들어왔다.

『넌 사냥꾼이냐? 아니면 사냥개냐?』

상대는 눈앞의 바텐더였다.

『사냥꾼이다.』

그가 던진 질문에 신은 짧게 대답했다.

『……이름은?』

『신.』

칵테일 셰이커를 흔들던 바텐더의 손이 순간적으로 멈췄

다. 그리고 이내 아무 일도 없었다는 듯이 움직이기 시작했다.

"많이 기다리셨습니다. 김렛 나왔습니다."

말없이 셰이커를 흔들던 바텐더가 그렇게 말하며 완성된 김렛이 든 유리잔을 내밀었다. 유리잔 밑의 컵받침에 반으로 접힌 종이쪽지가 깔려 있는 것이 살짝 보였다.

신은 유리잔을 기울이면서 종이쪽지를 회수했다. 그리고 주변 시선을 모르는 척하며 바에서 나왔다.

골목길을 빠져나와 인파에 섞였다가 적당한 가게에서 식사를 주문한 뒤에야 쪽지를 펼쳐보았다. 1제곱세메르 정도의 작은 카드가 끼워진 쪽지에는 카르키아의 한 지점을 가리키는 좌표가 적혀 있었다.

"한번 열면 잠시 뒤에 사라지는 건가."

좌표를 기억한 신이 처리하기도 전에 쪽지는 작은 폴리곤으로 흩어지며 소멸해버렸다. 그의 손에는 작은 카드만 남아 있었다. 신은 정교하게 만들어졌다고 감탄하며 주변의 기척을 살폈다. 스킬에 반응은 나타나지 않았다. 미행하는 사람은 없는 듯했다.

신은 주문한 요리를 재빨리 먹어치운 뒤 바로 쪽지에 적힌 좌표로 향했다.

전송 포인트 근처에 위치한 그곳은 얼핏 봐선 2층 건물의 잡화점으로 보였다.

하지만 그것은 위장에 지나지 않는다는 것을 신은 알고 있었다. 상품이 전시된 가게 내부는 점원 한 명을 제외하면 아무도 없었다.

신은 아무 물건이나 집어 들고 계산대로 향했다. 그리고 돈을 지불할 때 카드도 함께 건넸다.

"……안쪽으로 가시죠."

카드와 신의 얼굴을 확인한 점원은 순간적으로 눈을 크게 뜨더니 금방 원래의 무뚝뚝한 표정으로 돌아왔다.

신은 점원의 안내를 받으며 가게 안을 나아갔다. 안내된 곳은 손님과 교섭하기 위한 응접실이었다. 점원은 말없이 테이블을 치우더니 바닥을 들어 올렸다. 그곳에 지하로 이어지는 계단이 있었다.

"여기부터는 혼자 가주십시오."

"알았어."

신은 대답하면서 석조 계단을 내려갔다.

어두운 계단은 나선형으로 되어 있었고 한동안 밑으로 내려가자 바와 비슷한 강도의 문이 신을 맞아주었다. 손으로 가볍게 밀자 예상과 달리 쉽게 열렸다.

신이 안으로 들어가자 그곳에 있던 플레이어 대부분이 몸동작이나 표정으로 놀라움을 드러냈다.

"너도 온 건가."

이제 어떻게 할지 생각하던 신에게 처음으로 말을 건 사람은 그처럼 낡아빠진 외투를 걸친 남자였다.

신이 익숙한 목소리에 고개를 돌리자 남자의 정체는 다름 아닌 섀도우였다. 에밀은 몬스터 침공 이벤트 뒤로 섀도우의 행방이 묘연하다고 말했다. 하지만 그가 이곳에 있는 것을 보면 행방불명된 이유가 명백해 보였다.

"어쩌면 여기 계실 거라고 생각했어요."

홀리는 PK가 습격하자 고아원 아이들이 도망칠 시간을 벌기 위해 죽었다고 한다. 그렇다면 섀도우가 PKK 길드인『무명(無明)』의 거점에 와 있는 것도 당연했다.

『무명』은 원래 PK에게 가족을 살해당한 자들의 정보 교환 커뮤니티였지만 현재는 정보를 수집해 활동 자금을 버는 사람과 실제로 PK를 사냥하는 사람으로 분업화된 PK 사냥 전문 길드가 되어 있었다.

조직을 절대 배신하지 않고 자기 손을 더럽히는 데 주저하지 않는다는 두 가지 규칙만 지키면 여자와 어린아이도 참가할 수 있었다.

물론 신처럼 다른 길드에 가입 중이더라도 제한 사항은 없었다.

이곳에는 가족끼리 만든 길드의 유일한 생존자가 된 플레이어도 적지 않기 때문이다.

플레이어들은 원래 복수의 길드에 소속될 수 없기 때문에 정식으로 길드 멤버가 되는 것은 아니지만 외부 협력자로 정보 수집이나 자금 조달을 담당하거나 실행 부대에 가담하기도 한다.

바에서 신이 받았던 질문은 '사냥개'면 후방 지원, '사냥꾼'이면 실행 부대를 나타냈다.

단, 길드 가입은 길드 마스터의 승인 여부에 달려 있었다. 거기서 퇴짜를 맞으면 아무리 간절히 원하더라도 『무명』에서 정보를 얻을 수 없다.

"만약 가르가라는 남자의 정보를 얻으면 내게 알려줘."

섀도우는 신이 처음 들어보는 증오 서린 목소리로 말했다.

"그 남자가……?"

"그래, 내 원수야."

길드 내에서는 자신의 정보나 돈, 전투력을 제공해서 원수를 없애거나 원수의 정보를 얻을 수 있었다.

신과 섀도우 같은 상급 플레이어라면 PK를 사냥하는 실행 부대에 소속될 것이다. 설령 자신과 상관없는 사람을 죽이게 되더라도 PK가 상대라면 조금도 주저하지 않을 자신이 있었다.

"그러면 만약 플래트라는 남자의 정보를 얻으면 제게 알려주세요."

신의 정보망으로는 플래트의 행방을 전혀 알아낼 수 없었다.

PK는 원래 자취를 감추는 데 능했다. 플래트는 특히 그랬고 고아원 앞에서 만났을 때 언급했던 『억센 사자』 호각대의 라오에게 물어봐도 모른다는 대답만 돌아왔다.

『억센 사자』 내에도 배신자가 있었는지 색출해내느라 바쁜 모양이었다.

"여어, 당신들이 길드 마스터가 말한 신입인가?"

섀도우와 대화를 끝내고 정보를 얻을 방법을 물어보려던 신에게 얼굴 대부분을 검은 붕대로 숨긴 남자가 말을 걸어왔다. 즉시 【애널라이즈】를 발동했지만 시설에 발동된 제한 때문에 정보를 읽어낼 수는 없었다.

이 가게는 길드하우스를 겸하고 있는 듯했다. 길드하우스 내부에서는 전투 상황 외에 스킬 사용이 제한된다.

"……그래, 맞아. 자기소개를 해야 하나?"

"아니, 여기선 캐릭터명을 사용하지 않아. 멤버들은 기본적으로 숫자로 부르게 되어 있어. 난 식스야. 일단 실행 부대의 리더를 맡고 있지. 당신에게 배정될 숫자는 원, 저기 형씨는 쓰리야. 잘 기억해두라고."

"특별한 의미라도 있는 거야?"

"여기는 실행 부대가 모이는 장소야. 이런 곳에서 숫자를 쓴다면 당연히 실력순 아닌가? ……뭐, 원래는 실력을 시험해야 하지만 당신들은 이미 유명하니까 말이야. 특히 저쪽 형씨는 모르는 플레이어가 더 적을 테지."

신과 섀도우를 바라보는 남자의 눈빛은 흐릿했지만 욕망

때문은 아닌 것 같았다. 그의 말투를 보면 『허상의 누더기』로 정체를 감춘 신에 대해서도 알고 있는 듯했다.

"일단 얼굴은 숨겼는데 말이지."

"바텐더에게 이름을 말했잖아. 그 사람이 길드 마스터인 가라나갈 씨야."

길드 마스터 본인이 인사를 담당하는 모양이었다. 그러고 보니 눈빛이 범상치 않았던 것 같기도 했다.

"원하고 쓰리는 이미 쓰고 있는 번호 아냐? 새로운 사람이 들어올 때마다 이름이 바뀌면 누가 누군지 헷갈릴 것 같은데."

"안심해. 순위는 그리 쉽게 바뀌지 않고 변동될 때마다 고지되니까. 그리고 원하고 쓰리는 마침 결번이야. PK들의 소굴을 습격하러 갔다가 돌아오지 못하는 경우가 드물진 않거든."

결번인 두 사람은 얼마 전에 죽었지만 그 대신 PK 길드 『사원의 허무』의 간부를 대부분 해치웠다고 한다. 길드 마스터는 놓쳤지만 활동은 축소될 거라고 식스는 말했다.

"그건 그렇고 PK에 대한 정보는 어디서 얻으면 되지?"

"저기 있는 여자에게 물어봐. 이름은 카르미어야."

식스가 가리킨 곳을 돌아보자 옅은 보라색 베일을 쓴 아랍 풍 의상의 여성이 그들을 향해 웃고 있었다. 실내에 있는 플레이어 대부분이 대인전용 장비를 착용한 가운데 홀로 노출이 심한 옷을 입은 그녀는 이질적인 존재감을 뿜어내고 있다.

여성의 눈앞에는 볼링공 크기의 수정 구슬이 놓여 있어서 마치 점술사처럼 보였다.

"이곳의 규칙은 대략적인 것밖에 몰라. 실행 부대라면 리더인 당신의 지휘하에 들어가는 건가?"

"아니, 그건 대규모 공격을 감행할 때뿐이야. 기본적으로는 다수로 소수를 몰아붙이는 전법을 사용하는데 그건 전투 능력이 낮은 녀석들에게나 해당되지. 당신들에게는 오히려 방해만 될 거야. 우리 길드의 투와 포, 파이브도 비슷하거든."

결국 마음대로 행동하라는 의미인 것 같았다. 그렇게 규칙이 느슨해도 되나 싶었지만 신에게는 더할 나위 없이 편한 조건이었다. 정보 수집은 맡겨두고 전부 베어버리면 되니 말이다.

신이 그렇게 생각하자 식스는 어느샌가 주먹을 쥔 채 고개를 숙이고 있었다.

"강한 녀석들은 다들 공격하러 가버려서 우리 같은 사람들에겐 거의 협력해주지 않지. 당신들의 불행을 기뻐하는 건 아니지만 솔직히 난 당신들이 와줘서 좋아. 이제…… 이제야 겨우 그 녀석의 원수를 갚을 수 있어."

식스의 목소리는 떨리고 있었다. 주변을 둘러보자 식스와 비슷한 반응을 보이는 사람이 적지 않았다.

이 세계에서는 능력치라는 절대적인 지표가 존재했다. 따라서 강한 상대를 어쩌지 못하고 답답하게 지내는 경우가 많았다고 한다.

신은 식스에게 고개를 끄덕여 보이고 섀도우와 함께 카르미어라 불린 여성에게 다가갔다.

"당신이 새로운 원인가 보네. 식스에게서 이야기는 들었을 테지만 난 카르미어야. 사냥개들이 보내주는 정보를 정리하는 일을 하지. 알고 싶은 게 있으면 나한테 물어봐줘."

침착한 목소리는 요염한 여성 아바타에게 잘 어울렸다. 그녀는 뛰어난 정보 처리 능력 덕분에 『무명』의 일원으로 인정받은 사람이었다.

때로는 미모를 이용해 적진에 잠입하는 경우도 있다고 한다. 물론 전투력이 낮은 그녀가 PK에게 접근하려면 목숨을 잃을 각오를 해야만 했다.

"귀중한 사냥꾼과 다르게 사냥개를 대신할 사람은 얼마든지 있거든. 게다가 이 세계에 자백제 같은 건 없으니까 내가 입을 열지만 않으면 정보가 누설될 일은 없어. 물론 입을 열바에는 죽는 게 낫지."

정보 관리자에게 잠입 공작은 위험하지 않으냐고 신이 묻자 카르미어는 미소를 거두며 대답했다.

카르미어의 기술은 다른 사람으로 얼마든지 메울 수 있었다. 만약 그녀가 사라지더라도 정보를 누설하지만 않으면 조직의 손해는 거의 없었다.

경우에 따라서는 희생양으로 쓰이는 것까지도 감수하고 있었다. 그녀는 결코 어중간한 각오로 이곳에 있는 것이 아니었다.

"자기소개가 끝났으니까 빨리 PK가 있는 곳을 알고 싶어. 최대한 많이 모인 곳일수록 좋아. 목록이 있으면 보여줘. 맨 위부터 차례대로 박살 내면 되니까."

"……역시 다른 사람들과는 생각부터 다르구나."

PK는 기본적으로 홈타운 밖에 거점을 갖고 있었다. 따라서 몬스터와 마주칠 기회가 많다 보니 레벨과 능력치도 높은 편이었다. 그런 상대를 한꺼번에 없애버리겠다는 말을 신이 아무렇지 않게 꺼내자 카르미어는 약간 당황하며 대답했다.

"사냥을 시작하면 한동안 이곳에 돌아올 수 없을 거야. 연락은 어떻게 취하면 되지?"

"나하고 친구 등록을 해서 개인 채팅으로 말을 걸면 돼. 메시지 카드에 목록을 첨부할게. 그쪽은 어떻게 할래?"

"난 신과 함께 행동하겠어. 가르가라는 플래트와 함께 있을 테지?"

"그래, 맞아. 많은 목격자, 아니, 피해자들이 정보를 제공해주고 있어. 소속 길드는 『우로보로스(추락하는 나선)』야. 가르가라는 그중에서도 최고 수준의 전투력을 가진 것 같아. 플래트 쪽은 배후 공작이 특기인 것 같아. 목표물을 속이거나 심리를 조종하면서 직접 움직이지 않는 경우도 있다나 봐."

"······그렇군."

그 정보를 빨리 알려주면 좋았을 테지만 이미 늦은 일이었다.

"충분해. 신, 부탁해도 될까?"

"당연하죠. 고아원을 습격한 게 그 녀석이라면서요. 플래트가 끝나면 바로 찾아낼 생각이었어요."

우선순위는 플래트가 높았지만 신은 가르가라 쪽을 더 주의해야겠다고 생각했다. 자신이 펼친 결계 스킬을 돌파한 것을 보면 직접 싸워본 플래트보다 강할 거라 예상하고 있었다.

"이 두 명은 그나마 유명한 편이지만『우로보로스』에 관한 유용한 정보는 거의 들어오지 않았어. 우선적으로 정보를 수집할 수 있도록 손을 써둘게. 그리고 현재 우리가 알아낸 각 PK 길드의 거점과 멤버 목록이 여기 있어. 당신들이라면 괜찮을 테지만 정보가 정확하다는 보장은 없으니까 충분히 경계하도록 해."

"알았어. 한 명도 놓치지 않을 생각이거든."

"몰살할 거야."

"당신들의 안전에 대해 말한 건데······ 뭐, 걱정할 필요는 없겠네."

PK를 놓치지 말라는 의미로 알아들은 신과 섀도우를 보며 카르미어는 쓴웃음을 지었다.

자신들은『무명』에서도 귀중한 상급 플레이어니만큼 쉽게

죽길 바라진 않을 거라고 신은 생각했다.

신과 섀도우는 가게에서 나오자마자 목록을 확인했다. 그리고 가장 가까운 곳부터 쓸어버리기로 했다.

"그럼 가죠. 무기를 교환하실 겁니까?"

"아니, 강화만 부탁하지. 난 홀리가 준 것 말고 다른 무기를 사용할 생각이 없어."

보다 강력한 무기를 제공해주겠다고 신이 제안했지만 섀도우는 딱딱한 표정으로 사양했다. 설령 그 때문에 죽게 된다 해도 후회하진 않을 것이다.

"그렇다면 이거라도 갖고 계세요. 가르가라와 싸울 때 도움이 될 겁니다."

신이 건넨 것은 붉은 보석이 박힌 팔찌였다. HP가 30퍼센트 이상 남아 있다면 아무리 강한 공격을 받아도 1의 HP를 남겨주는 즉사 회피용 아이템이었다.

하지만 어디까지나 한 번에 큰 대미지를 입었을 때만 적용되며 머리나 심장 같은 부위를 공격당했을 때의 즉사 판정에는 효과가 없었다.

원래는 그것까지 막아낼 수 있는 즉사 무효 아이템까지 건네주고 싶었지만 섀도우의 현재 능력치로는 장비할 수 없었다. 【THE NEW GATE】는 능력치가 높을수록 사고사의 확률이 떨어지는 세계였다.

섀도우가 팔찌를 장비한 것을 확인한 신은 첫 번째 목록에 적힌 장소를 향해 이동하기로 했다.

†

어느 날 밤이었다.

PK 길드 『리베라시온』의 길드하우스에서 젊은 남녀 한 쌍이 길드 멤버에게 둘러싸여 있었다.

소년의 머리에 난 뿔과 피부의 비늘, 소녀의 얼굴에 새겨진 문양을 보면 각각 드래그닐과 픽시임을 알 수 있었다.

그들이 붙잡힌 것은 함께 제작 재료를 채취하러 나왔을 때였다. 갑자기 플레이어 집단이 주위를 둘러쌌고 도망칠 틈도 없이 붙잡혀오고 말았다.

그리고 지금 길드 내에 만들어진 작은 투기장에서 소년—마사카도가 몬스터와 싸우고 있었다. 상대는 레벨 389의 곤충형 몬스터 스택 맨티스였다. 네 개의 사마귀 앞발과 한 쌍의 사슴벌레 턱을 함께 갖고 있었다.

마사카도의 레벨은 200이 넘었지만 아직 몇 번밖에 환생하지 않았기에 능력치는 평균 300을 간신히 넘는 정도였다. 스택 맨티스와 싸우기에는 약간 불안한 수치였다.

게다가 마검사의 힘을 끌어내기 위한 애검 『룬 블레이드』는 PK들에게 빼앗긴 상태였다. 서브 직업이 권투사이긴 했지만 지금은 공격을 피하는 것만으로도 버거웠다.

"이봐, 이봐! 빨리 도망치지 않으면 죽어버린다고!"

"여자 앞이라고 허세 부린 벌이야!"

"이제 슬슬 승부수를 띄워보는 게 어때!"

투기장 밖에 있는 PK들은 각자 멋대로 떠들어대고 있었다.

하지만 마사카도는 함께 행동하던 소녀 히라미가 인질로 잡힌 이상 섣부른 적대 행동은 불가능했다. 현재로서는 스택 맨티스를 쓰러뜨리는 것 외에 별다른 방법이 없었다.

"제길!"

마사카도는 욕설을 하며 땅을 박찼다. 약 1초 뒤에 마사카도의 키만 한 사마귀 앞발이 그 자리에 와서 박혔다.

곤충형 몬스터는 물리 공격과 방어력이 뛰어났다. 지금의 마사카도라면 정통으로 몇 번만 맞아도 살아남지 못할 것이다.

"―?! ―!!"

히라미가 무슨 말을 하려 했지만 입마개 때문에 목소리가 나오지 않았다.

"어째서 이런……."

강한 몬스터와 목숨 건 술래잡기를 계속하는 사이 마사카도의 집중력이 떨어지고 있었다. 대체 언제쯤 끝나는 걸까? 애초에 스택 맨티스를 쓰러뜨리면 정말 살 수 있는 걸까?

히라미를 구해 탈출할 방법을 고민하던 그는 흥분된 머리 탓에 자꾸만 쓸데없는 생각이 들었다.

한계였다. 마사카도가 정면으로 덤벼드는 도박을 감행하려
고 마음먹었을 때였다.

"—어?"

마사카도의 눈앞에서 히라미가 공중에 떠 있었다. 정확히
말하면 히라미를 붙잡고 있던 PK가 밧줄에 묶여 움직이지 못
하는 그녀를 내던진 것이다.

히라미는 바닥에 내동댕이쳐지면서 몇 바퀴를 구르고서야
멈추었다. 그녀의 바로 옆에는 스택 맨티스가 있었다.

"너희들!!"

"자, 자! 빨리 구하지 않으면 죽어버릴 텐데?"

"망할 놈들!!"

마사카도는 스택 맨티스에게 뛰어들었다. 히라미에게 주의
가 쏠린 스택 맨티스는 마사카도의 날아차기를 머리에 맞고
비틀거렸다.

그러나 HP는 거의 줄어들지 않았고 흔들렸던 자세도 금방
회복되었다.

"아악?!"

방해꾼을 견제하기 위해 대충 휘두른 앞발의 등 부분에 마
사카도는 복부를 정통으로 맞았다. 체격과 능력치 차이로 인
해 마사카도는 땅과 평행하게 날아가다가 땅을 데구루루 굴
렀다.

마사카도의 시야 끝에 표시된 HP가 단숨에 30퍼센트 정도

깎여나갔다. 게다가 독 상태까지 표시되었다.

"—! —!!"

뭐라고 소리치는 히라미를 향해 스택 맨티스가 네 개의 앞발을 쳐들었다.

히라미는 방어력이 낮은 마법사였다. 네 개의 앞발을 모두 맞는다면 HP가 버티지 못할 것이다.

"이 자식, 여길 보라고ㅇㅇㅇㅇㅇㅇㅇㅇ!!"

마사카도는 자신을 노리게 하기 위해 도발 스킬까지 사용했다. 하지만 이미 공격 모션이 들어간 스택 맨티스는 고개조차 돌리지 않았다.

이제 몇 초 뒤면 히라미는 죽는다. 그리고 자신도 오래가지는 못할 것이다. 그런 단념이 마사카도의 마음을 뒤덮으려 하고 있었다.

"—나쁜 선택은 아니군."

그때 어디선가 들어본 남자의 목소리와 함께 길드하우스가 크게 진동했다.

"우오오오?!"

"뭐야! 무슨 일이야?!"

땅을 뒤흔드는 진동에 PK들이 동요하고 있었다.

투기장 중앙에 갑자기 희푸른 구체가 나타나더니 다음 순간 번개가 내리쳤다.

강렬한 번개에 마사카도의 눈앞이 캄캄해졌다. 번개나 빛 마법으로 드물게 나타나는 상태 이상인【암흑】이었다.

마사카도가 아무리 눈에 힘을 줘도 주위가 어떻게 돌아가고 있는지 보이지 않았다. 다만 PK들의 비명만큼은 잘 들렸다.

"섀도우 씨는 거기 두 명을 돌봐주세요."

"알았어. 이봐, 얌전히 있어."

"네?"

혼란에 빠진 마사카도를 누군가가 억지로 둘러멨다. 아무래도 근처에 두 사람이 있는 듯했다. 대화의 흐름을 보면 섀도우라는 남자가 자신을 짊어진 것 같았다.

마사카도는 반사적으로 저항하려 했지만 자신을 짊어진 섀도우가 달려가면서 움직일 수 없게 되었다. 떨어지는 게 아닌가 싶을 만큼 자신과는 차원이 다른 속도였기 때문이다.

섀도우는 잠시 나아가다 멈춰 서더니 다시 달리기 시작했다.

그리고 몇 초 뒤에는 높이 뛰어올랐다.

"우왓?!"

"—?!"

가까이에서 신음 소리가 들렸다. 잘못 들은 것이 아니라면 히라미의 목소리 같았다.

"가만히 있어."

섀도우는 어딘가에 착지한 뒤에 그 말과 함께 더욱 높이 도

약했다. 첫 도약도 그랬지만 상당히 높은 장소로 뛰어올랐다가 그곳에서 뛰어내리는 모양이었다.

"회복시킬 테니 움직이지 마."

마사카도는 순순히 고개를 끄덕였다. 스택 맨티스에게 당하기 직전에 구출된 것을 깨달았기 때문이다. 상대의 목적까지는 알 수 없었지만 굳이 적대할 이유는 없었다.

마사카도는【암흑】상태가 사라지고 시야가 돌아오자 제일 먼저 히라미의 모습을 찾았다.

"무사해서 다행이야."

누군가가 히라미의 입마개를 벗겨주고 있었다. 그 뒤에 밧줄을 풀어주는 것을 보면 그가 바로 자신들을 구해준 섀도우인 것 같았다.

닌자 같은 장비를 입은 젊은 남자였다. 자신의【애널라이즈 · Ⅴ】로는 정보가 전혀 표시되지 않는 것과 방금 전의 움직임을 보면 상당히 강한 것만은 틀림없었다.

"이걸 써서 도시로 돌아가."

섀도우는 그렇게 말하며 결정석을 던져주었다. 황급히 받아낸 마사카도는 결정석에 전송 마법이 부여된 것을 깨달았다.

"바, 받아도 됩니까? 이거 꽤나 비쌀 텐데……."

아이템을 빼앗긴 두 사람에게는 고마운 제안이었다.

전송 마법에도 등급이 있었고 야외 필드나 도시의 건물 안에서 쓸 수 있는 초급, 던전에서도 이동할 수 있는 중급, 특수한 지역에서도 사용할 수 있는 상급으로 나뉘었다. 색으로도 구분할 수 있어서 초급이 갈색, 중급은 은색, 상급은 금색이었다.

전송 불가 지역도 존재했지만 지금 그들이 있는 곳은 평범한 야외 필드였다. 금색 결정석을 사용하기에는 아까운 상황이다.

일반 필드에서 도시로 돌아오는 거라면 초급으로도 충분했다. 상급 전송 결정석은 유통되는 숫자 자체가 많지 않았기에 마사카도 입장에서는 천문학적인 금액으로 거래되었다.

"너희는 방해가 될 뿐이야. 빨리 가라. 만약 따라오면 더 이상은 도와주지 않아."

새도우는 그 말만 남긴 채 길드하우스 쪽으로 달려가 버렸다.

"저길 봐봐."

구속에서 풀려난 히라미가 가리킨 것은 방금 전의 길드하우스였다. 아직도 폭발과 섬광이 건물 안에서 작렬하는 탓에 어두운 밤하늘이 대낮처럼 밝았다.

이따금씩 안에서 도망쳐 나오는 사람들도 보였다. 갈색과 은색 결정석을 갖고 있는 것을 보면 전송 마법으로 도망치려하는 것 같았다.

그러나 아무도 도망에 성공하지 못했다.

어떤 자는 길드하우스 벽을 꿰뚫는 푸른 화염에 불탔고, 어떤 자는 땅에서 솟아오른 흙의 창에 온몸이 관통되었으며, 갑자기 몸이 얼어붙었다가 산산조각 나는 자도 있었다.

누가 먼저랄 것도 없이 두 사람은 침을 꿀꺽 삼켰다. 새도우는 도시로 돌아가라고 했지만 눈앞에서 파괴되는 길드하우스와 죽어가는 PK를 지켜보며 좀처럼 실행에 옮기지 못하고 있었다.

밖에서 보기에 이 정도라면 건물 내부는 대체 어떻게 되었을까?

"아……."

갑작스러운 어둠이 두 사람을 휘감았다. 길드하우스에서 새어 나오던 폭발과 섬광이 사라졌다는 것을 깨닫기까지 몇 초의 시간이 필요했다.

"―?!"

그리고 마지막으로 눈앞에 빛이 떨어졌다.

길드하우스 전체를 뒤덮을 정도의 빛기둥은 여파만으로도 주변의 나무와 바위를 날려버렸다.

"스킬인 거야……? 저건……."

스킬이라는 것이 믿어지지 않을 만큼 차원이 다른 위력이었다. 희미하게 보이던 길드하우스의 잔해도 몇 초 만에 사라졌다.

빛기둥이 사라지자 그곳에는 아무것도 남아 있지 않았다.

내구도가 사라진 건물은 소멸한다는 것을 알지만 잔해 하나 남지 않은 광경은 공포를 불러일으켰다. 안에 있던 PK들이 어떻게 되었을지는 생각할 필요도 없었다.

"마사카도, 누군가가 오고 있어."

히라미가 가리킨 곳에서 이쪽을 향해 걸어오는 두 사람의 모습이 보였다. 한 명은 방금 전에 두 사람을 구해준 남자였고 다른 한 명은 마사카도와 히라미도 잘 아는 인물이었다.

"저건 신 씨…… 맞지?"

"그래, 그런…… 것 같은데."

신의 얼굴과 이름, 그리고 무엇 때문에 유명한지는 모르는 게 더 이상했다.

애초에 두 사람은 과거에도 신에게 도움 받은 적이 있었다. 그때의 신은 적어도 이런 식의 습격을 감행하는 사람이 아니었다.

고개를 돌리자 길드하우스가 있던 곳은 평범한 평원으로 바뀌어 있었다. 방금 전까지 지켜본 광경을 생각해보면 그곳에서 무슨 일이 있었는지는 쉽게 상상이 가능했다.

신은 길드하우스에 있던 PK 플레이어들을 몰살한 것이다. 그것은 마사카도가 아는 신이라면 절대 불가능한 일이었다.

두 사람은 신이 무슨 일을 당했는지 몰랐다. 그러니 알 턱이 없었다.

신이 이곳에 있는 이유도. 장비가 바뀐 이유도.

그리고 낯설 만큼 감정 없는 표정을 짓는 이유도 말이다.

"저, 저기, 신…… 씨?"

두 사람의 시야에 들어왔음에도 아무 반응도 보이지 않는 신을 보며 마사카도가 큰맘 먹고 말을 꺼냈다. 하지만 대답이 없었다. 시선조차 돌리지 않았다.

옆에서 걸어오는 섀도우 역시 아무 말도 하지 않았다.

"……."

그들을 스쳐 지나가며 사라지는 두 사람에게 마사카도는 더 이상 아무 말도 할 수 없었다.

"대체 어떻게 된 거야……."

멍하니 선 마사카도의 말은 신에게 닿지 못한 채 어둠 속으로 사라졌다.

그날 밤 스물네 명의 플레이어가 【THE NEW GATE】의 세계에서 소멸했다.

그것을 시작으로 지금까지 유례가 없던 숙청의 피바람이 몰아치게 되었다.

†

"이렇게 다시 만나서 기뻐. 당신들의 활약은 이미 유명해졌어."

카르미어는 그렇게 말하며 신에게 웃어 보였다.

신이 PK 사냥을 시작한 지 벌써 한 달이 지났다. 모습을 최대한 감추었음에도 신이 PK를 죽이러 돌아다닌다는 사실은 모르는 사람이 없었다.

너무나 빠른 침공 속도와 너무나도 일방적인 섬멸. 대형 길드치고는 행동이 너무 민첩했고 소규모 길드치고는 침공 측의 희생자가 없다는 점이 이상했다. 한편으로는 한 인물이 던전 공략에서 더 이상 보이지 않는다는 소식이 일부 플레이어들 사이에서 퍼지고 있었다.

신이 사라진 것과 PK 사냥이 시작된 것은 거의 같은 시기였고 어느샌가 신이 PK를 숙청하고 다닌다는 이야기로 정리되었다.

실제로 도움을 받은 플레이어들도 목격담을 증언하면서 소문의 신빙성이 높아지고 있었다.

"경계하는 녀석들이 늘어나서 귀찮아졌어."

"양손으로 세지 못할 만큼 PK 길드를 없애버린 사람이 할 말은 아닌 것 같은데? 당신이 활동한 뒤로 이곳에는 우는 사람과 웃는 사람이 연일 끊이지 않았는걸."

원래는 자신의 원수가 죽더라도 주변 사람들을 배려해서 함부로 기뻐하지 못하는 분위기였다고 한다. 하지만 이번에는 죽은 PK의 숫자가 너무 많았고 앞으로의 전망도 밝았기에 축제나 다름없는 상황이었다.

그들은 강력한 스킬로 PK를 쓸고 다니는 신을 영웅이라 칭송했다.

섀도우를 비롯한 다른 이들도 활약하고 있었지만 파괴 규모와 살해한 인원수가 너무 차이 나다 보니 화제조차 되지 못했다.

"하지만 일반 플레이어 중에는 당신의 행동을 좋지 않게 생각하는 사람도 있어. 대형 길드에서도 직접적으로 건드리지는 못할 테지만 어떻게든 간섭하려 들지도 모르니까 조심해."

걱정스럽게 말하는 카르미어에게 신은 표정을 바꾸지 않고 고개만 끄덕여 보였다.

그렇다. 아무리 상대가 PK 같은 살인자라 해도 그들을 죽이고 다니는 신에 대한 평가는 제각각이었다.

복수 따원 무의미하니 상대와 똑같은 최후를 맞이하기 전에 그만두라고 말하거나 실망하는 사람들도 적지 않았다. 그들은 신을 『사신』이라 부르기도 했다.

"별로 문제 될 건 없어. 큰 길드는 이제 『우로보로스』밖에 남지 않았잖아. 작은 곳들도 봐줄 생각은 없으니까 이제 와서 그만두진 않아."

"그래. 그렇다면 안심하고 이 정보를 넘겨줄 수 있겠네."

"찾은 거야?"

"그래, 『우로보로스』의 아지트를 겨우 알아냈어. 가르가라도 목격되었다고 해. 하지만 플래트는 아직도 못 찾고 있나 봐. 수집된 정보를 통해 추측해보면 길드에 돌아가지 않고 따로 행동하는 것 같아."

신은 우월감에 젖은 플래트의 얼굴을 떠올렸다. 지금도 신의 뇌리에 선명히 새겨져 있었다.

어쩌면 지금의 자신을 멀리서 관찰하고 있는지도 모른다. 그런 생각이 들 만큼 플래트의 집착은 정상이 아니었다.

"플래트가 올지는 모르겠지만 사흘 뒤에 큰 집회가 있는 것 같아. 당신이 PK 길드를 쓸고 다니는 것의 대응책을 마련하려는 건지도 몰라. 남아 있는 상위 PK들도 참가할 테니까 충분히 조심하도록 해."

"알았어. 하지만 표적들이 한 곳에 모여준다면 찾아다닐 수고가 줄어드는 셈이지. 상위 PK들이 어디 잠복하고 있는지 모르면 귀찮아지니까 말이야."

"그래도 무리하면 안 돼. PK와 함께 죽을 각오로 원수를 노리는 사람도 있지만 난 아무도 사라지지 않길 바라."

"난 그렇게까지 처절하진 않아. 규모가 큰 PK 길드는 거기가 마지막이야. 성대하게 없애주겠어."

신은 진심으로 그렇게 말했다.

목숨을 버려가면서까지 PK를 없앨 생각은 없었다. PK와 생사를 함께한다는 것 자체가 죽는 것 이상으로 불쾌했기 때문이다.

수단은 상관없었다. 사라지는 건 PK만으로 충분하다. 그것이 신의 방식이었다.

"정보를 알려주면 안 될 것 같아. 하지만 알려주지 않을 수도 없겠지……."

신은 자세한 이야기를 들은 뒤에 『무명』의 길드하우스를 나와 섀도우와의 합류 지점으로 향했다.

신과 달리 섀도우는 함께 죽더라도 가르가라를 해치울 생각이었다. 따라서 신은 이대로 혼자 가서 적을 쓸어버릴까도 생각했다.

"……그건 안 되겠지."

하지만 아무리 생각해도 결론은 섀도우와 함께 가야 한다는 쪽으로 귀결되었다.

만약 신이 마리노를 잃지 않았다면 섀도우를 필사적으로 말렸을지도 모른다.

하지만 신은 섀도우와 같은 곳에 서 있었다. 자신의 원수를 직접 갚고 싶은 마음은 그 누구도 막을 수 없다.

복수 너머에 죽음이 기다린다 해도 이미 멈출 방법은 없었다. 주위의 의견 따윈 아무 의미도 없다. 이것은 전적으로 본인의 의사에 달린 일이다.

"눈인가."

신이 하늘을 올려다보자 새하얀 눈이 내리고 있었다.

계절이 가을에서 겨울로 바뀌고 있었다.

하지만 아무리 시간이 흘러도 신과 섀도우의 마음은 바뀌지 않을 것이다.

"기다리게 해서 죄송합니다. 오늘은 좋은 소식이 있어요."

새도우와 합류한 신은 카르미어가 알려준 정보를 전달했다.

가르가라의 소재를 들은 새도우의 얼굴에 일그러진 미소가 맺혔다.

†

"등잔 밑이 어둡다는 건가."

"그러네요. 홈타운 지하에는 다음 업데이트에서 던전이 생긴다는 이야기가 있었잖아요. 애초에 그런 곳이 존재한다는 것 자체를 생각하지 못했어요."

신과 새도우가 걸어가는 곳은 카르키아의 지하에 펼쳐진 넓은 공간이었다. 지하 수로와 달리 좁은 통로와 넓은 통로, 작은 방과 큰 방까지 다양한 공간으로 구성되어 있었다.

카르미어를 비롯한 정보 수집반이 밝혀낸 『우로보로스』의 본거지는 바로 이 지하 공간이었다.

원래 아직 구현되지 않은 구역이었기에 이곳을 배회하는 몬스터와 보스는 보이지 않았고 보물상자와 함정도 없었다.

존재를 몰랐다면 입구도 절대 찾아내지 못했을 것이다.

"일단 함정 정도는 설치해둔 것 같네요."

평균 능력치 400 정도의 플레이어라면 즉사할 만한 함정을 두 사람은 아무렇지 않게 통과했다. PK 길드를 괴멸하면서 대인용 함정에 대한 지식도 깊어져 있었다.

발소리를 죽이고 통로를 나아갔다. 그들이 알고 있는 것은 입구에서 어느 정도 나아간 곳까지의 정보뿐이었다. 지하 공간 안쪽에는 미지의 몬스터와 함정이 존재할 수도 있었다.

"누가 오네요."

통로 너머에 사람이 있었다. 만약을 위해 새도우는 몸을 숨겼고 신이 접근해서 상황을 살폈다.

상대의 이름은 짙은 붉은색으로 표시되었다. 그것은 PK임을 나타내는 확실한 증거였다. 게다가 이름 옆에는 『우로보로스』를 나타내는, 꼬리를 깨문 뱀의 문장이 선명하게 나타나 있었다.

PK는 신을 발견하지 못하고 지하에서 밖을 향해 걸어가고 있었다. 신은 스쳐 지나가는 순간에 상대 몰래 몬스터 추적용 마크를 부착했다.

그들의 우선 목표는 간부였고 그중에서도 길드 마스터가 최우선 타깃이었다.

길드 멤버가 사망할 경우 길드 마스터에게는 즉시 소식이 전해진다. 지금 바로 들킨다면 많은 적들을 놓칠 수 있었다.

PK 길드 같은 이상 집단은 길드 마스터가 기묘한 카리스마를 가진 경우도 있었기에 놓치면 또 비슷한 조직이 만들어질 수 있었다.

신과 섀도우는 그 뒤로도 몇 명의 PK와 더 마주쳤고 그때마다 추적 마크를 부착하며 안쪽으로 나아갔다.

"사람이 많아졌네요. 아무래도 여기가 맞는 것 같긴 한데 사람들의 움직임이 왠지 이상해요."

"그래, 전투를 벌이는 것 같군."

신의 미니맵에는 일부 구획에서 마크가 정신없이 움직이고 있었다.

무슨 소동이 벌어졌는지 모르지만 두 사람이 미니맵을 보는 몇 초 동안에도 플레이어를 나타내는 마크가 한 손으로 셀수 없을 만큼 사라졌다.

다른 『무명』 멤버가 공격해왔나 생각했지만 다른 상위 플레이어들은 길드에 소속되지 않은 PK를 쫓거나 잔당 사냥을 벌이느라 이곳에 올 수 없었다.

공격할 생각이었다면 이미 두 사람에게도 연락이 왔을 것이다.

"내분인가?"

"그럴지도 모르죠. 다른 길드에서도 비슷한 일이 있었잖아요."

일부를 제외한 대부분의 PK 길드는 이해관계나 사상의 일치를 통해 결속을 유지하고 있었다. 하지만 그 때문에 때로는 자신의 동료에게도 칼을 겨누곤 했다.

PK 중에는 신과 섀도우의 PK 사냥을 알고 자포자기한 나머지 길드 내에서 난동을 부리는 자도 있었다.

"잠입하긴 쉬울 테지만 길드 마스터가 신중한 녀석이라면 도망칠지도 모릅니다."

"두 갈래로 나뉘자. 소동을 이용해서 길드 마스터를 찾는 거야. 내가 저쪽으로 갈 테니 신은 반대 방향을 부탁해."

새도우는 소동이 벌어진 곳으로 가겠다고 했다.

"그쪽은 제가 가는 게 낫지 않을까요?"

길드 마스터가 그쪽에 있다면 신은 마법으로 다른 PK들과 함께 한꺼번에 날려버릴 수 있었다.

"아니, 길드 마스터가 소동을 진정시키러 오면 내가 기습할게. 소동을 피해 이곳에서 도망치면 그게 훨씬 귀찮아져. 추적하게 되는 상황까지 고려했을 땐 신이 발도 빠르고 감지 범위도 높잖아."

오래 이야기할 시간이 없었다. 특별히 반대할 이유도 없었기에 신은 고개를 끄덕이며 달려나갔다.

신과 헤어지고 몇 분도 지나지 않아 새도우는 PK들이 싸우는 지점에 도착했다. 발각되지 않도록 최대한의 은폐 스킬을 사용한 상태였다.

신에게 빌린 아이템 효과와 닌자 스킬을 최대한 활용함으로써 전투 중인 PK들은 그의 기척조차 느끼지 못했다.

"커헉?!"

"제길, 어째서……."

섀도우는 눈앞에서 펼쳐지는 공방전을 건물 뒤에 숨어 관찰했다.

굳이 끼어들지는 않았다. 자기들끼리 알아서 없애준다면 수고가 줄어들기 때문이다.

"너무 겁이 많다고, 너네들은."

소동의 원인인 거대한 전투 도끼를 든 남자가 한숨을 쉬며 팔을 휘둘렀다. 원심력과 남자의 근력이 합쳐지면서 근처에서 검을 들고 있던 상대는 무기째로 두 동강 났다.

"이제 큰 길드는 여기뿐이야. 가만히 있으면 하이 휴먼이 여기로 올 거 아냐? 그런데 도망치자는 소리가 왜 나오는 거야?"

남자의 이름은 가르가라. 홀리를 죽인 증오스러운 상대이자 반드시 죽여야만 하는 적이었다.

가르가라가 전투 도끼를 휘두를 때마다 그를 둘러싼 PK들이 사라져갔다. 섀도우는 섣불리 기습하려 하지 않았다. 예전엔 그러다 실패했기 때문이다.

『신, 가르가라를 발견했어.』

채팅이 연결되자 섀도우 스스로도 놀랄 만큼 침착한 목소리가 나왔다.

『……그쪽이었군요.』

『그래, 미안하지만 끼어들지는 말아줘. 혹시라도 못 돌아가

240　**THE NEW GATE 10**

게 되면 뒷일은 부탁할게.』

『…….』

신의 대답은 없었다. 하지만 주변 적들을 방치하고 이곳에 올 것 같지는 않았다.

"저 녀석은…… 저 녀석만큼은 내가……."

섀도우는 작지만 뜨거운 숨을 내쉬었다.

분노와 증오로 머리가 달아올랐을 때와는 달리 그는 지금 냉정하게 가르가라의 움직임을 분석하고 있었다.

"언제부터 이렇게 하찮은 소리를 지껄이게 된 거냐!!"

한 명의 PK가 이 세계에서 또 사라졌다. 선량하든 사악하든 간에 플레이어가 죽으면 똑같이 사라질 뿐이다. 그 뒤에는 아무것도 남지 않았다.

"……."

섀도우는 생기 없는 눈동자로 가르가라를 계속 바라보았다.

가르가라는 싸우면서 이따금씩 등을 돌렸다. 그때마다 섀도우의 시야에서는 가르가라의 목덜미에서 붉은 시각 효과가 반짝거렸다.

그것은 즉사 공격의 기회를 나타내는 표시였다. 빈틈을 보였다고 시스템이 판단했을 때 발동되는 닌자의 스킬【사신의 깜빡임】이었다. 빈틈이라 해도 엄밀히 말하면 공격 모션이나 스킬을 사용한 뒤의 경직 등을 계산해 공격하기 쉬운 타이밍을 알려주는 것이었다.

섀도우는 수없이 깜빡거리는 빛을 보면서도 움직이지 않았다.

상급 플레이어 정도면 일부러 빈틈을 보일 때도 있었다. 그리고 【사신의 깜빡임】으로는 의도적인 빈틈과 진짜 빈틈을 구분할 수 없다. 스킬을 처음 습득한 플레이어는 그것도 모르고 스킬을 과신하다가 자주 반격에 당하곤 했다.

가르가라가 섀도우의 존재를 알아챘을 가능성은 낮았다. 하지만 가르가라의 전투 센스는 직접 싸워본 섀도우가 가장 잘 알았다. 그래서 확실하게 허점을 노리기 위해 가만히 찬스를 기다렸다.

"싸우다 죽고 싶다면서? 자기보다 강한 상대가 나타났다고 도망치면 되겠어?"

가르가라와 싸우던 PK는 이제 한 손으로 셀 수 있을 정도밖에 남아 있지 않았다. 전투 도끼를 한두 번만 휘둘러도 전부 처리될 것이다.

섀도우가 공격한 것은 가르가라가 마지막 한 명을 베기 위해 전투 도끼를 치켜든, 바로 그 순간이었다.

"—!!"

아무것도 없는 공간에서 갑자기 나타난 것처럼 섀도우의 모습이 가르가라의 등 뒤로 이동했다. 손에 든 칼날은 가르가라의 목을 정확히 노리고 있었다.

"으윽?!"

소리도 없이 날아든 칼날에 대해 가르가라는 경이적인 반응을 보였다. 사각에서 날아온 공격임에도 불구하고 순간적으로 다른 PK 쪽으로 몸을 날려 죽음의 섬광으로부터 희미하게 몸을 틀었다.

섀도우의 칼날은 가르가라의 목을 파고들었지만 가르가라가 몸을 비튼 탓에 완전히 베어내지는 못했다.

살아 있는 인간이라면 동맥이 절단될 공격을 받았음에도 게임인 이상 가르가라의 HP는 10퍼센트 정도가 깎였을 뿐이었다. 하지만 단검에 부여된【블러드 포이즌】이 그의 몸을 서서히 갉아먹기 시작했다.

섀도우는 그것을 확인할 틈도 없이 다시 모습을 감추었다.

"……여기 있던 녀석은 아니군."

닌자의 장점을 발휘한 일격이탈 전법을 보고 가르가라는 짚이는 구석이 있었다.

"아아, 그래. 그러고 보니 PK를 해치우는 녀석 중에 실력이 엄청난 닌자가 있다고 들었는데."

가르가라의 얼굴에 흉악한 미소가 번졌다. 그리고 도망치려던 PK에게 주저 없이 도끼를 내리찍은 뒤 주변을 돌아보았다.

회복 아이템은 사용할 수 없었다. 사용하려는 순간 섀도우가 바로 빈틈을 노릴 것이다.

"……."

조용해진 실내에 무언가가 불타오르는 소리가 들렸다.

툭 하고 무언가가 떨어지는 소리가 났다.

"……!!"

가르가라는 순식간에 반응했다. 소리가 난 방향으로 얼굴을 돌린 순간 섬광이 번쩍였다.

"칫!"

소리가 발생한 곳의 반대 방향에서 날아든 참격은 가르가라의 다리를 스친 뒤 사라졌다.

가르가라의 시야에 보였던 것은 참격의 궤적뿐이었다. 다른 차원에서 칼날만 나타난 것처럼 보이는 공격은 【THE NEW GATE】에서 섀도우의 대명사라 할 수 있었다.

"하, 이 정도로 보이지 않을 줄이야!"

이동 스킬과 은폐 스킬, 그리고 닌자의 특성까지 조합한 공격이야말로 『무영(無影)의 섀도우』라 불리는 상급 플레이어의 진면목이었다.

다리에서 목, 목에서 팔, 팔에서 다시 목으로.

끊임없이 이어지는 참격 폭풍이 가르가라의 갑옷과 부딪치며 불꽃을 튀겼다. 하지만 속도를 중시한 탓에 공격 자체가 깊이 들어가지는 않았고 방어를 돌파해내기는 힘들었다.

한편 가르가라도 공격 대상 자체를 포착하지 못하고 있다. 하지만 공격 자체를 무방비하게 맞진 않았고 아슬아슬하게 방어해내고 있었다.

공격하면 은폐 스킬이 풀린다. 그리고 아무리 숙련된 플레이어라도 공격 뒤에 다시 은폐하기까지는 약간의 딜레이가 존재했다. 원래는 첫 번째 기습 뒤에 즉시 상대를 포착해냈을 것이다.

하지만 섀도우에게는 해당되지 않았다. 일반 플레이어보다 빠르고 매끄러운 사고 조작 덕분에 마치 기계처럼 공격 종료와 동시에 모습이 사라졌다.

섀도우의 연속 공격은 가르가라에게 유효타를 주지 못했다. 하지만 처음에 중독시킨 【블러드 포이즌】이 가르가라의 HP를 착실히 줄여나갔다.

게다가 급소뿐만 아니라 움직임을 둔하게 하는 관절과 갑옷 틈새를 정확히 노린 공격을 퍼부었다. 그런 공격에 익숙해질 때쯤이면 다시 급소를 노리기 시작하는 식이었다.

연속 공격 중간에 갑자기 목을 향해 뻗어온 칼날을 가르가라는 막지 않았다.

"……?!"

목에 닿은 칼날이 아무것도 베지 못한 채 튕겨나갔다. 지금까지와는 다른 반응에 섀도우의 움직임이 순간적으로 흐트러졌다.

"이야아앗!!"

그때 뻗어나온 것은 전투 도끼가 아닌 주먹이었다. 건틀렛에 싸인 주먹은 높은 STR 덕분에 충분히 무기로 쓰일 수 있었다.

"흡!"

모습이 드러난 섀도우는 다시 사라질 수 없었지만 튕겨나갔던 칼날을 다시 앞으로 모으며 방어했다.

건틀렛과 단검이 부딪치며 불꽃이 튀었다. 섀도우는 뒤로 밀려나면서도 거리를 벌렸다.

"이제야 모습을 드러냈군. 그때와는 꽤나 다른데 그래."

"……."

가르가라가 감탄한 듯이 말했지만 섀도우는 말없이 아이템을 꺼냈다.

아이템의 이름은 『순명(瞬命)의 영약』이었다. 알약 모양의 아이템으로 능력치를 폭발적으로 높여주는 대신 사용자에게도 확실한 죽음을 선사했다. 사용자의 HP에 따라 제한 시간이 달라지지만 설령 신이라도 장시간 동안 싸우는 것은 불가능했다. 그러니 섀도우는 말할 것도 없었다.

정면으로 부딪칠 수밖에 없다면 이제 수단 방법을 가릴 때가 아니었다.

신과 함께 공격한다면 지금이 아니더라도 이길 수는 있으리라. 쓸데없이 목숨을 버리려 한다는 것을 섀도우 본인도 잘 알고 있었다.

하지만 그것으로는 부족했다. 눈앞에 있는 상대 가르가라

만큼은 자신의 힘으로 쓰러뜨리지 않으면 의미가 없다.

섀도우는 마음속으로 짧게 사과했다. 그리고 『순명의 영약』을 입에 머금었다.

"—!!"

섀도우는 아이템의 효과가 발동하는 것을 느끼자마자 가르가라에게 돌격했다.

정면으로 올 줄 몰랐기 때문일까? 아니면 섀도우의 속도가 예상보다 빨랐기 때문일까?

목을 향해 뻗은 단검을 간신히 튕겨낸 가르가라는 경악하는 표정으로 전투 도끼를 휘둘렀다.

튕겨나간 단검은 갑옷의 가슴 중앙에 맞으며 불꽃을 튀겼지만 흠집만 냈을 뿐 관통하지는 못했다.

전투 도끼가 바람을 가르자 섀도우는 갑옷에서 떨어진 단검을 내밀어 도끼의 궤도를 바꾸었다.

강화된 STR 덕분에 발휘되는 괴력이었다. 하지만 STR은 가르가라도 결코 뒤지지 않았다.

옆으로 흐를 뻔한 전투 도끼를 억지로 잡아당긴 뒤 섀도우의 공격을 건틀렛으로 받아내며 전투 도끼를 다시 휘둘렀다.

섀도우는 더 이상의 공격을 포기하고 거리를 벌리려 했지만 등줄기에 오한을 느끼며 그만두었다. 대신 힘이 완전히 실리지 않은 전투 도끼를 단검으로 맞받아치며 힘겨루기로 들어갔다.

"감이 좋은 녀석이군."

가르가라는 의미심장한 미소를 지었다. 아바타의 성능을 생각하면 가르가라에게 속도로 대항하려던 플레이어가 많았으리라는 것을 쉽게 짐작할 수 있었다.

섀도우는 자신이 느낀 오한이 속도가 앞서는 플레이어에 대한 대응책 때문이었을 거라고 생각했다.

"그렇다면 이건 어떠냐!"

가르가라는 오른손에 전투 도끼를 들며 왼손을 폈다. 그러자 가르가라의 왼손에서도 순식간에 똑같은 전투 도끼가 생겨났다.

섀도우는 그때의 짧은 빈틈과 가르가라의 완력을 활용해 순식간에 거리를 벌렸다. 그와 동시에 들고 있던 단검을 던졌다.

가르가라는 그것을 쳐내려 했지만 단검은 궤도를 바꾸어 도끼를 피하더니 가르가라의 목에 날아들었다.

그러나 가르가라가 목을 기울이면서 단검은 그 옆을 통과하며 지면에 박히고 말았다.

투척/바람 복합 스킬【트릭 스로우】의 효과를 알고 있는 듯했다. 가르가라는 공중에서 궤도를 바꾸는 횟수까지도 완벽히 예측해냈다.

단검을 던지면서 맨손이 된 섀도우도 이미 쌍검을 실체화한 뒤였다. 그는 내구도를 희생한 대신에 AGI 보너스를 높인 쌍검을 치켜들며 가르가라에게 공격해 들어갔다.

이번에는 정면으로 돌격하는 대신 벽이나 천장을 활용해 다양한 각도에서 공격했다. 이동 무예 스킬【비영(飛影)】을 통한 공중 이동을 병용하면서 공격의 불규칙성을 강화했다.

새도우의 HP는 이제 얼마 남지 않았다. 이제 1분도 버티지 못하리라.

하지만 이런 상황에서도 새도우는 다급해지지 않았다. 결정타를 가할 순간만을 노리며 주변의 모든 발판을 뛰어다녔다.

폐쇄된 공간을 제압해나가는 듯한 질주였다. 쌍검의 잔상이 가르가라를 결계처럼 감싸기 시작했다.

"—오오."

달린다. 소리가 점점 사라져갔다.

"오오오!"

날아간다. 흘러가는 풍경이 점점 빨라졌다.

"오오오오오오!"

벤다. 가르가라의 몸에 닿는 공격이 점점 늘어났다.

"오오오오OOOOOOOOOOOaaaAAAAAAAAAAAAA!!"

새도우는 끓어오르는 충동에 몸을 맡기며 울부짖었다.

포효는 이윽고 절규로 바뀌었고 공격당하는 가르가라의 갑옷 내구도가 급속히 떨어지기 시작했다.

"갑자기 뭐야, 이 녀석?!"

급격한 가속에 가르가라도 동요하고 있었다.

『순명의 영약』은 너무나 비싼 대가를 받아가는 대신 사용자에게 폭발적인 힘을 부여한다. 플레이어의 버프 따위는 발끝에도 미치지 못했다.

새도우는 무의식중에 절제하던 그 힘을 지금 완벽하게 제어하고 있었다.

불과 수십 초 정도 낼 수 있는 초인적인 힘. 새도우는 바로 그 순간에 승부를 걸었다.

움직임을 따라갈 수 없게 된 가르가라의 오른 다리에 공격이 집중되며 기동력이 줄어들었다. 가르가라의 자세가 무너진 순간, 새도우는 즉시 목을 노렸다.

"흐음!!"

지금까지 집요하게 목을 노린 탓인지 가르가라는 미리 예측하며 도끼를 치켜들었다.

원래 내구도가 낮았던 쌍검이 가르가라의 전투 도끼에 튕겨나가 갑옷과 격돌하며 부서졌다.

"크윽?!"

"제한 시간이 끝난 거냐?! 운도 없군!!"

무기가 부서지고 즉시 착지하며 움직임을 멈춘 새도우의 등 뒤에서 가르가라가 도끼를 내리쳤다.

새도우의 방어구로는 정면에서 받아낼 수 있을지 불확실했다.

옆으로 피하려 해도 타이밍이 맞지 않았다.

하지만 승리를 확신한 가르가라에게 약간의 방심이 생기는 순간을 섀도우는 지금까지 기다리고 있었다. 그의 발밑에는 방금 전에 투척했던 단검이 꽂혀 있었다.

"이걸로—."

가르가라에게 등을 돌린 채 무릎을 꿇고 있던 섀도우는 단검을 뽑아 들며 있는 힘껏 뒤로 몸을 날렸다.

등을 돌린 채 돌진하는 무모한 움직임에도 가르가라의 전투 도끼는 반응했다. 하지만 너무나도 뜬금없었던 탓에 도끼 날은 섀도우를 제대로 베어내지 못했다.

섀도우의 등이 가르가라의 갑옷에 부딪쳤다. 그 순간, 섀도우는 자신의 가슴을 향해 단검을 꽂아넣었다.

섀도우를 관통한 칼날은 그대로 가르가라의 갑옷을 향해 나아갔다.

원래대로라면 튕겨나갈 공격이었다. 하지만 지금까지 축적된 대미지가 지금에서야 결실을 맺었다.

단검의 칼날이 견고한 수비를 뚫어내며 내부의 육체에 박혔다. 아주 조금이면, 이제 조금만 더 찌르면 심장까지 닿을 것이다.

"끝났다!!"

섀도우는 칼날을 찌른 채 스킬을 발동했다.

검술/화염 복합 스킬 【연옥천(煉獄穿)】으로 생겨난 불의 칼날이 단검과 심장 사이의 거리를 좁혔다. 가르가라의 등 뒤에서 화염 칼날이 뻗어나왔다.

치명타였다. 남은 HP를 무시한 절대적인 즉사 공격이다.

"허억, 제법이군—."

가르가라의 몸이 폴리곤으로 흩어졌다. 그의 마지막 말은 입에서 끝까지 나오지 못했다.

섀도우는 자신에게 박힌 단검도 빼지 못한 채 제자리에서 무릎을 꿇었다. 자신에게 사용한 스킬 탓에 남은 시간은 고작 5초였다.

"아아……."

그의 입에서 힘없는 한숨이 흘러나왔다.

사랑과 증오를 모두 불태우며 슬픔을 양분 삼아 분노를 유지했다. 그렇게까지 해가며 도달한 곳에서 그를 기다린 것은 단지 사람을 죽였다는 사실뿐이었다.

원수를 갚았다. 복수는 끝났다. 하지만 가슴에 맴도는 것은 아무것도 없었다.

복수가 허무하다는 생각은 하지 않았다. 무의미하다고도 생각하지 않았다.

하지만 아무것도 채워지지 않았다.

"섀도우 씨!!"

섀도우의 인생이 끝나기 5초 전이었다. 마지막으로 그의 이름을 부른 것은 같은 슬픔을 짊어지고 똑같은 길을 나아가려는 벗이었다.

"신."

먼저 끝에 도착한 섀도우는 그에게 알려줘야만 한다고 생각했다.

이런 말을 할 자격이 없다고 할지도 모른다. 그럼에도 신과 같은 곳에 서 있는 자신의 말이라면 전해질 가능성이 있다고 생각했다.

"넌 나처럼―."

달려오는 신과 주변 풍경이 금이 간 유리처럼 깨져버렸다. 몸의 감각은 이미 없었다. 최후의 순간이 온 것이다.

사라져가는 섀도우는 자신의 마음이 제대로 전해졌는지 알 수 없었다.

†

"사라져."

가르가라를 발견했다는 섀도우의 채팅을 받은 신은 모습을 감춘 채 길드 내부를 질주했다. 마주치는 PK들은 길드 마스터인지만 확인하고 전부 없애버렸다.

길드 내에서 전투가 시작된 이상 한시라도 빨리 길드 마스터를 찾아내는 것이 최우선이었다.

신이 휘두르는 『진월』 앞에서 어중간한 무기나 방어구는 의미가 없었다.

그중 몇몇은 파티를 맺어 신에게 덤볐지만 근접 담당의 검과 창도, 방패와 갑옷도 사정거리에 들어온 순간 주인과 함께 두 동강이 났다.

원거리 담당의 경우에도 마법사의 마법은 효과가 없었고 오히려 신의 마법에 쓰러졌다. 활이나 투척 무기도 고대급 방어구를 뚫지 못했고 마찬가지로 마법으로 반격당했다.

"길드 마스터는 어디에 있지?"

"모, 모른—."

말이 끝나기도 전에 PK의 목을 베었다.

신은 감지 능력을 총동원해서 길드 마스터를 찾고 있었다.

가르가라는 섀도우의 원수였다. 자신의 목숨과 맞바꾸어서라도 그는 가르가라를 죽일 것이다. 같은 마음을 가슴에 품은 신은 그것을 잘 알고 있었다.

"칫."

신은 혀를 찼다. 이렇게 초조한 것은 섀도우를 그쪽 방향으로 보낸 자신 때문이었다.

섀도우의 심정을 아플 정도로 이해할 수 있었다. 그의 몸을 태우는 증오, 정신을 뒤흔드는 슬픔, 원수를 향하는 감정은 한두 마디로는 채 표현할 수 없다.

하지만 그와 동시에 생각했다. 정말 그를 보내도 됐던 것일까?

수집한 정보를 통해 생각해보면 섀도우가 이길 확률은 30

퍼센트, 그리고 어떤 아이템을 사용할 경우는 80퍼센트였다.

그러나 후자의 경우는 설령 이긴다 해도 섀도우는 반드시 죽게 될 것이다.

"……제길."

이것은 섀도우의 싸움이었다. 그곳에 신이 끼어드는 것은 설령 섀도우를 살리기 위한 행위라 해도 본인에게는 방해일 뿐이었다. 반대 입장이었다면 신 역시 방해하지 말라고 소리칠 것이다.

하지만 마음이 편하지 않았다. 복수에 몸을 던지고 주저 없이 사람을 죽이게 된 지금도 동료의 죽음까지 무감각해진 것은 아니었다.

"찾았어!!"

감지 영역 내의 반응 중에서 가장 숫자가 많은 곳을 향하던 신의 시야에『우로보로스』의 길드 마스터가 보였다. 탈출하려는 모양인지 신과 반대 방향으로 나아가고 있었다.

길드하우스와 지하 공간의 정확한 경계는 알 수 없었지만 전송 결정석을 사용하지 않는 것을 보면 아직 길드하우스의 내부인 것 같았다.

일반적인 길드하우스에서도 자유로운 순간 이동이 가능하지만 적의 공격을 받았을 때는 바로 도망칠 수 없도록 전송 기능이 정지된다. 남은 선택은 달려서 도망치거나 반격하는 두 가지뿐이다.

신은 모습을 숨긴 채【인챈트 · 매직 부스트】를 발동해서 PK 집단 위로 뛰어올랐다. 그리고 다짜고짜 마법을 퍼부었다.

"죽어."

7종 복합 마법 스킬【엘레멘탈 블래스트】였다.

화염, 물, 땅, 바람, 번개, 빛, 어둠이 지상을 달리는 모든 PK들에게 쏟아졌다.

어떤 자는 불타버렸고 어떤 자는 몸이 꿰뚫렸고 어떤 자는 마법에 삼켜졌고 어떤 자는 난도질을 당했다.

힘 조절 따위 없는 일격 섬멸이었다. 신의 눈앞에 있던 집단은 조금의 반격도 하지 못하고 일방적인 공격 앞에서 소멸해버렸다.

신은 놓친 적이 없는 것을 확인하고 달리기 시작했다.【조기(躁氣)】를 활용한 신체 강화를 병용해서 단숨에 길드 홀을 가로질렀다.

"섀도우 씨!!"

신은 섀도우의 반응이 있는 공간으로 뛰어들었다. 가르가라의 반응은 없었다.

무릎을 꿇은 섀도우가 그를 향해 얼굴을 돌렸다. 그의 뺨에는 무언가 반짝이는 것이 흐르고 있었다.

얼마 남지 않은 HP가 줄어드는 것을 보고 신은 섀도우가 복수에 성공했다는 것을 깨달았다.『순명의 영약』을 사용한 것도 바로 알았다.

모든 것을 불태운 듯한 눈빛으로 섀도우가 입을 열었다. 무언가를 전하려는 듯했다.

"넌 나처럼—."

하지만 그 말을 끝까지 들을 수는 없었다.

신의 눈앞에서 섀도우가 폴리곤으로 변해 흩어졌다. 반짝반짝 빛나는 모습은 사람의 죽음을 의미한다는 것이 믿기지 않을 만큼 아름다웠다.

"……."

신은 섀도우가 하려던 말을 짐작하고 잠시 침묵했다.

신이 섀도우를 걱정한 것처럼 섀도우도 신을 걱정했던 것이리라.

"히이얏!!"

"……칫."

혀를 차는 동시에 신의 모습이 흔들렸다.

아무리 낙담했다 해도 신의 칼끝은 무뎌지지 않았다. 등 뒤에서 공격해온 PK는 자신이 검에 베인 것도 깨닫지 못한 채 착지와 동시에 폴리곤으로 흩어졌다.

플레이어의 최후는 다들 똑같았음에도 신에게는 PK의 폴리곤이 무척이나 더럽게 보였다.

빛과 그림자 | Chapter 4

『우로보로스』를 괴멸한 신은 그길로 『무명』의 본거지를 찾았다.

문을 연 그를 바라보는 사람들의 눈빛은 정도의 차이는 있을지언정 전부 생기가 없었다. 다만 지난 한 달 사이에 어느 정도는 나아져 있었다.

"어서 와. 여전히 한번 꺼낸 말은 지키는구나."

카르미어의 말투는 평소보다 밝았다.

"그렇지도 않아. 이쪽도 당했어."

"……옆에 그 사람이 없었던 건 그 때문이었구나."

신이 표정을 바꾸지 않고 말하자 카르미어는 잠시 숨을 멈추었다. 새도우가 죽은 것을 몰랐던 모양이다.

방금 한 대화가 들렸는지 주변이 술렁였다.

"원수는 갚고 떠난 거야?"

"그래, 모든 것을 마무리 지은 얼굴이었어."

"그랬구나. 그러면 다행이야. 우리는 모두 그것만을 바라고 모인 사람들이니까."

카르미어는 슬픈 표정을 지으면서도 동시에 안도하는 듯했다. 『무명』은 복수를 맹세한 사람들이 모이는 길드다. 설령 함께 죽었다 해도 원수를 갚는 데 성공했다면 슬픔보다는 칭송이 먼저였다.

"당신은 괜찮아?"

"뭐가 말이야?"

카르미어가 신의 손을 잡으며 물었다. 그녀의 표정은 신을 걱정하는 듯했다. 다만 손에서는 열기가 느껴지지 않았다.

"옆에 있던 사람이 사라지면서 의욕을 잃어버리는 사람도 있어. 내가 할 수 있는 일이 많지 않지만, 그런 사람들을 위로하는 것도 내 역할이야."

카르미어가 말하는 '위로'가 무엇을 의미하는지는 신도 알고 있었다. 할 수 있는 일이 많지 않은 것은 게임 시스템에 제한을 받기 때문이다.

"괜찮아. 섀도우 씨는 자신의 신념대로 살다 갔으니까. 난 내가 하기로 마음먹은 일을 하겠어."

신은 카르미어의 풍만한 가슴에 닿아 있던 자신의 손을 최대한 온건하게 거두어들였다. 사랑하는 사람을 잃었다고 해서 다른 여성에게 손을 댈 생각이 들 리는 없었다.

살짝 노려보자 카르미어는 바로 사과했다.

"기분 나빴다면 미안해. 당신은 모를 테지만『우로보로스』에는 내 남동생의 원수도 있었어. 그래서 원수를 대신 갚아준 당신에게는 정말로 감사하고 있어. 내가 할 수 있는 감사 인사는 고작해야 이런 것 정도거든."

신은 그녀의 말을 납득했다. 카르미어는 신의 눈을 똑바로 바라보고 있었다. 그녀의 눈가에는 희미한 눈물이 고여 있었다.

"서로를 이용하고 있는 것뿐이야. 고마워할 필요는 없어."

"내가 멋대로 그러는 것뿐이야."

표정을 바꾸지 않는 신에게 카르미어는 웃어 보였다. 신은 혀를 차며 시선을 피했다.

"자, 이야기가 너무 엇나가 버렸네. 오늘은 당신에게 전할 말이 있어."

"그런 게 있으면 먼저 말해줘."

"미안해. 섀도우 씨가 죽었다는 게 충격적이었고 원수를 갚아준 감사 인사를 먼저 해두고 싶었어."

"뭐, 됐어. 그래서 나에게 전할 말은 뭐지?"

카르미어는 신의 질문에 진지한 얼굴로 대답했다.

"플래트에 대해서는 아직 조사 중이지만 그 과정에서 로빈이 발견됐어. 우선도는 플래트보다 아래지만 이쪽도 찾았던 건 맞지?"

PK 사냥을 시작한 이후로 플래트에게만 집중하느라 한동안 잊었던 인물이었다. 로빈의 이름을 듣자 신의 기척이 확 바뀌었다.

게임 속이었지만 신의 심상치 않은 분위기를 느낀 몇 명이 몸을 움츠렸다.

『무명』의 조사로 로빈은 PK 길드 소속이 아니었고 본인도 플레이어를 살해한 적이 없을 거라는 결론이 나왔다.

하지만 마리노를 유괴해서 플래트에게 넘겨준 사람은 다름 아닌 로빈이었다. 그것만으로도 신에게는 분명한 원수로 인식되었다.

"바로 갈게. 어디에 있지?"

신의 입에서 나온 말은 방금 전과는 완전히 달랐다. 얼굴은 무표정했지만 입에서 나오는 목소리에서 살벌한 느낌이 감돌았다.

"진정해. 지금도 사냥개가 감시하고 있으니까 무슨 일이 있으면 금방 알려줄 거야."

카르미어에게서 로빈의 위치를 전해 들은 신은 애검을 실체화하고 즉시 길드하우스에서 나왔다.

신은 모습을 감추며 어둑어둑한 골목을 걸어갔다. 마치 망령처럼, 마치 사신처럼.

†

카르미어에게서 정보를 전해 들은 신이 도착한 곳은 카르키아에서 북쪽을 향해 나아간 삼림 지역이었다. 숲 속은 조용했고 저레벨 몬스터들이 자유롭게 살아가고 있었다.

이곳은 위험한 몬스터가 거의 출현하지 않고 이렇다 할 이벤트도 없기 때문에 오두막 몇 채 외에는 아무것도 없는 곳이었다.

"로빈은 이 앞에 있는 세 번째 오두막에 자리를 잡은 것 같아. 뭘 하는지는 잘 모르겠지만 밖으로는 거의 나오지 않더군."

"그렇군. 여기는 내가 맡겠어. 당신은 나서지 말아줘."

"물론이야. 지금의 『무명』 멤버 중에서 자네를 방해하는 녀석은 없을걸. 일단 만약의 사태에 대비해서 여기에 대기하는 것까지 막진 말아달라고."

사냥개 남자는 그렇게 말하며 모습을 감추었다. 신의 감지 범위에는 나타났지만 굳이 그것을 지적할 필요는 없었다.

신은 남자에게서 등을 돌리고 오두막이 세워진 곳으로 접근했다. 홈타운 밖이었기에 건물과 플레이어에 대한 공격은 유효했다.

신의 시야에 들어온 미니맵에는 오두막 안의 플레이어가 선명히 표시되었다. 다만 등록된 친구나 서포트 캐릭터가 아니었기에 이름까지는 알 수 없었다.

사냥개가 확인한 만큼 틀림없을 테지만 신은 최대한 신중을 기하기 위해 오두막에 펼쳐진 【월】과 【배리어】부터 해제하기로 했다.

"Ⅴ인가. 여기서는 충분할 테지만 너무 약하군."

신은 허리에 찬 『진월』을 꺼내지도 않고 왼손을 아무렇게나 휘둘렀다. 그러자 쨍그랑거리는 소리와 함께 오두막을 보호하는 장벽이 파괴되었다.

그러자 소리를 들은 옆집 주민들이 무슨 일인가 확인하기 위해 밖으로 뛰쳐나왔다.

"다, 당신, 뭘 하는 거야?"

"복수하러 왔다만."

"······우리 오두막까진 부수지 말라고."

신의 기세에 눌렸는지 말을 꺼낸 플레이어는 몸을 부르르 떨더니 재빨리 들어가 버렸다. 반대쪽 오두막의 플레이어도 그들의 대화를 듣고 있었지만 방해할 뜻이 없다는 듯이 말없이 문을 닫았다.

미니맵을 돌아보자 신의 반대편에서 플레이어가 오두막 밖으로 나가려 하고 있었다.

"······."

신은 말없이 오른손을 휘둘렀다. 공격받은 오두막은 산산조각이 나며 탈출하려던 플레이어에게 쏟아졌다.

플레이어의 반응이 있는 곳으로 다가가자 통나무에 깔려 버둥거리는 남자— 로빈이 있었다.

"다, 당신은······."

로빈도 눈앞의 남자가 신인 것을 확인하고 얼굴을 공포로 일그러뜨렸다.

"내가 뭘 하러 왔는지는 알고 있겠지?"

"나, 나도 어쩔 수 없었어! 그대로 가만히 있으면 난 파멸했을 거야! 현실 세계에는 내가 부양해야 할 가족이 있다고. 상황을 바꾸려면 그 녀석에게 의지할 수밖에 없었어!!"

"일단 물을게. 플래트는 어디에 있지?"

신은 필사적인 해명을 무시하며 질문했다. 플래트에게 협력한 로빈이라면 그가 있는 장소를 알지도 몰랐다.

"모, 몰라⋯⋯. 그 뒤로 그 녀석, 플래트와는 못 만났다고. 연락해도 대답이 없고, 애초에 별로 친한 사이도 아니었어. 나, 나는 이용당한 거야! 피해자라고!!"

신이 사정을 듣고 눈썹 하나 까딱하지 않는 것을 보자 로빈은 말투를 바꾸었다. 이리저리 정신없이 움직이는 시선이 도망칠 방법을 필사적으로 찾는 듯했다. 허리의 검은 아직 뽑지도 않았다. 하지만 신이 마음만 먹으면 로빈이 결정석을 꺼내 이동하기도 전에 죽일 수 있었다.

신이 놓아주거나 미끼가 될 다른 사람이나 물건이 없는 이상 로빈은 이곳에서 끝날 것이다.

"죽이는 건?"

"그런, 그런 일이 벌어질 줄은 상상도 못 했어! 죽인다는 이야기는 못 들었다고! 상태 이상도 회복약을 준비해뒀었어! 당신이 순순히 요구에 따랐다면—."

로빈의 변명이 갑자기 중단되었다. 다음 순간, 검을 뽑아드는 날카로운 소리가 울려 퍼졌다.

로빈의 말과 현재의 상황을 생각해보면 단순히 이용당했다는 이야기가 거짓말 같지는 않았다.

그렇다면 더 이상 살려둘 필요는 없었다. 신은 머리와 몸통이 분리되어 폴리곤으로 소멸하는 로빈에게는 눈길 한 번 주지 않고 잔해 더미로 변한 오두막을 떠나려 했다.

그런 신에게 장소에 어울리지 않는 밝은 목소리가 들려왔다.

"소문이 사실이었구나. 사람을 베는 게 이제 완전히 몸에 뱄어."

"……."

신은 말없이 소리가 들린 방향을 돌아보았다. 그곳에는 하얀 머리카락을 숏컷으로 자르고 동그란 눈으로 신을 바라보는 작은 체구의 소녀가 서 있었다.

약간 노출이 심한 일본식 전투복과 체격에 어울리지 않는 풍만한 가슴, 그리고 무엇보다 작은 손에 쥔 키만 한 도끼창이 인상적이었다.

신은 그것만 봐도 그녀의 정체를 알 수 있었다.

"밀트인가."

"오랜만이야. 마지막으로 만난 게 세 달 전이던가?"

밀트는 붙임성 있는 미소를 띠며 말을 건넸다.

밀트 역시 PK였지만 『무명』의 말살 목록에는 실려 있지 않은 희귀한 존재였다. 정당방위나 서로 합의한 상태에서만 다른 플레이어를 죽인다는 이유에서였다.

그럼에도 PK로 취급되는 것은 서로 합의만 하면 누구든 주저없이 죽이기 때문이다.

"나한테 무슨 볼일이라도?"

"신 씨가 플래트를 찾는다고 해서—."

밀트의 말은 거기서 끊겼다.

순식간에 거리를 좁힌 신이 밀트의 목을 잡고 쓰러뜨렸기 때문이다. 그녀의 목덜미에 『진월』의 칼날이 겨누어졌다.

"아는 게 있으면 말해."

"하, 하하! 지금의 신이라면 괜찮을 것 같아."

"……."

"그렇게 노려보지 마. 확실히 가르쳐줄 테니까."

밀트는 도끼창을 놓고 양손을 들어 보이며 말했다. 신이 『진월』을 거두자 그녀는 작게 한숨을 쉬었다.

"신 씨도 여러모로 찾아봤을 테지만 쉽게 찾기 힘들 거야. 그 사람은 더 이상 다른 사람을 공격할 마음이 없을 테니까. 범행을 통해 꼬리를 잡는 건 불가능해."

"뭘 믿고 그렇게 단언하지?"

"그야 가장 큰 사냥감이 자기 손에 바뀌는 순간을 목격했는걸. 그런데 굳이 다른 사람의 죽음으로 그것을 덧씌울 리가 없어."

밀트의 말을 신은 도저히 이해할 수 없었다. 애초에 사람이 죽는 모습을 눈에 새겨두는 것만 한 악취미가 또 있을까?

"플래트가 가장 심하게 집착하는 건 신 씨거든. 이제 남은 건 지금의 신 씨를 관찰하면서 좋아하는 일뿐일 거야. 지금이야말로 그 사람이 원하는 가장 이상적인 모습에 가깝거든. 게다가 신 씨에게 발견돼서 죽어도 좋다고 생각할걸?"

"기분이 나쁘군."

"그런 인종을 굳이 이해할 필요는 없지 않을까?"

밀트는 어깨를 으쓱거리며 말했다. 신도 굳이 이해할 마음은 없었기에 다음 이야기를 재촉했다.

"플래트는 신 씨를 지켜보고 있을 거야. 메인 직업은 거창한 용기사지만 서브 직업은 닌자니까 말이지. 지금은 메인과 서브를 뒤바꿔서 숨어 있는 거지. 닌자의 은폐 능력은 척후직 중에서도 독보적으로 뛰어나잖아. 아이템과 장비까지 동원하면 그리 쉽게 찾아낼 수 없어."

"지금도 어딘가에서 날 보고 있다는 거야?"

"망원경 같은 걸 쓰지 않을까? 뭐, 그래서 내가 생각한 방법을 쓸 수 있는 거지만 말이지."

밀트는 천연덕스럽게 말했다. 신은 시험 삼아 감지 스킬을 총동원해보았지만 플레이어의 반응은 오두막 주민들과 밀트뿐이었다. 오두막 안의 사람들은 이미 확인했기에 적어도 신의 감지 범위 내에 플래트는 없었다.

밀트의 말대로 망원에 특화된 아이템이나 스킬을 사용하면 감지 스킬 범위를 벗어난 곳에서도 감시할 수 있었다.

밀트의 이야기는 불가능하다고 무시할 만큼 허무맹랑한 내용이 아니었다.

"그래서 네 제안이 뭔데?"

"내가 신 씨하고 함께 행동하는 거야. 나도 나름대로 강한 편이지만 신 씨와 비교하면 초라하지. 그런 사람이 신 씨와 찰싹 달라붙어 있는 걸 보면―."

"또 간섭하려 든다는 건가."

"맞아. 신 씨가 PK 사냥을 그만두고 여자에 정신이 팔리는 걸 플래트가 가만히 지켜볼 리가 없거든."

플래트의 강한 집착심을 역이용해 끌어내는 것이 밀트의 작전인 것 같았다.

"상대가 너라면 경계하지 않을까?"

밀트는 마리노와 달리 전투력도 갖고 있었다. 이런 경우 여자에게 정신이 팔렸다고 생각하지 않을지도 몰랐다.

"난 마리하고 사이가 좋았는걸. 사람들에게 거의 이야기한 적이 없으니까 신 씨가 모르는 것도 무리는 아니려나."

"네가…… 마리노하고?"

밀트의 말에 신은 눈썹을 추켜올렸다. 마리노가 살아 있을 때 그런 이야기를 들어본 적이 없었기 때문이다.

"응. 현실 세계에서 처지가 비슷하다는 걸 우연히 알게 돼서 말이야. 사람들 앞에서 떠들 만한 내용은 아니었지만, 서로 할 이야기가 정말 많았어. 마리는 병에 걸려 있었잖아? 나도 현실 세계에서 계속 누워 있는 신세였거든. 우리 외에 이 이야기를 아는 건 『손짓 고양이』의 마타타비 씨 정도야."

"그랬구나."

분명 마타타비도 마리노의 사정을 알고 있었다. 예전에 언급했던 '미르냥'은 밀트를 가리키는 것이리라.

"플래트는 마리에 대해서는 여러 가지로 조사했어. 어떻게 알아냈는지 모르지만 나와 마리의 관계까지 알고 있던걸. 본인에게 들은 거니까 틀림없어."

밀트가 플래트에 대해 자세히 아는 건 복수자들이나 일반 플레이어가 아닌 PK만의 정보망을 통해서라고 한다.

다만 밀트는 PK들 사이에서도 경계 대상이었기에 알아낼 수 있는 정보가 많지 않았다고 한다. 또한 신이 너무 많은 PK를 사냥한 탓에 정보망은 이미 무너진 상태였다.

"하지만 그래서 내가 마리의 빈자리를 차지해도 이상하게 생각하지 않을 거야. 오히려 좋은 도발이 될지도 몰라. 난 사람들 앞에서 닭살 돋는 짓 잘하거든."

밀트는 그렇게 말하며 신의 팔에 팔짱을 끼려고 했다. 신은 반걸음 물러나서 그것을 피한 뒤 어떻게 할지 고민했다.

플래트에 관한 쓸 만한 정보는 『무명』의 사냥꾼들도 가져오지 못하고 있다. 조직에 속하지 않은 PK에 대한 정보는 원래 입수하기 힘들기 때문이다. 카르미어에게 부탁해보는 방법도 있었지만 그녀는 유사시에 자신을 지킬 전투력이 없었다.

"그 녀석을 사냥할 수 있다면 받아들일 수 있어."

신은 실패해도 어쩔 수 없다고 생각하며 밀트의 제안을 수용했다.

"그러면 나도 한 가지 부탁할 게 있는데 괜찮아?"

"뭔데?"

"플래트 일이 마무리되면 말이지. 나하고 싸워줬으면 해. 목숨을 걸고."

신이 수상하다는 듯이 눈을 가늘게 떴다.

목숨을 건다고 해도 밀트가 상당히 무리하지 않는 이상 그녀에게는 승산이 없었다. 정말 죽을 때까지 싸우겠다면 자살 행위나 마찬가지다.

"죽으려는 거면 다른 데서 해."

"내 마지막은 신 씨로 할래. 난 현실로 돌아가고 싶지 않으니까."

"……그 이야기는 홈으로 돌아간 다음에 하지. 여기는 그런 이야기를 할 만한 곳이 못 돼."

"응."

신은 밀트와 일시적인 파티를 맺고 전송 마법으로 카르키아에 귀환했다. 그리고 연속 전송으로 달의 사당까지 이동했다.

"어서 오세요."

신은 인사하는 슈니를 말없이 지나쳐서 거실 의자에 밀트를 앉힌 뒤 찬장에서 찻잔을 꺼내 차를 끓였다.

"……왜?"

"어, 음~ 뭔가 익숙하다 싶어서."

차를 내오는 게 의외였는지 밀트는 조금 놀라고 있었다.

"차 정도는 누구나 끓일 수 있어. 그보다도 아까 하던 이야기를 계속하자."

신은 차를 한 모금 마신 뒤 밀트에게 이야기를 재촉했다.

"아까도 말했지만 난 현실에선 계속 누워 있는 상태거든. 기계의 도움 없이는 살아 있지도 못해. 말은 할 수 있지만 팔다리도 마음대로 못 움직여. 이 세계에 오고 나서야 몸이라는 게 이렇게 자유롭게 움직인다는 걸 처음 알았어. 하지만 이 세계에서 아무리 움직여도 현실은 바뀌지 않아. 아니, 자유를 알게 된 탓인지 오히려 현실이 괴로워졌어."

밀트가 살아가기 위해서는 고액의 의료비가 든다고 한다.

밀트는 부모님이 열심히 일한 돈으로 지금까지 살아남았지만 철이 들수록 엄청난 비용과 야위어가는 부모님을 차마 볼 수 없었다고 한다.

"원래부터 유복한 집안은 아니었으니까 나를 살리기 위한 돈을 버는 건 엄청난 부담이야. 아빠도 엄마도 항상 웃어주셨지만 그게 오히려 괴로웠어. ─알았거든. 나를 어루만지는 두 분의 손이 점점 가늘어져가는 걸."

현재의 의료 기술로는 밀트의 병을 완치할 수 없었다. 부모님이 먼저 쓰러질지, 아니면 밀트에게 한계가 올지 모르는 상황이었다고 한다.

"우리 집엔 남동생도 있었는데 부모님이 나한테만 신경 쓰는 게 불만이었나 봐. 내가 사라지면 부모님의 애정도 전부 동생한테 갈 테고 경제적인 부담도 사라지니까 좋은 일만 가득하잖아."

"TV 다큐멘터리에서 살아만 있어줘도 된다고 말하는 부모를 본 적이 있어. 억지로 살아 있는 입장에선 그렇지도 않은 건가?"

"다들 나와 같은 의견은 아니겠지. 하지만 몸 말고는 전부 정상이다 보니까 계속 그런 생각을 하게 되나 봐. 부모님이 슬퍼하실 걸 생각하면 조금 괴롭지만 말이지."

밀트는 자신을 죽여달라고 말하면서도 특별히 비관하는 것 같지는 않았다.

"하지만 그렇게 생각한다면 자살하는 방법도 있잖아. 현실에선 불가능하더라도 이쪽 세계라면 넌 삶과 죽음을 마음대로 선택할 수 있어."

"처음에는 그렇게 생각했는데 말이지…… 역시 내가 나를 죽이는 건 무서워. 그래서 누군가가 해주면 좋겠다는 생각이 들어."

죽음을 바라보면서도 죽음은 두렵다. 밀트는 모순되었다고 자조하면서 말을 이어나갔다.

"싸움 속에서는 그런 공포도 잊을 수 있어. 난 살아 있다는 걸 실감하면서 죽고 싶어."

목숨 건 싸움을 반복하는 것도 그 일환이라고 한다.

"……후회하지 않을 자신 있어?"

신의 온몸에서 뿜어져 나온 살기가 바람이라도 불어온 것처럼 밀트의 머리카락을 흔들었다.

"응. 살아오면서 아무것도 하지 못했지만 이것만큼은 직접 결정한 일이야."

일반적인 플레이어라면 얼굴이 창백해지며 벌벌 떨 정도의 살기 앞에서도 밀트의 눈동자는 조금도 흔들리지 않았다.

사람을 죽이는 데 익숙해진 PK라도 죽는 순간에는 얼굴에 공포가 드러나는 경우가 많다. 하지만 밀트는 죽음이 두렵다고 말하면서도 이미 그것을 받아들인 것처럼 보였다.

밀트의 감정은 격렬하면서도 평온하기 이를 데 없었다. 그런 모습이 왠지 모르게 마리노를 떠올리게 했다.

"알았어. 플래트를 해치우면 상대해줄게."

그녀들에게 죽음이란 매우 가까운 존재였다. 누구보다도 오래되고 깊은 관계를 맺고 있었다.

신은 이미 많은 플레이어를 죽였다. 거기에 한 명이 추가된다고 해서 크게 달라지는 것은 없었다.

"고마워. 그러면 바로 행동을 개시해야겠네. 도시로 돌아가서 느긋하게 놀자!"

감사 인사를 한 밀트는 지금까지의 초연한 분위기가 꿈처럼 느껴질 만큼 신이 나 있었다. 이번에는 놓치지 않겠다는 듯이 신의 팔을 꽉 붙잡고 있었다.

"……."

신은 자신의 손을 잡아끄는 밀트를 보며 말없이 도시로 순간 이동했다.

밀트는 친밀함을 더욱 어필하기 위해서인지 신의 왼팔을 끌어안듯이 팔짱을 끼고 있었다. 신은 행선지를 밀트에게 맡긴 채 카르미어에게 채팅을 연결했다.

『잠깐 할 이야기가 있어.』

『어머, 직접 채팅을 날려주는 건 처음이네.』

밀트를 데리고는 『무명』 길드로 갈 수 없었다. 복수가 끝난 것처럼 보이려면 피비린내 나는 장소를 피해야 했다.

『길드하우스에서 플래트에게 원한을 가진 녀석이 있다면 전할 말이 있어.』

신은 밀트의 작전과 거기에 이르게 된 생각 등을 카르미어에게 설명한 뒤 마지막으로 그렇게 말했다. 그리고 밀트와 이야기해서 플래트와 어떻게 결판을 낼지 정했다.

『―그렇구나. 확실히 신 군이 말한 방법이라면 플래트에게는 더할 나위 없는 굴욕일 거야. 전해줄게.』

『부탁해. 상황이 바뀌면 또 연락할게.』

신은 채팅을 끊고 어디로 가는 것인지 물었다. 채팅에 의식을 집중한 탓에 밀트가 이끄는 대로만 걷고 있었던 것이다.

　"마타타비 씨네 가게야. 거기는 사람이 많으니까 말이지. 소문도 금방 퍼질 거야."

　"아아, 그런 의도였군."

　신도 마리노와 함께 마타타비가 경영하는『손짓 고양이』에는 가끔씩 들르곤 했기에 신의 실력은 몰라도 얼굴은 아는 플레이어들이 많았다. 제과점인 만큼 여성 플레이어가 대부분이었다. 그런 곳에 마리노가 아닌 다른 여성과 팔짱을 끼고 들어간다면 다양한 억측과 소문이 난무하리라.

　플래트가 24시간 자신을 감시하고 있을 것 같지는 않았다. 하지만 갑자기 그런 소문이 들려온다면 마음 편히 있지는 못할 것이다.

　"흠, 이걸로 움직이려나?"

　신은 상황이 조금이라도 바뀌면 이득이라는 생각이었다. 플래트에 관한 정보는 사냥개들도 거의 파악하지 못했다. 그런 플래트가 밀트의 말처럼 섣부른 행동에 나설 것 같지는 않았다.

　이 작전은 어디까지나 밀트의 말이 옳다는 전제로 진행되고 있었다. 이미 플래트가 신에게 흥미를 잃었다면 아무 의미도 없는 행동이었다.

　"움직일 거야."

혼잣말로 중얼거린 것이지만 밀트가 단호하게 대답했다. 그런 확신이 어디서 오는지 신은 알 수 없었다.

"집착심이라는 건 말이지. 본인은 이제 됐다고 생각하더라도 좀처럼 사라지지 않는 거야. 신 씨 한 명을 위해 그렇게나 요란한 일을 벌일 정도라면 신 씨가 바뀐 것을 봤다고 쉽게 끝낼 리가 없어."

밀트는 진지한 표정으로 단언했다.

그때 마침 『손짓 고양이』에 도착했기에 신이 대답하기도 전에 밀트가 가게 문을 열어버렸다.

가게 안은 신이 마지막으로 방문했을 때와 거의 다르지 않았고 주로 여성 플레이어들로 붐볐다.

그중에는 고양이 귀와 꼬리를 흔드며 손님을 맞는 마타타비의 모습도 있었다.

"냐냐냥?! 신냥하고 미르냥이라니 진귀한 조합이다냥. 두 사람 다 오랜만에 본다냥."

신과 밀트를 발견한 마타타비가 여전한 고양이 말투로 말을 건넸다.

하지만 신을 향하는 눈빛은 밝은 말투와 대조적으로 지독할 만큼 슬펐다. 신이 지난 한 달 동안 무슨 일을 하고 다녔는지 알기 때문이리라.

"채팅으로는 이야기를 했지만 말이지. 이렇게 얼굴을 마주보는 건 한 달 만이던가?"

"미르냥은 한 곳에 머물지 않기 때문이다냥. 이쪽에서 찾아가기는 힘들다냥. 그보다도 난 두 사람이 왜 그렇게 친해 보이는지가 궁금하다냥. 팔짱까지 끼고, 꼭 연인 사이 같지 않냥?"

"훗훗훗. 정답이야!!"

밀트가 마타타비에게 바싹 다가서며 목소리의 음량을 높였다. 신이 시선을 느끼며 주변을 둘러보자 그들의 시선은 주로 신의 왼쪽 팔에 집중되고 있었다.

팔에 시선을 집중한 사람은 얼마 안 되는 남성 플레이어 전부와 여성 플레이어 일부였다.

밀트의 키에 걸맞지 않은 수박만 한 가슴에 감싸인 팔을 응시하는 남성 플레이어의 눈은 현실 세계였다면 틀림없이 붉게 충혈됐을 것이다.

밀트와 함께 있는 것을 작전의 일환으로만 생각한 신은 일단 소문은 확실히 퍼지겠다고 생각하며 억지 미소를 지었다.

"뭐라냥?! 크윽, 역시 신냥도 미르냥의 가슴의 매력에는 이길 수 없었던 거냥?! 눈을 떠라냥! 가슴이 수박만 한 꼬마애는 현실에 존재하지 않는다냥! 나는 안다냥. 그 가슴은 가짜다냥!!"

"너무해! 게임에서는 어떤 꿈을 꾸든 자유잖아!!"

"뭐라는 거야, 너희들."

이해하기 힘든 언쟁을 시작한 두 사람을 보며 신은 어이없다는 표정을 지었다.

『사정은 들었어. 조금이나마 도울게.』

아무리 생각해도 반응이 이상하다고 생각한 신에게 마타타비가 채팅을 보냈다.

눈앞에서 고양이 흉내를 내는 모습에서는 상상하기 힘들만큼 채팅 음성은 차가웠다. 슬퍼 보였던 눈동자도 어딘지 모르게 냉철한 빛을 띠고 있는 것 같았다.

『마타타비 씨, 그런 눈빛은 하지 않는 게 좋겠어요.』

신도 남 말할 처지가 아니었다. 하지만 마리노와 친하게 지내준 사람이었다. 신은 마리노의 죽음 이후로 감정 기복이 적어진 것을 스스로 알면서도 마타타비에게 그렇게 말할 수밖에 없었다.

그 뒤에는 적당히 과자를 사서 『손짓 고양이』를 나왔다.

벌써 소문이 확산되고 있었는지 그들을 주목하는 시선이 많아진 느낌이 들었다.

†

신이 밀트와 함께 행동한 지 1주 정도가 지나 있었다.

소문을 접할 기회가 없는 고아원 아이들에게도 신이 PK 사냥을 시작했다는 이야기가 퍼져 있었다.

"그러니까 형아는 더 이상 희생자가 나오지 않도록 싸우는 거야. 그야 나쁜 일이기는 하지만."

"이 세계에는 경찰이 없잖아."

하지만 그렇게 생각하지 않는 아이도 있었다.

"그래도 신 오빠는 위험한 일 하고 있어."

PK 사냥이 사람을 죽이는 행위, 즉 나쁜 일임을 알면서도 어쩔 수 없다고 말하는 텟페이, 료헤이와 달리 루카는 납득하지 못하고 있었다.

PK의 무서움은 어린 루카도 잘 알고 있었다. 그래서 그들을 열심히 해치우고 다니는 신이 위험해질까 봐 걱정이었다.

그리고 세 사람은 오늘도 고아원 문이 보이는 곳에 앉아 있었다.

"PK를 전부 쓰러뜨리면 돌아올 거야…… 아마."

"료헤이, 말도 안 되는 소리 하지 마."

"어쩔 수 없잖아. 어른들은 자세한 이야기를 안 해주는걸."

"신 오빠, 이제 여기에 안 와? 이제 못 만나?"

두 사람의 대화를 듣던 루카의 눈에 눈물이 맺혔다.

두 사람은 황급히 괜찮다고 루카를 달래고는 그것을 증명하겠다며 어른을 부르러 갔다.

"으으……."

루카는 소매로 눈물을 훔치며 얼굴을 들었다. 그녀의 눈앞에는 한 달 전의 습격 이후로 항상 바라보는 문이 보였다.

"……."

루카의 뇌리에 문득 떠오르는 생각이 있었다.

신이 언제 고아원에 와줄지 알 수 없었다. 그렇다면 자신이 만나러 가면 되는 것이다.

현재 시각도 아직 오전 아홉 시였다. 찾아다닐 시간은 충분했다.

어른들은 아이 혼자 고아원 밖으로 나가는 것을 허락하지 않았다. 하지만 주변에 아무도 없는 지금이라면 빠져나갈 수 있었다.

루카는 주변을 한 바퀴 둘러본 뒤 아무도 없는 것을 확인하고 힘차게 달려나갔다. 고아원 문을 빠져나와 바로 반대편으로 돌아 들어갔다. 이제 문 안쪽에서는 자신이 보이지 않을 것이다.

"어라? 당신은 분명 신 군의 지인이었죠?"

"······?!"

갑작스레 누군가가 말을 걸자 루카는 깜짝 놀라며 어깨를 들썩였다. 조심스레 고개를 돌리자 미소를 띤 청년의 모습이 보였다. 신의 이름을 말한 것을 보면 아는 사이일지도 몰랐다.

"아아, 놀라게 해서 죄송합니다. 신 군을 찾고 있는데 혹시 어디에 있는지 아나 싶어서요."

"루카도 신 오빠를 찾으러 가는 참이야."

"그랬군요. 그러면 도시 안을 찾아다니려고요?"

"전부."

"전부요? 필드와 던전을 포함해서 말인가요?"

청년이 물었다. 루카는 양손을 모은 채 고개를 끄덕였다.

"응!"

"하지만 당신의 레벨로는 필드에 나가기 위험하지 않을까요?"

"으?"

숫자를 채우기 위해 로그인했다가 데스 게임에 휘말린 루카는 레벨이라는 개념을 아직도 이해하지 못했다. 그 뒤로도 계속 도시 안에서만 살았기 때문이다. 그래서 청년이 무슨 말을 하는지 알 수 없었다.

"흐음…… 어라? 고아원 안이 뭔가 소란스럽군요. 혹시 몰래 빠져나온 건가요?"

"……?!"

루카는 청년의 말에 퍼뜩 놀라며 몸을 움츠렸다. 료헤이나 텟페이가 자신을 부르러 온 것이리라. 에밀의 목소리도 들려왔다.

"고아원을 무단으로 빠져나오면서까지 신 군과 만나고 싶은 건가요?"

"……응."

청년의 당돌한 질문에 루카는 조용히 고개를 끄덕였다.

오빠가 그랬던 것처럼, 그리고 마리노가 그랬던 것처럼 신

역시 사라져버릴지도 모른다. 아무것도 하지 못한 채로 이별하는 것은 이제 싫었다.

"흠…… 흠…… 좋습니다. 마침 저도 신 군을 찾고 있었습니다. 당신도 함께 가지 않겠습니까? 그가 사라져서 던전도 진정되었고 요즘은 정말로 재미가 없어요."

"음……."

"이대로 있으면 고아원 사람들이 올 텐데요?"

"아으…… 으으…… 가, 갈래!"

일반적인 플레이어라면 처음 보는 상대를 섣불리 따라가지 않는다. 하지만 어린 루카는 뒤에서 들려오는 고아원 사람들의 목소리와 신을 찾으러 가고 싶은 마음에 휩쓸려 청년의 말에 동의하고 말았다.

청년은 더욱 선명하게 미소 지으며 루카의 손을 잡고 걸어가기 시작했다. 잠시 뒤에 고아원에서 나온 사람들이 루카를 찾았지만 인파에 섞인 두 사람의 모습은 아무도 찾아낼 수 없었다.

"당신의 이름은요?"

옆에서 걸어가던 청년의 이름을 모른다는 것을 깨달은 루카가 얼굴을 올려다보며 물었다.

"아아, 그러고 보니 자기소개가 늦었군요. 저는 하멜른이라고 합니다. 짧은 시간 동안이나마 잘 부탁드립니다."

청년— 하멜른이 이름을 밝혔다.

지난 재앙의 원흉이었던 청년은 천진난만한 미소로 루카의 손을 천천히 잡아끌었다.

"흠, 그런데 당신은 신 군이 갈 만한 곳을 알고 계신가요?"

"던전 공략하는 이야기를 자주 해줬어."

루카를 데리고 나온 하멜른은 카르키아의 큰길을 당당히 걸어가고 있었다. 몬스터를 이용한 PK만 해왔기에 얼굴과 이름이 별로 알려지지 않은 덕분이었다.

"흐음, PK를 쫓고 있다고 하니까 역시 홈타운 밖이겠네요."

하멜른은 턱을 매만지며 생각에 잠겼다.

정보상을 이용하는 방법도 있지만 그자들이라면 하멜른이 다녀갔다는 정보까지 다른 사람에게 팔아넘길 가능성이 높았다. 그것을 이용해 신이 찾아올 수도 있겠지만 사실 아직 접촉하는 건 이르다고 생각하고 있었다.

하멜른이 고아원에 간 것은 신이 대규모 PK 길드를 없애고서도 아직 PK 사냥을 계속하는지 확인하기 위해서였다.

신이 사랑하는 사람을 빼앗은 플래트는 아직도 살아 있었다. 접촉하는 것은 신이 플래트를 해치운 뒤가 좋을 것 같았다.

"위험한 곳?"

"신 군이라면 지금 출현한 던전이라도 아직 안전하겠죠. 예외가 있다면 보스 정도입니다. 하지만 지금의 신 군이 보스에게 도전하진 않았을 것 같으니 위험하진 않을 거예요."

루카를 불안하게 할 만한 이야기는 최대한 피했다. 하멜른에게 루카는 지켜야 할 대상이기 때문이다.

하멜른이 감상하고 싶은 것은 고난에 맞서는 인간의 의지였다. 어린아이는 그런 의지를 보이기도 전에 죽어버리는 게 대부분이었다.

그래서 지키는 것이다. 이윽고 찾아올 고난에 저항하는 의지를 보기 위해서.

중요한 것은 그것 하나뿐이다. 고난을 부여하는 것은 자신이고 그 결과 아이가 아무것도 보여주지 못한 채 죽어버리더라도 아무 가책도 느껴지지 않았다.

하멜른이라는 남자에게는 자신의 욕망만이 전부였다.

"어쩔 수 없죠. 지인에게 얻은 정보에 한번 걸어보는 수밖에요."

하멜른은 어깨를 으쓱하며 걸어가기 시작했다. 목적지는 인적이 드물고 곳곳에 작은 오두막이 세워진 지역이었다. 정보에 따르면 그곳에 플래트와 함께 행동했던 로빈이라는 플레이어가 있다.

"안색이 안 좋아 보이는데, 괜찮은가요?"

"……응."

루카는 그렇게 대답했지만 진혀 괜찮아 보이지 않았다. 자세히 캐묻자 고아원에서 어디에 갔냐는 메일과 채팅이 쇄도 한다고 대답했다.

이 세계에서는 현실 세계처럼 쉽게 연락을 취할 수 있다. 무작정 하멜른을 따라온 것까지는 좋았지만 시간이 지나 냉정해지자 혼나는 것이 두려워진 것 같았다.

신을 찾으려고 고아원을 뛰쳐나올 정도의 결단력을 보여주나 싶더니 어른의 힐책을 상상하며 몸을 떨고 있었다. 일관성이 있는 것처럼 보이면서도 즉흥적으로 행동하는 부분이 역시 어린아이다웠다.

"그러면 유괴당한 걸로 하죠."

"어?"

루카가 놀라는 사이 하멜른은 에밀에게 메시지를 보냈다.

내용은 신을 막기 위해 루카를 이용하겠다는 것이었다. 하멜른은 어차피 미움받는 것이 익숙했기에 유괴범 취급을 받아도 전혀 신경 쓰지 않았다.

"일단 이걸로 당신이 자기 의지로 뛰쳐나온 것 때문에 혼나진 않겠죠. 뭐, 걱정을 끼친 건 어쩔 수 없지만요. 아아, 채팅으로 협박받고 있다는 말이라도 보내두세요."

하멜른은 내용과 전혀 어울리지 않는 가벼운 말투로 이야기했다.

"왜 루카를 도와주는 거야?"

"도와주는 게 아닙니다. 저는 당신을 도와주고 싶어서 함께 행동하는 게 아니거든요. 지금의 신 군 같은 상태에 빠진 사람에게는 어른들의 현실적인 말보다 당신 같은 어린아이의 감정적인 말이 훨씬 절실하게 다가오는 법이죠."

어리다는 것은 의외로 유용한 무기라고 속으로 덧붙이며 하멜른은 루카에게 물었다.

"이제 와서 말해도 늦었지만 저는 당신을 이용할 생각입니다. 하지만 지금이라면 풀어줄 수 있어요. 어떻습니까? 함께 갈래요? 아니면 고아원으로 돌아가실 겁니까?"

하멜른은 다시 한번 루카에게 물었다. 어린아이의 생각이 무엇을 선택할지, 입꼬리를 치켜 올리며 대답을 기다렸다.

"……가, 갈래. 함께 갈래. 그러지 않으면 신 오빠 멀리 가 버릴 것 같으니까."

루카는 조금 떨면서도 그렇게 대답했다.

하멜른은 그 말을 듣고 더욱 기쁘게 미소 지었다.

"여자의 직감일까요? 아니면 머리로만 이해 못 할 뿐 이미 알고 있는 걸까요?"

"응?"

"아니요, 아무것도 아닙니다."

무의식중에 자신의 생각을 중얼거리던 하멜른은 애매한 미소로 얼버무렸다.

"그러면 가죠."

"어디 가는데?"

"그가 있을지도 모르는 장소입니다. 뭐, 정보가 오래된 건 어쩔 수 없지만요."

하멜른은 어깨를 으쓱거리며 계약수(契約獸)를 불러냈다. 지면에 마법진이 생겨나며 몸길이 2메르 정도의 푸른 호랑이형 몬스터 웨이거가 출현했다.

손톱과 이빨은 날카로웠고 미간에서 두 줄기의 하얀 털이 뒤쪽으로 뻗어나 있었다. 레벨은 423이었다. 루카라면 앞발로 살짝 밀기만 해도 HP가 0이 될 것이다.

"히읔?!"

갑작스레 눈앞에 나타난 웨이거를 보고 루카는 화들짝 놀라며 몸을 떨었다.

"무서워할 필요 없어요. 단지 이동 수단일 뿐이니까요."

하멜른이 지시를 내리자 웨이거가 몸을 숙였다. 얼굴을 들고 루카를 올려다보는 모습은 '타, 꼬마 아가씨'라고 말하는 듯 했다.

"이동은 빠를수록 좋겠죠. 자, 타세요."

하멜른이 재촉하자 루카는 쭈뼛거리며 웨이거 위에 올라탔다. 웨이거는 루카가 털을 꽉 붙잡은 것을 확인하자 천천히 몸을 일으켜 하멜른 옆을 걸어가기 시작했다.

"복슬복슬해."

"어흥."

웨이거의 등에 매달리듯이 올라탄 루카는 푹신푹신한 털의 감촉이 마음에 들었는지 기분이 좋아 보였다.

웨이거도 자랑스럽게 콧소리를 냈다. 마치 '굉장하지?'라고 뽐내는 듯했다.

"애완용으로도 나름 인기가 있는 동물이니까 말이죠."

"카아."

반대로 하멜른에게는 혀를 차는 듯한 소리를 냈다.

"자, 목적지는 이 앞입니다. 웨이거가 당신을 지키도록 설정해둘 테니 떨어지지 마세요."

하멜른은 주변 몬스터의 레벨이 웨이거보다 훨씬 낮다는 것을 확인했다.

"응."

"어헝!"

웨이거가 '맡겨줘!'라는 듯이 크게 울었다.

"몬스터에게도 개인적인 취향이 있는 걸까요?"

자신에게 했던 것보다 훨씬 좋은 반응을 보이는 웨이거를 의아하게 생각하면서 하멜른은 걸어가기 시작했다. 그러자 작은 오두막이 몇 채 보였다.

"이거 늦은 건지도 모르겠군요. 하긴 뭐, 오래된 정보였으니 일단 생존 확인부터 해둘 걸 그랬네요."

완전히 파괴된 오두막 앞에서 하멜른은 턱을 어루만지며 중얼거렸다.

그가 얻은 정보에 따르면 이 지역의 한 오두막에 로빈이 있었다.

다만 부서진 오두막에 로빈이 있었다는 보장도 없었기에 일단 주변에 물어보기로 했다.

"실례합니다. 잠깐 물어보고 싶은 게 있는데요."

하멜른은 루카에게 기다리라고 말한 뒤 파괴된 오두막의 옆집 문을 두드렸다. 노크한 지 몇 초 뒤에 안에서 나온 것은 약간 통통한 남성 플레이어였다.

"무슨 일이야?"

"사람을 찾고 있는데 혹시 로빈이라는 플레이어를 모르십니까?"

"아아, 당신, 옆집 사람과 아는 사이인가?"

남자의 입을 통해 파괴된 오두막에 살던 사람이 로빈임을 확인할 수 있었다. 하멜른은 아니라고 대답하며 대화를 이어 나갔다.

"아니라고? 뭐, 나야 상관은 없지만 말이야. 며칠 전이었나? 칼을 든 남자 플레이어가 갑자기 날려버렸어. 게임에서 무슨 소리를 하나 싶었는데, 그때는 정말로 느꼈어. 살기 말이야. 눈빛 같은 게 굉장히 위험해 보여서 괜히 자극하면 위험할 것 같아 난 바로 오두막 안에 틀어박혔지. 무슨 이야기를 하는 것 같긴 했는데 안에 있던 녀석은 결국 저렇게 됐다고."

하멜른의 질문을 받은 남성은 그렇게 말하며 마지막으로 자신의 목을 그어 보였다.

목이 날아갔다는 의미일 것이다. 그 뒤에도 잠시 이야기를 계속해 보았지만 결국 신의 다음 행선지까지는 알 수 없었다.

"그렇군요. 귀중한 시간을 내주셔서 감사드립니다."

하멜른은 가볍게 고개를 숙인 뒤 문을 닫았다.

"신 오빠, 없어?"

"네, 그런 것 같습니다. 이제 남은 건 그 소문 정도겠네요."

"소문?"

"아무래도 신 군에게 새 여자 친구가 생긴 것 같습니다. 사람들 시선도 신경 쓰지 않고 마음껏 애정행각을 벌인다는군요. 솔직히 말해 그 신 군이 이제 와서 새로운 여자에게 빠질 것 같지는 않지만요."

아직도 큰 PK 길드가 남아 있었다면 감으로 한 곳을 정해 신을 기다리는 방법도 있었다. 하지만 소수의 영세 길드와 솔로 플레이어밖에 남지 않은 지금은 사용할 수 없었다.

섣불리 정보상을 의지할 수도 없었기에 남은 것은 하멜른마저 얼굴을 찌푸리게 만드는 이 소문뿐이었다.

"사람들이 많은 곳에 있는 거야?"

"그런 셈이군요. 하지만 단순한 소문치고는 정보가 너무 빨리 확산되는 것 같네요."

마치 의도적으로 정보를 퍼뜨리는 것 같은 위화감이 느껴졌다.

"……아아, 그렇군요. 이것도 작전인 건가요."

거기까지 생각이 미치자 하멜른은 납득했다는 듯이 손뼉을
쳤다.

PK 길드를 없애고 돌아다녔지만 신의 최우선 목표는 어디
까지나 플래트였다. 양쪽을 잘 아는 하멜른은 신의 의도를 대
략적으로 짐작해냈다.

"신 오빠, 어디 있는지 알았어?"

"장소는 아직 모릅니다. 다만 무슨 일을 하려는 건지는 예
상이 가네요. 플래트 군에게는 들키지 않으려 했지만 협력한
다고 말하면 정보를 나눠줄 것 같군요."

하멜른은 즉시 플래트에게 채팅을 보냈다.

『안녕하세요. 오랜만입니다. 잠깐 물어볼 게 있는데 시간
괜찮으신가요?』

채팅에 응한 플래트는 상당히 초조해하는 듯했다. 하멜른
은 예상했던 것 이상으로 증상이 심각하다고 생각하며 플래
트에게 인사했다.

『그래서 무슨 볼일입니까? 당신이 용건도 없이 연락할 사
람은 아닐 텐데요.』

『뭐, 그렇습니다. 신 군과 잠깐 이야기를 하고 싶은데 혹시
어디 있는지 모르십니까? 묘한 소문을 들었는데, 당신이라면
그것을 포함해서 뭔가 알고 있을 것 같은데요.』

『알고말고요. 그 여자, 지나치게 우쭐거리는 것 같더군요.』

하멜른은 사태가 예상보다 빨리 진행될 것 같다고 생각하

며 싱글거렸다.

플래트에게서는 지금까지의 용의주도함을 찾아볼 수 없었다.

대부분의 PK가 사냥당한 탓에 큰 행동을 벌이기엔 인원과 물자가 부족한 것이리라. 전투력이 뛰어난 PK는 특히나 꼼꼼하게 사냥당했기에 위장시켜서 자객으로 보낼 수도 없었다.

『지난번 홈타운 습격에서 여러 가지로 편의를 봐주셨으니 지금 어디 계신지 알려주시면 저도 돕겠습니다. 아이템도 아직 남아 있으니까요.』

『그를 만나 뭘 어쩌려는 거죠?』

하멜른이라면 전력 부족을 어느 정도 보충할 수 있다고 계산한 것이리라. 플래트의 목소리에는 약간이나마 냉정함이 돌아와 있었다.

『이야기를 하고 싶은 것뿐입니다. 뭐, 온건하게 나갈 생각은 없지만요.』

『당신이라면 죽을 게 뻔할 텐데요.』

『몬스터를 방패 삼으면 시간 정도는 벌 수 있겠죠. 저는 지금 그가 무슨 생각을 하는지에 관심이 있을 뿐입니다.』

『……좋습니다. 작전이 정해지면 연락하겠습니다.』

하멜른은 목소리의 변화를 통해 플래트가 자신을 이용할 수 있다고 판단했음을 알았다.

하멜른이 MPK를 고집하는 것은 몬스터를 덤비게 해서 거기에 저항하는 사람들의 의지와 감정을 관찰하기 위해서였다. 그래서 그는 사람들의 심정을 정확히 읽어내는 능력이 있었다.

『네, 잘 부탁드립니다.』

채팅을 끊은 하멜른은 한숨을 쉬며 눈을 가늘게 떴다.

함정이 아닐까 싶을 만큼 일이 너무 쉽게 성사되었다. 그들 사이에는 별다른 신뢰 관계가 없었음에도 플래트는 경계심이 너무 부족했다. 그의 욕구 불만은 예상보다 훨씬 심각해진 모양이었다.

"자, 그러면 신 군에게 연락을…… 왜 그러시죠?"

채팅을 받지 않으면 메시지를 날리면 된다. 그렇게 생각한 하멜른의 눈앞에서 무슨 일인지 루카가 울고 있었다.

웨이거가 루카의 얼굴을 핥아주며 달래주고 있었다.

"신 오빠가…… 신 오빠가 어디론가 가버려!"

하멜른은 그 말을 듣고 루카가 신과 채팅 모드로 대화한 것이라고 짐작했다. 신은 절대 침범해서는 안 될 경계선을 뛰어넘으려 하고 있었다.

"원수만 갚으면 원래대로 돌아올 거라고 생각했는데, 이건 정말 재미없는 전개군요."

타락한 인간만큼 보는 재미가 떨어지는 존재도 없었다. 사람들의 기대를 한 몸에 받던 자의 말로가 다 그런 법이지만 하멜른이 바라는 전개와는 거리가 멀었다.

"모처럼 눈앞에서 패도(覇道)를 목격할 수 있는 기회인걸요. 플래트 군에게는 미안하지만 손을 써두기로 하겠습니다."

하멜른은 무릎을 꿇고 계속 흐느끼는 루카와 눈높이를 맞추었다.

"당신은 신 군이 돌아오길 바라나요?"

애매한 웃음기를 거두고 진지한 눈빛으로 질문하자 루카는 잠시 생각한 뒤에 단호히 고개를 끄덕였다.

"당신의 목숨이 위험해지더라도요?"

다음 대답에는 조금의 망설임도 없었다.

"좋습니다. 그러면 이걸 갖고 있으세요. 만약 앞으로 제가 말하는 대로 된다면 실체화하세요."

하멜른은 더욱 선명하게 웃으며 카드 한 장을 루카에게 건넸다. 거기에는 구체와 함께 '10'이라는 숫자가 적혀 있었다.

"자, 그러면 그녀에게 연락해볼까요?"

타이밍이 중요하다. 하멜른은 그렇게 생각하며 메시지 카드를 보냈다.

†

일부러 사람들 눈에 띄도록 행동한 지 1주일이 지났다.

이제 슬슬 효과가 나타날 때가 되었다고 생각하던 신에게 에밀이 채팅을 보냈다. 채팅을 받지 않았을 때를 고려해서 메시지 카드도 거의 동시에 날아왔다.

『루카가 하멜른에게 납치당했어!』

『루카가요?』

약간 흥분된 에밀의 목소리를 듣고 신은 묘한 일이라고 생각했다.

하멜른은 몬스터를 이용한 MPK를 즐기는 플레이어였다. 본인의 전투 스킬도 높은 것 같지만 방어 용도 외에는 직접 싸우는 경우가 거의 없었다. 자신이 정한 규칙에 따라 행동하는 것 같다는 정보가『무명』에서 활동할 때도 자주 들려왔다.

향락적인 성격이긴 해도 몬스터를 이용한 중·대규모 전투에만 집착하는 경향이 있었고 그 외의 PK 행위는 거의 확인되지 않았다.

지난번 침공 이벤트에서 잠깐 마주쳤을 뿐이지만 신은 하멜른이 인질을 잡았다는 것을 의아하게 생각하지 않을 수 없었다.

『고아원 결계는 다시 복구되었을 텐데요.』

『루카가 혼자서 뛰쳐나간 것 같아. 평소와 뭔가 다르다고 해야 할지, 아, 하멜른이 보낸 메시지가 있으니까 그대로 보내줄게.』

잠시 뒤에 에밀의 추가 메시지 카드가 도착했다. 거기에는『댁의 아이를 잠시 맡아두겠습니다. 시간이 지나면 다시 보내드리겠습니다.』라는 장난 같은 글이 적혀 있었다.

『루카에게 연락해봤나요?』

『해봤어. 하지만 하멜른과 함께 간다는 말만 하고 그 뒤로는 받지 않아.』

신은 더욱 영문을 알 수 없었다.

채팅 모드는 다른 사람이 들을 수 없는 완전한 사적 통신이었다. 억지로 데려가거나 협박을 당했다 해도 범인에게 들키지 않고 자신의 본심을 이야기할 수 있었다.

그러지 않은 것을 보면 자신의 의지로 하멜른과 동행하고 있는 건지도 모른다.

자세한 이야기를 들어보자 실종되기 직전에 료헤이, 텟페이와 신이 돌아오지 않는 것 때문에 말다툼이 있었다고 한다.

『하멜른의 메시지가 올 때까지는 그 두 아이 말만 듣고 루카가 신을 찾으러 간 거라고 생각했어. 그런데 이제 나도 영문을 모르겠어서 말이야. 신에게 연락해도 될지 조금 망설였거든.』

『……그랬군요.』

루카가 사라진 뒤로 반나절 정도밖에 지나지 않았다. 신은 잠시 생각한 뒤 루카와 채팅 모드로 대화를 시도하기로 했다.

『……신 오빠?』

몇 번의 신호음 뒤에 루카와 연결되었다. 루카의 목소리는 잔뜩 주눅 들어 있었다.

『에밀 씨한테서 네가 하멜른에게 납치당했다고 들었어.』

『으으…… 미안해요.』

『뭐, 지금은 사과하지 않아도 돼. 그런데 괜찮은 거야?』

『응, 신 오빠를 같이 찾아주고 있어.』

같이 찾아주고 있다고?

루카의 말에 신은 의아할 따름이었다. 유명한 PK인 하멜른이 어린아이를 도와 사람을 찾는다는 건 너무나도 어색했다.

자세한 이야기를 들어보자 하멜른도 신을 찾고 있다고 한다. 루카에게는 이렇다 할 위해를 가하지도 않았고 오히려 몬스터로 호위까지 붙여준 것 같았다.

'그 녀석이 날 왜 찾는 거지?'

전에 만났을 때도 자신에게 흥미를 가진 것 같긴 했다. 그것의 연장선인가 생각했지만 그렇다고 루카를 데려갈 이유까지는 없었다. 침공 이벤트 때도 신 개인이 아닌 홈타운 전체를 습격한 것을 보면 플래트처럼 신에게만 집착하는 것 같지는 않았다.

애초에 하멜른이 굳이 루카를 데리고 다닐 이유는 없었다.

『루카, 하멜른은 위험해. 에밀 씨나 다른 아이들도 다들 걱정하고 있어. 바로 고아원으로 돌아와.』

『신 오빠는 언제 돌아와?』

『그건…….』

금방 돌아가겠다고 대답하고 싶었지만 그 말이 입에서 나오지 않았다.

신은 그제야 깨달았다. 복수를 끝낸 뒤에도 자신에게 돌아갈 생각이 없다는 것을 말이다.

문득 시선을 떨구자 멀쩡한 양손이 피로 물든 것처럼 보였다.

흠뻑 젖은 피가 손가락 사이로 빠져나가는 감촉이 느껴졌다. 피비린내가 코를 찔렀다.

'이건 지독하군.'

이런 손으로 누군가를 만질 수는 없었다. 어쩌면 무의식중에 그것을 자각한 것인지도 모른다.

『루카, 난 모두를 원래 세상에 돌려보내야만 해. 마리노와 약속했거든.』

『……응.』

『이제부터는 던전 공략에 집중해야 할 것 같아.』

『이제 못 만나?』

『괜찮아. 난 죽지 않으니까.』

또 만날 수 있다는 말은 차마 나오지 않았다.

『내가 이 세계를 끝낼 거야. 루카와 에밀 씨도, 료헤이와 텟페이도 모두 무사히 돌아갈 수 있어. 그러니까 기다려.』

『신 오빠?』

『이제 바빠질 거야. 그러니까 그때까지는 만날 수 없어.』

『신 오빠!!』

『루카, 고아원으로 돌아가.』

그 말만을 남긴 채 신은 채팅을 끊었다.

하멜른의 전투력을 생각하면 신이 직접 루카를 구하러 갈 수밖에 없었다. 하지만 루카는 지금 예전에 로빈을 죽인 오두막 근처에 있었다. 신이 도착하기 전에 아마 다른 곳으로 이동할 것이다.

아무것도 하지 않더라도 하멜른은 언젠가 접촉해올 것이다. 루카를 해칠 것 같지도 않았다. 신은 그렇게 생각하며 루카를 찾으러 가지 않기로 했다.

참 매정하다고 생각하며 자조적인 웃음이 새어 나왔다.

"신 씨. 플래트가 움직인 것 같아."

마치 신의 채팅이 끝나는 것을 기다린 것처럼 옆에서 걷던 밀트가 말을 걸었다. 신이 아닌 밀트 쪽으로 연락이 간 것 같았다.

"자세히 얘기해봐."

신은 채팅으로 카르미어에게 연락을 취하면서 밀트에게 말했다.

✝

플래트의 제안은 밀트에게 죽을 장소를 제공하겠다는 것이었다.

예전부터 밀트는 『미니멈 버서커』, 『독(毒) 로리』 같은 장난스러운 별명을 갖고 있었다. 하지만 데스 게임 이후로는 『죽음 희망자』로도 불렸다.

신에게 이야기한 대로 죽고 싶지만 자살은 싫다는 모순을 해결하기 위해 목숨 건 싸움을 벌이게 되었기 때문이다. 상대가 몬스터든 플레이어든 앞장서서 위험에 뛰어드는 밀트의 모습에 그런 별명이 빠르게 정착되었다.

보스 공략 시 나타나더라도 플레이어들이 구속하거나 토벌하려 하지 않은 가장 큰 이유는 그녀가 솔선해서 위험한 일을 떠맡으려 드는 것이었다.

『내가 신 씨에게 죽여달라고 말하는 걸 알았나 봐. 내가 죽기 전에 미련을 남기고 싶지 않다고 해도 지금의 신 씨가 들어줄 리가 없는데 말이지.』

마타타비도 협력해준 덕분에 신과 밀트가 연인처럼 행동한다는 소문은 순식간에 퍼져나갔다. 밀트도 나름대로 유명한 편이었기에 소문이 전파되는 속도는 본인들도 놀랄 정도였다. 하지만 그런 덕분에 두 사람이 생각한 것보다 빨리 플래트가 행동에 나선 셈이다.

신과 함께 있을 때 연락해오는 것이 뻔뻔하다는 생각도 들었지만 밀트가 평소에도 누구든 자신을 죽여주기만 하면 된다고 떠들어댄 덕분인 것 같았다.

신은 【은폐】 스킬로 모습을 감추고 밀트와 채팅으로 대화하며 플래트를 기다렸다.

밀트의 상대는 플래트가 직접 해준다고 한다. 신과 밀트는 연인인 척 행동해왔기에 그의 소중한 사람을 자신의 손으로 한 번 더 빼앗으려는 속셈일 것이다.

『조잡하군.』

『여유가 없다는 증거겠지. 뭐, 신 씨가 PK란 PK를 모조리 사냥한 덕분이기도 하지만 말이야.』

지정된 장소는 사람들이 좀처럼 찾지 않고 몬스터들도 거의 없어서 결투에는 최적의 지역이었다.

복병을 숨겨두기에도 적당했다. 구름 낀 하늘이 신의 모습을 더욱 보이기 어렵게 만들어주었다.

『신 씨에게는 말하지 말고 혼자 오라던데. 그럴 리가 없다는 걸 알면서.』

『……실은 바보인 건가? 마지막에는 더욱 요란하게 나올 거라고 생각했는데 말이야.』

『그러지 못하게 만든 게 신 씨거든? 플래트가 이용할 만한 곳부터 없애버렸잖아.』

어이없다는 듯한 밀트의 말에 신은 대답하지 않았다.

그런 대화를 나누며 시간을 때우자 신의 미니맵에 주변 숲을 가로지르며 오는 마크가 나타났다. 【천리안】과【투시】를 발동한 신의 눈에 엘더 레드 드래곤에 탑승한 플래트가 보였다.

"당신 혼자 왔습니까?"

일단 대지에 내려선 플래트는 밀트에게 그렇게 물었다. 그의 모습은 예전과 조금 달라 보였다.

단정하게 길렀던 장발은 흐트러지고 은색으로 빛나던 갑옷도 왠지 모르게 닳은 것처럼 보였다. 전체적으로 지저분해진 느낌을 지울 수 없었다.

"그러라고 한 건 너잖아? 뭐라는 거야."

"연인 관계라길래 그 사람도 데려올 줄 알았거든요."

"내가 신 씨와 함께 있던 목적을 안다면 없어도 이상할 게 없을 텐데. 시킨 대로 알리지 않고 혼자 왔는데 지금쯤 날 찾고 있으려나? 그렇다면 조금 기쁠 것 같아."

밀트는 그렇게 말하며 수줍어했다. 그것을 본 플래트는 더러운 것을 보는 눈빛으로 밀트를 쳐다보았다. 온몸에서 불쾌한 아우라를 분출하는 것 같았다.

"당신이 그 사람의 마음을 움직였을 리가 없습니다."

"그런 것치고는 열이 받은 얼굴이네. 내가 신 씨에게 달라붙어 있는 게 그렇게 마음에 안 들었구나?"

밀트가 도발할 때마다 플래트의 얼굴에서 점점 표정이 사라져갔다. 그에 비례하듯이 살기가 새어 나오기 시작했다.

"제가 끝장을 내드리죠."

플래트는 엘더 레드 드래곤 위에 올라탄 채로 밀트에게 빛의 칼날이 뻗어 나온 『엑스칼리버』를 겨누었다.

"유감이네. 그건 불가능해."

밀트의 말이 끝나기도 전에 플래트의 사각에서 검기가 날아들었다. 전투직 특유의 직감 덕분인지 간신히『엑스칼리버』로 받아냈지만 그 위력에 버티지 못하고 튕겨나갔다.

"크윽, 그리드!!"

플래트는 착지와 동시에 파트너의 이름을 불렀다. 하지만 엘더 레드 드래곤은 대답하지 못했다. 검기의 여파로 날개와 다리가 잘려나갔기 때문이다. 단 한 번의 공격으로 HP의 절반이 깎여 있었다.

"역시 여기에—?!"

검기가 날아온 방향으로 눈을 돌리며 미소를 짓던 플래트의 몸을 빛의 사슬과 검붉은 가시덩굴이 뻗어 나와 구속했다.

플래트의 저항으로 가시덩굴은 소멸되었지만 상급 플레이어인 플래트의 악력으로도 사슬은 끄떡하지 않았다.

높은 구속력을 가진 빛 마법 스킬【아크 바인드】와 복수의 상태 이상을 부여하는 어둠 마법 스킬【부정의 가시덩굴】의 스킬 콤보였다.

"조금만 허를 찔러도 이렇게 쉽군."

빛 마법 스킬로 엘더 레드 드래곤의 머리를 날려버린 신은 쓰러진 플래트를 바라보며 무표정하게 중얼거렸다. 플래트를 붙잡은 것에 대한 기쁨 따윈 없었다.

지금의 플래트에게는【블러드 포이즌】【암흑】【하이 패럴라이즈】【저주】의 네 가지 상태 이상이 걸려 있었다. 구속을 풀기는커녕 손가락 하나 제대로 움직일 수 없는 상태였다.

"후후, 복수를 하러 오셨군요."

플래트는 움직이지 못하면서도 일그러진 미소를 지었다.

【암흑】의 효과로 눈앞이 어둠에 휩싸였지만 목소리만 듣고 신을 알아본 것이리라.

"그래."

가장 증오스러운 상대를 앞에 두고도 신은 침착했다.

증오는 마음속에서 조용히 불타고 있었지만 그것은 이미 그의 감정을 뒤흔들지 못했다.

대체 언제부터 그렇게 된 것일까? 신은 알 수 없었다. 그것이 잘된 일인지 나쁜 일인지도 판단할 수 없었다.

"하지만 널 죽이는 건 내가 아냐."

집착은 사라지지 않았다. 분노와 증오도 남아 있었다.

하지만 지금이라면 감정에 휩쓸려 검을 휘두를 일은 없었다.

신의 신호에 따라 주변 숲 속에서 여섯 명의 플레이어가 모습을 드러냈다. 감지되지 않았던 것은 모두가 신이 만든 장비를 착용했기 때문이었다.

"뭐야, 이 반응은······."

시야가 가려진 플래트는 자신을 향해 다가오는 반응에 당황하고 있었다.

당연한 일이었다. 자신을 죽여야 할 신이 한 걸음도 움직이지 않았기 때문이다.

"설마……."

"그래, 그 설마가 맞아."

다가오는 플레이어들의 손에서는 고대급 무기가 희미하게 빛나고 있었다. 능력치가 부족한 사람도 무기의 도움만 받으면 충분한 대미지를 줄 수 있었다.

"……그만둬."

그들이 휘두른 칼은 정확히 플래트의 몸에 꽂혔다.

"그만둬!!"

한 번의 공격으로 큰 대미지를 준 것은 아니었다. 하지만 그래서 오히려 플래트는 HP가 줄어드는 것을 생생히 느끼게 되었다.

"그만둬어어어어어어어어어어어!!"

누구인지도 모르는 상대에게 죽게 되었다는 사실에 플래트가 절규했다.

신은 이미 등을 돌린 채 플래트를 보고 있지도 않았다.

"어째서냐! 당신이 증오해야 할 상대는 바로 나야! 어째서, 누군지도 모르는 놈들에게……!!"

플래트에게는 신의 표정도, 감정도, 시선조차도 느껴지지 않았던 것이리라.

바로 그것이 플래트에 대한 복수였다.

그렇게나 집착했던 신이 상대조차 해주지 않는다는 사실이야말로 플래트에게는 가장 큰 고통이었다.

"제길! 하메—."

신의 등 뒤에서 절규가 멈추었다. 플래트의 반응은 이미 사라진 뒤였다.

"허무하게 끝났네."

"복수란 건 원래 그래."

신의 눈앞에 밀트가 있었다.

"협력해줘서 고마워. 솔직히 말하면 일이 이렇게 잘 풀릴 줄은 몰랐거든."

"나도 내 목적이 있어서 한 거잖아. 신경 쓸 것 없어. 그보다도 저 사람들이 돌아가면…… 알지?"

"그래. 약속은 지킬게."

플래트가 소멸하는 것을 말없이 지켜보던 여섯 명 중에서 대표로 보이는 남자가 카드화된 장비를 신에게 건넸고 그들은 조용히 머리를 숙인 뒤 사라졌다.

신은 눈으로 배웅한 뒤에 밀트를 돌아보았다.

"언제든 시작해."

"그러면 사양 않을게."

밀트의 손에 거대한 도끼창이 출현했다. 희푸른 불꽃에 휩싸인 그것은 고대급 하등품인『브레오간드』였다.

"즐겨보자!!"

밀트의 신호와 함께『브레오간드』가 공기를 갈랐다. 중량급 무기도 밀트의 STR이라면 일반적인 창이나 도끼와 다를 게 없었다.

신은 정통으로 맞으면 자신에게도 대미지를 줄 수 있는 공격 앞에서 『무월』을 뽑아 들며 대응했다.

"금방 끝나."

정면에서 부딪친 검이 『브레오간드』를 튕겨냈다.

신과 밀트 사이에는 무기의 보정치를 포함해도 100이나 200을 훌쩍 넘는 능력치 차이가 있었다. 시스템이 지배하는 게임이라는 세계에서 그것보다 명확한 기준은 없었다.

"저기, 마리는 마지막에 뭐라고 말했어?"

무기를 맞대면서 밀트가 물었다.

"……다 함께 돌아가자고 했어."

"그랬구나. 마리는 결심한 거구나."

신은 물의 정령이 발사한 물 구슬을 왼손으로 튕겨냈다. 반격으로 내쏜 번개 마법이 밀트와 물의 정령을 모두 태웠다.

"부럽다. 우리는 현실에 절망한 사람들인데……."

밀트의 HP만 일방적으로 줄어들고 있었다. 무기 사이에서 튀는 불꽃이 그녀의 얼굴에 그림자를 드리웠다. 거기에 깃든 것은 동경과 선망이 뒤섞인 표정이었다.

"너도 할 수 있다고 말해주면 어디 덧나?!"

"그건 네 인생을 짊어질 녀석에게만 허락된 말이야!"

금속음에 지지 않는 큰 목소리로 밀트가 소리치자 신도 똑같이 응수했다.

도합 열다섯 번째 격돌로『브레오간드』의 도끼날이 공중으로 솟구쳤다. 밀트의 자세가 무너진 그 짧은 순간에 신은『진월』을 허리 높이로 겨누었다.

"정말로—."

밀트는 즉시 자루만 남은『브레오간드』를 몸 앞으로 내밀었다.

그곳을 향해 신의 검이 빨려 들어가듯 꽂혔다.

"—부러워."

신의 참격은 잠시『브레오간드』에 막혔지만 다음 순간에 궤도상에 있던 모든 것을 양단하며 빠져나왔다.

검술 무예 스킬【지전(至伝)·투구 깨기】였다.

모든 무기와 방어구에 큰 대미지를 주는 공격이 그 위력을 유감없이 발휘했다.

"고마워."

밀트는 미소를 띠며 마지막 말을 남겼다.

폴리곤이 되어 사라지는 밀트를 바라보는 신의 마음은 복잡했다. 자신이 죽인 상대에게 고맙다는 말을 듣게 될 줄은 전혀 예상하지 못했기 때문이다.

"끝난 건가요?"

방심한 탓일까? 아니면 너무 멍하니 있었던 걸까?

신은 목소리가 들릴 때까지 자신에게 접근해오는 반응을

깨닫지 못했다.

"안녕하세요. 오랜만이군요."

"……시, 신 오빠."

신이 돌아보자 그곳에는 하멜른과 루카가 있었다.

"왜 여기 있지?"

"밀트 씨에게 들었습니다. 그녀도 당신을 그대로 둘 수 없었던 모양이더군요."

같은 PK인 밀트와 하멜른이 서로 알고 있어도 이상할 것은 없었다. 하지만 신은 밀트가 왜 이 장소를 가르쳐줬는지 이해가 가지 않았다.

"저도 당신이 이대로 끝나버리면 재미가 없거든요."

"뭐라고?"

"뭐, 단순한 오지랖일 뿐입니다. 저는 제가 하고 싶은 대로 행동하는 것뿐이니까요. 그러면 나머진 당신 하기 나름입니다. 열심히 하세요."

하멜른은 그 말만을 남긴 채 결정석을 사용해 사라져버렸다. 그곳에 남겨진 것은 한 장의 카드를 든 루카뿐이었다.

"돌아가라고 했잖아."

"그야 신 오빠가 돌아오지 않는걸!"

"그건……."

"신 오빠는 루카와 함께 돌아가야 해!"

루카는 열심히 달려와서 신의 손을 잡으려 했다. 하지만 서로의 손이 닿기도 전에 신이 루카에게서 거리를 벌렸다.

루카의 손이 피로 더러워질 것 같았기 때문이다.

"신 오빠!"

소리치는 루카와의 거리는 불과 다섯 걸음 정도였다. 그 거리가 높은 절벽처럼 두 사람을 가로막았다.

"음!"

루카가 손에 든 카드를 높이 들었다. 실체화된 것은 일정 시간 뒤에 폭발하는 수류탄 비슷한 아이템이었다.

"응?"

"루카?!"

신은 손에 든 것이 무엇인지도 모르는 루카에게 순식간에 다가가서 아이템을 빼앗았다. 그리고 공중을 향해 힘껏 던졌다.

몇 초 뒤에 펑 하는 건조한 소리와 함께 작은 연기가 허공에 흩날렸다.

단순한 연막탄이었다.

"……뭐야?"

"응!"

황당해하는 신의 손을 이번에는 루카가 놓치지 않고 잡았다.

힘껏 잡은 손에는 절대로 놓치지 않겠다는 마음이 담겨 있었다.

"돌아가자."

루카의 말은 신기하게도 마리노의 말과 똑같았다.

손을 쥔 힘은 얼마든지 뿌리칠 수 있었다. 신이 힘 조절을
잘못하면 한 자릿수 레벨인 루카의 HP 정도는 쉽게 날아가
버릴 것이다.

HP가 보호되지 않는 상태에서는 상급 플레이어와 하급 플
레이어가 서로를 만지는 것조차 위험했다.

신은 겹쳐진 손을 내려다보았다. 자신의 손에 묻은 피가 루
카의 손을 더럽히는 것처럼 보였다.

"나는……."

"돌아가자!"

루카의 눈가에는 눈물이 고여 있었다. 그러면서도 손을 잡
은 힘이 약해지는 일은 없었다.

"돌아가자……."

뿌리치는 것은 쉬웠다. 하지만 그런 간단한 일을 할 수 없
었다.

그때였다. 구름 낀 하늘이 갈라지기 시작했다.

내리쬔 빛이 루카의 머리 위로 쏟아졌다. 두 사람을 나누는
것처럼 신을 어둡게, 루카를 밝게 보이게 했다.

"……어?"

자신과 루카의 위치를 나타내는 듯한 광경이었다. 그것을
자각하고 자조하는 미소를 지으려던 신의 눈에 믿기지 않는

광경이 나타났다.

자신의 손과 루카의 손에 또 하나의 손이 겹쳐졌다. 루카의 옆에 선 마리노의 모습에 신은 순간적으로 모든 것을 잊어버렸다.

루카가 신을 잡아당겼다. 넋을 놓고 있던 신은 그 힘에 저항하지 못한 채 앞으로 비틀거렸다.

어둠 속에서 끌려나온 것처럼 신은 빛에 노출되었다.

"……."

신은 갑작스러운 빛에 눈이 부셨다.

눈을 감은 것은 아주 짧은 한순간이었다. 하지만 그 한순간만에 마리노의 모습은 사라지고 없었다.

"……."

환상이었을까? 그렇게 생각한 신의 손에 루카의 온기가 전해져왔다.

아니, 그것은 결코 루카 혼자만의 온기가 아니었다. 몇 번이나 잡았던 손이다. 아무리 많은 사람을 죽였다 해도 그 온기를 잊을 리는 없었다.

그것은 틀림없는 마리노였다.

"돌아오라고…… 말하는 건가?"

빛 속에서 본 마리노는 슬픈 표정을 짓고 있었다.

『돌아가자.』

마리노가 했던 것과 똑같은 말이 신의 마음에 스며들었다.

신은 시선을 내려 작은 손에 감싸인 자신의 손을 보고 자신
의 내면에 엉켜 있던 무언가가 천천히 풀리는 것을 느꼈다.

"신 오빠, 울어?"

"글쎄…… 잘 모르겠어."

온몸의 힘이 풀리며 무릎을 꿇었다.

따뜻한 무언가가 뺨을 타고 흐르는 느낌이 들었다.

THE NEW GATE

이름 : **신**
성별 : 남성
종족 : 하이 휴먼
메인 직업 : 사무라이
서브 직업 : 대장장이
모험가 랭크 : S
소속 길드 : 육천

●능력치

LV : 255
HP : 9999
MP : 9999
STR : 999
VIT : 999
DEX : 999
AGI : 999
INT : 999
LUC : 36

●전투용 장비

머리　명왕의 머플러【급소 공격 무효, 감각 방해 무효, 은폐·기습 무효】

몸　명왕의 롱코트【관통 무효, 대미지 반감, 모든 속성 내성】

팔　명왕의 팔 덮개【도난 무효, 함정 무효, 대미지 반사】

발　명왕의 다리 갑옷【구속 무효, 디버프 무효】

액세서리1　명왕의 반지【모든 상태 이상 무효, etc】

액세서리2　신대(神代)의 귀걸이【오토 올 버프, 오토 힐, etc】

무기　진월(홍옥도의 오리지널 핸드 메이드)【무기 파괴 공격 무효, 투과 능력 무효, 마법 무효【검신 부분만】, 공격 속도 상승, 사용자 제한】

●칭호

●검술의 정점
●대장장이의 정점
●마법의 정점
●성검 제작자
●마검 제작자
etc

●스킬

●천참(天斬)
●심안
●비영
●마법 부여
●마도구 생성
etc

기타

●능력치 상한선 최속 도달 플레이어
●달의 사당 점장
●PKK(플레이어 킬러·킬러)

이름 : 플래트

성별 : 남성

종족 : 하이 로드

메인 직업 : 용기사

서브 직업 : 닌자

모험가 랭크 : B

소속 길드 : 우로보로스(추락하는 나선)

● 능력치

LV : 255

HP : 6322

MP : 5183

STR : 579

VIT : 483

DEX : 599

AGI : 421

INT : 406

LUC : 42

● 전투용 장비

머리　용조종자의 이마 받이【VIT 보너스[중],
　　　INT 보너스[중]—용 탑승 시 한정】

몸　　용조종자의 경갑【VIT 보너스[중], DEX 보
　　　너스[중]—용 탑승 시 한정】

팔　　용조종자의 건틀렛【VIT 보너스[중], STR
　　　보너스[중]—용 탑승 시 한정】

발　　용조종자의 각반【VIT 보너스[중], AGI 보
　　　너스[중]—용 탑승 시 한정】

액세서리　용발톱의 펜던트【계약룡의 능력치 상
　　　　　승】

무기　엑스칼리버【무기 파괴 공격 무효, 사용자
　　　제한, HP 자동 회복[중], 공격 범위 상승,
　　　대미지 컷[중]】

● 칭호

● 창술 사범 대리

● 맨손 격투 사범 대리

● 선동자

● 인룡일체(人竜一體)

● 용의 맹우

etc

● 스킬

● 퀵 스피어

● 하울링 스피어

● 드래곤 라이즈

● 파워 스로우

● 계약수 소환

etc

기타

● PK

※ 보너스 상승치 미〈약〈중〈강〈특

이름 : **가르가라**

성별 : 남성

종족 : 휴먼

메인 직업 : 마검사

서브 직업 : 광전사

모험가 랭크 : A

소속 길드 : 우로보로스(추락하는 나선)

●능력치

LV : 723

HP : ????

MP : 4300

STR : 800

VIT : 722

DEX : 403

AGI : 449

INT : 91

LUC : 0

●전투용 장비

머리 광족(狂族)의 투구【VIT 보너스[강]】

몸 광족의 갑옷【VIT 보너스[특]】

팔 광족의 건틀렛【DEX 보너스[강]】

발 광족의 각반【넉백 무효】

액세서리 희생의 펜던트【즉사 무효】

무기 자이언트 킬링【강한 상대에 대한 대미지 상승[특]】

●칭호

●검술의 정점

●도끼술의 정점

●맨손 격투 사범 대리

●거물 살해자

●살육자

etc

●스킬

●대인난무(大刃亂舞)

●배드 슬래시

●파이어 볼

●숄더 봄

●드레드 노트

etc

기타

●PK

이름 : **하멜른**

성별 : **남성**

종족 : **하이 픽시**

메인 직업 : **조련사**

서브 직업 : **연금술사**

모험가 랭크 : B

소속 길드 : **없음**

●능력치

LV : 255

HP : 4788

MP : 6219

STR : 502

VIT : 403

DEX : 672

AGI : 343

INT : 604

LUC : 56

●전투용 장비

머리 휘공자(輝公子)의 실크 모자【상태 이상 부
　　　여 보너스【강】】

몸　　휘공자의 신사복【대미지 컷【약】, 상태 이상
　　　부여 보너스【중】】

팔　　휘공자의 장갑【사역 몬스터에 대한 호감도
　　　상승 보너스【강】】

발　　휘공자의 부츠【구속 무효】

액세서리 조련사의 귀걸이【몬스터 포획률 상승
　　　【강】】

무기　휘공자의 지팡이【몬스터 포획률 상승【강】,
　　　희생 효과】

●칭호

● 방패술의 정점

● 가짜 신사

● 몬스터 콜렉터

● 군단의 장

● 종마의 계약자

etc

●스킬

● 리모트 콘덕트

● 컨퓨 웨이브

● 템테이션 펄스

● 강제 종속

● 계약수 소환

etc

기타

● MPK

이름 : 밀트
성별 : 여성
종족 : 하이 픽시
메인 직업 : 기술사(奇術師)
서브 직업 : 광전사
모험가 랭크 : A
소속 길드 : 사원(蛇円)의 허무

● 능력치

LV : 255
HP : 7657
MP : 3722
STR : 776
VIT : 221
DEX : 603
AGI : 539
INT : 400
LUC : 67

● 전투용 장비

머리　없음

몸　　일본식 전투복 · 몸통【HP 보너스[중], 일정
　　　확률로 대미지 감소[특]】

팔　　일본식 전투복 · 팔【DEX 보너스[중], 크리
　　　티컬 대미지 증[중]】

발　　일본식 전투복 · 발【AGI 보너스[중], 크리
　　　티컬 대미지 증가[중]】

액세서리　현혹의 목도리【적의 명중률 감소[강]】

무기　브레오간드【대인 특공[강], HP 흡수[중],
　　　사용자 제한】
　　　미바르【대인 특공[강], 마법 스킬 대미지
　　　증가[중], 사용자 제한】

● 칭호

● 마창부(魔槍斧)의
　주인
● 격투 요정
● 사선에서 춤추는 자
● 전신(戰神)의 가호
● 푸른 조종자
etc

● 스킬

● 임팩트 슬래시
● 헤비 스탬프
● 블루 러쉬
● 페더 스텝
● 정령 소환
etc

기타

● PK

✧ 당신은 언제나 옳습니다. 그대의 삶을 응원합니다. ─ 라의눈 출판그룹

더 뉴 게이트 10

초판 1쇄 2019년 3월 27일

지은이 카자나미 시노기 일러스트 KeG 옮긴이 김진환
펴낸이 설응도 편집주간 안은주
영업책임 민경업 디자인책임 조은교

출판등록 2014년 1월 13일(제2014-000011호)
주소 서울시 강남구 테헤란로78길 14-12(대치동) 동영빌딩 4층
전화 02-466-1283 팩스 02-466-1301

문의(e-mail)
편집 editor@eyeofra.co.kr 마케팅 marketing@eyeofra.co.kr
경영지원 management@eyeofra.co.kr

ISBN 979-11-89881-04-7 04830
      979-11-963499-0-5 04830(set)

THE NEW GATE volume10
ⓒ SHINOGI KAZANAMI 2017
Character Design: KeG
Original Design Work: ansyyqdesign
Originally published in Japan in 2017 AlphaPolis Co., LTD., Tokyo.
Korean translation rights arranged with AlphaPolis Co., LTD., Tokyo,
through Tuttle-Mori Agency, Inc, Tokyo and AMO Agency, Seoul.